東海
第五殿
叫喚大地獄
第四殿
合大地獄
天柱山
龍穴（山底）
第十殿
五濁世界
第三殿
黑繩大地獄
奈何橋
龍之禁地

第六殿
大叫喚大地獄
第七殿
焦熱大地獄
第一殿
黃泉（地表）
焦沃島
第八殿
大焦熱大地獄
第二殿
活大地獄
第九殿
阿鼻大地獄

採珠勿驚龍

鬼雨法螺

作者／
二郎神犬馬

目錄—contents

第一章 龍牙／起源

一九三四年　遼寧—盤錦

時值盛夏，地處遼河畔的田莊臺，天空陰沉昏黃，一連下了四十多天暴雨。田莊臺是個古鎮，乃連接遼南與遼西的關卡，虎踞遼河、緊挨營口，西南面向渤海灣，遼河水流經這裡，最終奔向大海。這種地理形勢在堪輿學上有個說法，稱爲「金鎖龍門關」，意思是「蛟」會選擇這種地方化爲「龍」，民間百姓稱之爲「走蛟」，所以才有「掙脫金鎖走蛟龍」一說。但並非所有蛟都能成功化龍，如果走蛟失敗，那就只有死路一條，此即「龍門關」的含義。

正因爲地理位置險要，故而明朝洪武年間，朝廷在鎭西修築了烽火臺，派駐重兵。到清朝時，田莊臺已有萬斤大炮兩尊，五千五百斤以上的大炮十二尊。

這日午後，雨一如既往地狂洩，河邊蘆葦蕩旁的一間破瓦房，在風雨中飄搖欲墜，屋門口坐著的瘦老頭，抬頭望向陰霾密布的天空，旁邊一名八九歲的小男孩，稚聲稚氣地問：「爺爺，這雨都下了一個多月了，怎麼還不停？」

老者的聲音滄桑嘶啞，低沉地說：「恐怕這是要遇上走蛟了。」

孩童問：「什麼叫走蛟？」

老者看著蘆葦蕩，說：「龍是由蛟變的，由蛟化龍的過程就稱爲走蛟。」

「蛟變龍爲什麼天卻要下雨？」

「龍司雨水，所以走蛟時天就會下雨，什麼時候蛟走完了，什麼時候雨才會停。」老者話音剛落，突然蠟黃如油布的天空，亮起一道紫電，狂龍般霹向他們家門前的那片蘆葦蕩，緊跟著一聲炸雷從頭頂轟起，嚇得小孩「啊」地大叫，投向老者的懷抱。

又過了片刻，足足下了四十多天的暴雨，竟然逐漸小了起來，最後完全停了。西邊烏雲的邊緣，露出一絲久違的陽光。孩童全然忘了剛才那聲能嚇破膽的炸雷和可怖至極的紫閃，跳出門外，歡快地喊道：「哈哈，雨停了，雨停了！」

老者也拄著拐杖出了屋子，站在門前一手撐腰，一手遮在眼眶上，看著緩緩放晴的天空。

小男孩走到不遠處的蘆葦蕩前，看著被雨水沖刷得翠豔欲滴的蘆葦葉，忍不住伸手去摘。恰在此時，蘆葦叢深處傳來陣陣窸窸窣窣的聲響，似乎有什麼東西藏在裡頭，孩童好奇心大起，但心頭也閃過一絲絲害怕，本能地回頭看了看，見爺爺就站在背後不遠處的屋前，於是咽了口唾沫，壯足了膽子，邊盡力撥開蘆葦叢，邊朝前走。

當面前最後一簇蘆葦被分開，小男孩被眼前的景象嚇得張大了嘴巴，渾身汗毛立起：一條粗如水缸，遍體青鱗，狀似巨蟒的東西，正昂著上半身，前面一對龍爪緊緊抓住蘆葦叢下的地面；碩大如牛頭的腦袋上，豎著兩只龍角，原本正昂首朝天，發出微微沉吟之聲，此刻突然回轉頭，用一對血紅的眼睛，緊緊地盯著小男孩。

孩童嚇得呆在那裡，屏住呼吸，腿肚子直打顫，片刻後猛然驚聲尖叫，不顧一切地掉頭往回跑。

那條青龍將龍頸緩緩向前伸了些，似乎在看小男孩逃命的樣子，倏忽間，卻突然由靜轉動，迅如風雷，無翅卻離地六七尺，從蘆葦叢中飛躥了出來。

那孩子不過才八九歲，哪裡跑得了多遠，先前的那名老者眼睜睜看著孫子背後現出的龐然巨獸，驚得怔在原地，連喊都不會喊了。眼見青龍的利爪幾乎就要抓到孩童的後背時，忽然傳來幾聲槍響，子彈直擊龍身，硬生生將那青龍打得收回了爪子。

青龍惱羞成怒，陡然棄了孩童，在空中四下遊走，張牙舞爪，卻辨不清子彈來向。正要發狂之際，四周圍上來數輛軍用卡車，每輛車上均是舉槍射擊的士兵。

那青龍飛得不高，被槍彈打得幾欲狂暴，龍吟之聲轉爲駭人的尖厲嘶嘯，但竟然兀自不落，瞅准一輛卡車，便直直猛撲了過去，龍爪鉗住車頭，跟著筆直朝上游走，那輛卡車瞬間就被翻了個底部朝天，車上士兵全被壓在了車下，淒厲慘叫哀號。接著龍尾一個抽甩，正中對面一輛車身，軍用卡車如被踢飛的皮球般，直接砸進河裡，斜斜陷入水中。

這時，空中忽然撒下一張巨網，將青龍團團繞住，愈是掙脫，纏得愈緊，遠遠看去彷彿空中一團青雲，左右飄忽不定。緊跟著一名穿著風衣、戴著墨鏡的男子，從一輛軍用卡車駕駛室裡跳了下來，手裡拿著一把奇怪的長槍，看起來槍管中似乎插上了利箭，接著舉槍朝空中瞄準。一聲沉悶的槍響，槍管中的長箭便呼嘯著射向網中的青龍，接著那人從腰間的箭套中又取出一支，裝填再射，前後連射五六支。

估摸那箭頭是塗了麻藥或者毒藥，半空中的青龍，終於漸漸停止掙扎，最後一頭鑽進遼河水裡，動彈不得了。

那張網是從卡車上射出，最後收緊的鋼鏈亦是固定於卡車上。風衣男子將長槍扔給旁邊的一名士兵，轉頭朝駕駛喊道：「拉上來。」

鏈條漸漸收緊、繃直，兩輛卡車一起拉拽，發動機轟鳴不已。那條被巨網兜住的青龍，逐漸從經過四十多天暴雨、水勢湍急的遼河中，被拉了上來。

岸邊的蘆葦叢中央被壓平一大片，足有籃球場大小，青龍奄奄一息地躺在網中，偶爾發出一陣奇怪的哀鳴。

這時風衣男子走到龍頭邊，半蹲了下去，接著從右腳皮靴側面抽出一柄利刃，左手掰開龍唇，露出最外側一顆寒光閃閃的龍牙，長度幾乎與他手中的刀身相仿，男子右手握緊刀把，將刀尖直直朝龍牙根部剜去，手法嫻熟精準，數股寒血飆出後，一顆完整的龍牙便被他穩穩地托在手心。

一名戎裝筆挺的軍官，腳蹬馬靴，走了過來，到風衣男子身邊停住，說：「簡克勝，你不是說蛟剛化爲龍時，是最容易捕捉的嗎？他奶奶的，這還叫容易，險些全軍覆沒。老子的命都快沒了。」

男子冷笑一聲，說：「現在就是最容易的時候，這蛟剛剛化爲青龍，只要再遲一個時辰過來，咱們可就不是站在這說話，而是去閻王殿報到了。」

軍官倒吸了口涼氣，頓了頓，又說：「我是要你來取龍珠的，你把龍牙挖出來做什麼？」

「龍牙是我給自己留的。珠子別著急，我這就給你弄出來。」那男人說著，用手在青龍頷下部位稍微探了探，確定好位置後，刀尖刺進，龍下巴上便被刺出一道口子，跟著左手探入，摸索一陣後，血淋淋地掏出一顆鴨蛋大小的珠子。神奇的是，儘管風衣男子的手上滿是龍血，但那顆珠子卻螢光異彩，不沾絲毫血污。

軍官兩眼精光大盛，接過龍珠，小心翼翼拿在手中，掩飾不住的驚喜和興奮，口中吟道：「玉淵之中，五爪青龍，頷下有珠，名曰夜光。哈哈，這就是夜明珠啊！你們簡家果然名不虛傳，不愧南珠王的名號！」

二十多天後，《盛京時報》以「營川墜龍」爲標題，連續刊登系列新聞，並配以照片，但此時的那條龍，只剩一副骨架矣。

第二章 追凶

我叫楊宣，出生於深圳市。家裡經商，父母一開始做外貿生意，後來兼營房地產。小時候，算命的說我五行水旺，沖了日元，因此要忌水。可我偏偏天生就喜歡水，而且我身上有一件說來很奇怪的事。

我兩歲多的時候，全家去清遠遊玩，清遠那邊有不少溫泉，所以父母就帶著我一起去。然後神奇的事情發生了，父親在水裡托著我，一下子之後，我自己便開始撲騰。父母看著我的模樣，樂得哈哈大笑，也沒覺得有多奇怪；又過了片刻，兩歲多的我，竟然在幾經撲騰打水之下，就游離了父親的手掌，自己在溫泉水裡用一種不知是狗爬還是蛙泳的方式，游了起來。而且身體一半在水中，一半浮在水面，頭有時在水裡，換氣時又知道昂出水面。

這可嚇壞了我父母，當時溫泉裡的人，也全都被我的行爲給驚呆了。那時候我雖然兩歲多了，但還不會說話，直到三歲我才會講話，算很晚的。換句話說，也就是我還沒有學會說話之前，就已經會游泳了，而且這種技能竟然是與生俱來，天生就會的。

這事我說給誰聽都不信，但我眞的沒說謊，事情的確確就是這個樣子，沒有半點添油加醋。

這是我這輩子的一個無解之事，後來的日子也就比較正常了，小學、中學、大學，上學、讀書、玩樂，一切都跟同儕一樣。唯一不同的就是——我天生水性奇佳，其他同學有空喜歡溜到電玩店去打遊戲，而我，一有空就喜歡游泳，而且隨著年齡增長，室內游泳池已經不能滿足我的胃口了，專挑水庫、野溝、江河裡游。

但是父母相信算命先生的話，特別是我媽，一抓到我到外面游泳，就會狠揍我，畢竟就我這麼個獨生子，危險啊。還記得八歲那年暑假，我跑到城北一條河，當時不少孩子都在玩水，因爲愛現，我就爬到河上一座小橋的護欄外，直接從橋上往河裡跳。那天也眞是有點背，跳進水裡後，腦袋撞到了水下的什麼東西，人就暈了。沒錯！是在水裡暈了，因爲後來我什麼都不知道了。那群熊孩子呢，竟然沒一個發現我跳下去就沒上來，自己玩自己的，然後太陽落山各自回家。

等我被人發現救上來時，已經是第二天的早上了。也就是說，我從頭一天下午一直昏迷到第二天早上，而且還是昏在城北那條河裡，最後還沒死，被人撈出來送到醫院後給救活了！這怎麼解釋？沒辦法解釋啊！所以，這算是我除了天生會游泳以外的第二件無解之事。

不過沒辦法，就好比有的人天生喜歡音樂，有的人天生喜歡籃球，大部分孩子喜歡玩遊戲一樣。我，天生就是喜歡游水，就算挨揍也總想法子溜出去。

我爺爺是一名地質古生物學家，從小很疼愛我，見我為游水的事老是挨揍，後來看不下去了，就送了我一個很稀奇古怪的東西。然後跟我父母說：「有了這個東西，你們就可以放心了，楊宣愛游泳就去吧，不會有事。」

這東西是什麼？——龍牙，外形像一把長匕首，光澤類似象牙，但重量和密度比象牙高很多。手感冰涼如鑌鐵，從側面看，又有點像扁號角。

我問爺爺這是從哪裡弄到的，他說：「我是研究地質古生物的嘛，當然會有一些這種稀奇古怪的東西了。」並且經常叮囑我，如果別人問，就說是撿到的，不知道是什麼東西，千萬不可以說是龍牙。他的樣子顯得很神祕，而我這麼多年也是一直這麼照做的。

他給我龍牙的時候，我才上國中，龍牙對於當時才十幾歲的我而言有點大。於是爺爺請銀匠焊了底座，然後用一種刀砍不斷、火燒不爛的繩子穿起來，據說那種繩子叫作火煉線。當時我很討厭龍牙，因為實在太大、太礙事了，但隨著體格長大，成年之後長到一百八五十五公分，多年下來習慣成自然，倒也片刻離不開，雖然直到很久很久以後，我才知道了龍牙的眞正祕密和作用。

大學時學校開了游泳課，那陣子是我四年裡最風光的時候，不但游泳技術令體育老師汗顏，基本每次上課都是要我做示範，而且我身高一百八十五，身材非常健碩，因此大學裡同學都喊我飛魚菲爾普斯。

我嘛，也樂得接受這個稱號。

後來因爲在游泳方面對我個人而言確實沒有什麼可突破的了，所以就利用課後時間，報了潛水訓練班，開始專攻潛水。雖然潛水與游泳不完全是一回事，但水這個東西是一通百通的，沒過多久，我連ＰＡＤＩ（國際專業潛水教練協會）的潛水教練證都已經考到手了，考證前後大約花了十幾萬，那時打算畢業後就去當個潛水教練，豈不快哉？

但快樂的日子總是短暫的，大學四年匆匆而過，現實也接踵而來。畢業前，我面前擺著兩條路，一是去南方海邊做潛水教練，二是回深圳，到我爸的公司上班。我自己肯定是比較想去做潛水教練的，但這兩條路中無論哪一條，都不可能跟我大學交往了四年的女朋友在一起。因爲她順利找到了一份北京的工作，然後在去北京一個月之後就說要跟我分手，緊跟著就是電話、網路等一切聯繫方式全換了。

我這個人很重感情，畢竟實實在在相處了四年，所以我怎麼都想不通——人怎麼可以無情到這種地步？！整整四年的感情，分開一個月就能全部忘記？

我痛苦的倒不是分手，畢竟願不願意跟我在一起，那是她的自由，任何人都有權利去爭取自己認可的幸福。我眞正痛苦的是：我實在無法接受僅僅一個月的時間，對方就能毅然放棄一段四年的感情。

這分明是在說：「你這個傻子，對別人那麼用情，就以爲她也會同樣愛你愛到骨子裡。其實人家在這四年中，根本就沒把你當回事！只不過圖你是個長相好、家境好的富家子，讓她有面子罷了。否則怎麼可能在離開你一個月後，就甩了你呢？」

好歹你他媽也裝腔作勢、假模假樣地捨不得我一下，或者哭訴一下「不是不想在一起，而是實在是兩地工作，沒辦法！」騙騙我也好啊。×！乾脆俐落、毫不拖泥帶水、快刀斬亂麻地就把我甩了，比男人還果斷。但從這件事中，我也明白了一個道理——男人光帥是沒用的，你再帥也不是空氣，女人離開了你照樣活得好好的。

所以那段時間，我意志消沉，跟行屍走肉似的，也無心去做潛水教練，最後回到老家深圳。

常言道，禍不單行，確實有些道理的。我還沒有從被前女友甩的陰影中走出來，又突然接到消息，最疼愛我的爺爺在聘任他的地質古生物研究所裡去世了。

我簡直難以置信！我和爸爸連夜趕了過去。研究所在上海，到達那裡時，爺爺的遺體已經存放在醫院的太平間，醫生說是心肌梗塞導致的猝死。

研究所的工作人員在慰問過我們後，告訴我們情況：爺爺是死在辦公室兼臥室裡的。因爲爺爺本已退休，但因爲他是地質古生物領域的權威專家，所以研究所再度聘用後，給他的待遇也極高，在院裡有一間單獨的套房，既是辦公室，也帶有臥室。前一天的上午，有一個學術會議需要他出席，但左等右等等不到人，打電話也無人接聽，於是研究人員就派人到他的辦公室找，手機是在裡面響，但無論怎麼喊就是沒人回應。但他們也不敢貿然撬門進去，萬一爺爺是出去了呢？一直等到晚上，發現整整一天爺爺都無影無蹤，直到這時工作人員才急了，撞門進去才發現爺爺趴在辦公桌後，早已沒了呼吸。

我想起小時候爺爺陪我的種種情景，帶我去游泳，帶我去海邊撿貝殼，護著我不讓母親揍我，上大學之前對我語重心長地告誡……淚水怎麼也止不住，掏出胸前的龍牙，睹物思人，更是心痛不已。

關於爺爺的死因，儘管醫院方面很肯定，是心肌梗死導致的猝死，但我完全不能接受這個結論。因爲在爺爺死前半個月，我曾經打過電話給他，他說正在研究震旦紀古貝類在中國的分布，並說有人很想得到他手裡的研究成果。所以在我看來，這個時候爺爺去世，是很不正常的。

很多人或許對地質古生物專業比較陌生，我舉個具體的例子你們就能懂，比如我胸前掛著的龍牙。龍牙在大部分人看來，只是傳說中的東西，很有法力啊之類，但是他們不會相信世間確有其物。爺爺卻言之鑿鑿告訴我，他讓我掛在胸前的是龍牙，你們可能不信，但我相信，他一定不會騙我，雖然那時我還不知道龍牙的眞正祕密和作用。那麼在他平日的研究中，除了龍牙以外，一定還會涉及許多其他類似的神祕領域。

而半個月前，在我與他的那通電話中，他說目前正在研究震旦紀古貝類在中國的分布，並說有人很想得到他的研究成果，對此我深信不疑！因爲他的研究，在某些神祕領域中一定極具價值。直覺很肯定地告訴我，爺爺的死，一定是非正常死亡，一定另有隱情。

我把這個想法告訴了父親，以及研究所的工作人員，但他們都不相信我的話，認爲我多慮了，甚至是妄想。因爲醫院已經鑑定過了，並且出具了死亡證明，確實是心肌梗死導致的猝死。

我眞的很想跟他們大吵大鬧一場，但那樣除了能發洩一通火氣，又有什麼用呢？就好比一個正常人被送到精神病院，你越是說自己正常、沒病，精神醫生和家屬越認爲你是有精神病的。在別人已經認定你的情況下，多說不但無益，反而會讓情況越來越糟糕。

但我心裡卻拿定了主意，就算窮盡一生，也要把這件事給弄清楚，如果爺爺確實是枉死的，那我一定要揪出眞凶。

第三章 麥教授

家裡擺上了爺爺的遺像、祭燭，父親請道士們做了幾場法事，我在傷慟之餘，心裡仍舊無法放下疑惑。雖然考慮許久，但卻對到底該從哪裡調查起全無頭緒。那天，我打開電腦，看著搜尋引擎主頁的搜尋框，隨手輸入了「猝死」兩個字，然後漫無目的地瀏覽起來。

在翻看了幾頁無用資訊之後，第三頁中的一則，吸引了我的注意——標題是「貝類毒素的提取及臨床應用」，在內容中有紅字突出顯示的關鍵字「猝死」。這個無意中的發現，讓我心頭一緊，迅速打開連結。

這是一篇論文的介紹，雖然沒有論文的全部內容，但在簡介裡清楚寫明了「某些稀有貝類的毒素提取物可造成心肌梗塞，致人猝死……」

如果這篇文章講的僅僅是毒素導致猝死的話，或許我還不會過於注意，但重點是爺爺當時正在研究的專案是震旦紀古貝類在中國的分布，看見沒？是「古貝類」啊，而這篇論文講的正是「稀有貝類」的毒素提取，這二者之間既同是貝類，又同為猝死，不得不讓我感到驚喜，彷彿在暗夜中的海上，突然看到了一座燈塔，一個聲音在說——就是這個。我連忙查找論文的作者，是「山海大學·生物系·麥思賢（教授）」。

就那麼簡短的一則內容，我反覆看了十幾遍，經過一夜的思考，我決定去南京找這位麥思賢教授，看看從他那裡可否得到更多的資訊，佐證我的懷疑。

第二天，我跟家人匆匆打過招呼，說要出去一陣子，父母問我幹什麼去，我敷衍道找了份外地的工作，去看看。父親要我別去，說就留在自家公司，母親也是這個意思，但這件事跟他們說是沒用的，只會認為我走火入魔了。所以我推諉著說就去隨便看看，說不定還不錯呢。

等到了南京後，我搭計程車直奔山海大學，找到生物系，當時麥教授正在最大的階梯教室裡開一個講座。我找到地方，偷偷溜了進去，坐在最後一排，準備等講座結束後就去找他。

講臺上的麥教授，年紀出乎我意料，看樣子應該有七十歲左右，跟我爺爺差不多大。聲音稍顯混沌，但混沌中卻帶有一股奇異的磁性，個子很高，雖然較瘦，但因為身材高大，所以顯不出瘦來。滿頭銀髮，穿著一件很顯氣質的藍灰色絲綢襯衫，略帶休閒的黑色褲子，一副學者的派頭！博學中卻又藏著精明狡黠，那種感覺很難說清，因為少有人能將這兩種氣質融合一體。

當時他正在做一個有關珍珠的講座，而我此行之所以來找他，就是為了他關於稀有貝類毒素的研究，珍珠是貝類孕產的，珍珠與貝類幾乎就是互為一體的東西，所以我便先跟著聽了起來。

「哪位同學說說，世界上的珍珠分為多少種？好，第二排那位。」一個女生的聲音：「分為『海水珍珠』和『淡水珍珠』兩種。」

「兩種？好。還有誰？後面那位男同學。」

一個瘦高男生說：「珍珠按地域分為四種——廣西合浦，即南海的珍珠，叫作『南珠』，因為粒大飽滿，圓潤度、光澤度較好，所以又被稱為『走盤珠』。我國東北的珍珠被稱為『東珠』或者『北珠』；同時，也有人將日本的珍珠稱為『東珠』；歐洲的則為『西珠』。歷史上曾有『西珠不如東珠，東珠不如南珠』的說法。」回答得很溜，看起來應該是為這次講座做過功課的。

麥教授略微沉吟了片刻，然後說：「剛才同學們說的兩種，或者四種，其實都不精確。世界上的珍珠，首先按照價值，可以區分為『普通珍珠』和『異珠』，普通珍珠顧名思義，就是大家在市面及電視上常見的；而我今天講座的重點是後者——異珠。」他按下手裡的遙控器，投影機開始配合其所講內容，投放出相應的異珠照片，他繼續講道——

「所謂『異珠』分爲兩大類、四種。

「第一大類，世所罕見，最爲貴重，叫『龍珠』，顧名思義，即龍身上所孕結的珠子，具體點說，其位置就在龍的下巴裡，有古語爲證。《莊子．雜篇．列禦寇》云：『夫千金之珠，必在九重之淵而驪龍頷下。』；《尸子》卷下：『玉淵之中，驪龍蟠焉，頷下有珠。』；葛洪《抱樸子．內篇．祛惑》：『凡探明珠，不於合浦之淵，不得驪龍之夜光也。』

「龍珠的作用有很多，夜光只是其中一種。」

這時一名同學有些不禮貌地插話道：「麥教授，這個世界上真的有龍嗎？您這裡說龍珠，也就是您認爲龍是存在的，但似乎到目前爲止，還沒人能有直接證據。」

麥教授笑著說：「你的這個問題，我想應該交給哥白尼回答。不過他的學生似乎也沒問他，您爲什麼說地球是繞著太陽轉的啊？」

台下響起一片笑聲，麥教授繼續講道——

「第二大類異珠，是由海水或者淡水中的貝螺孕產，我簡稱爲『貝珠』，大致分爲四種，大家可以看螢幕。

「第一種：個頭超大、形狀奇特。雖然珠寶意義上以正圓形爲優，但天然形成的珍珠，因爲無核，所以形狀是很難規則的，而且越大越容易異形，比如螢幕上這張著名的『亞洲之珠』就是梨形，還有『老子之珠』則像老人頭。

「第二種：顏色怪異，非常見色。你們可以看到這些，眞的是顏色各種各樣，遠遠超過了一般人知道的黑珍珠。

「第三種：稀有種類。注意這裡的『稀有』，指的是這類珍珠稀有，但孕產這些珍珠的貝螺卻是普通的。比如孔克珠、美樂珠、叢雲寶螺珠、赤旋螺珠等，這些珍珠在珠寶市場上的價格都是以『克拉』爲單位計算的，也就是跟鑽石的計量單位一樣。

「第四種：功能詭異，比如『避水珠』，有誰知道避水珠的嗎？可以直接說，沒關係。」

台下有人答道：「避水珠，可以在水底開闢出旱路。」

還有人說：「是西海龍宮的鎭海之寶。」

麥教授點頭說：「沒錯。我們且不管避水珠是否眞的存在，或者其功能是否有傳說中的那樣強，我舉它爲例，是表達異珠的功能性這個概念。其實龍珠中的夜光珠，在貝珠當中也有，這也是一種功能性的異珠。但凡功能性異珠，是無法由普通貝殼或者普通海螺孕產出來的，能夠結出這類異珠的，必定是——奇貝異螺，什麼叫奇貝異螺？就是一些極爲珍稀少見的貝類或者螺類……比如螢幕上這個，這個叫作殷芒貝，極爲稀有！你們今天能看到一眼它的樣子，也算是幸運。它能結出什麼？——貝珠中的夜明珠。不過並非每只殷芒貝都可以，這個需要在極爲苛刻的、符合特定天文與地理條件的地方，才有可能孕產出來……」

雖然我是爲爺爺的死因而來，但還是被麥教授的講座所吸引，說實話，大學四年，我從來沒有像聽麥教授關於異珠的這次講座那樣認眞聽過課。麥教授所講的內容眞的都是我這輩子聞所未聞，甚至想都沒有想到過的東西。世上居然存在「異珠」這號事物！

等到講座結束，我立刻衝出去，在教室外面的轉角處等麥教授。麥教授走過來後，我迎上去說：「麥教授，我有個問題想請教您。」

「嗯，你問。」麥教授邊說邊朝前走。

可一時間我突然又不知道該從何說起了。

「怎麼了？」麥教授問。

我想了想，笑著說：「教授，我能請你到外面咖啡館裡談嗎？」

「到底什麼事？」他停住步子。

「我不是這裡的學生，我是從網路上看到了您的那篇《貝類毒素的提取及臨床應用》的論文，想到家人發生的一些事情，覺得可能與這種貝類毒素有關，所以想來請教一下，但一時半會，有點說不太清。」

麥教授似乎覺察到我有些不對勁，想了片刻後，竟然點頭同意了，說：「你跟我來吧，到我辦公室去。」

「那太好了！」

我原本以爲麥教授使用的是那種大辦公室，幾個老師合用那種。沒想到卻是一間獨立辦公室，進去之後發現更像間書房，一扇大落地窗外面是花園，將室內襯托得更爲幽雅。

麥教授放好公事包，倒了杯水給我，指指沙發，說：「你坐吧。」然後自己坐到書桌後面，點上一根菸：「這裡沒其他人了，你可以說說你有什麼事了。看起來似乎對你很重要？」說完，他的嘴角微微帶了些笑意。

於是我開門見山地問：「麥教授，您論文裡提到，稀有貝類毒素提取物如果用於人體的話，會造成心肌梗塞及猝死。那這個症狀與自然引發的猝死，有區別嗎？也就是說，能否檢測出來？」

麥教授回答道：「如果你仔細讀過那篇論文的話，就會知道那幾種貝類毒素致人死亡的原理，並非透過化學作用，而是引發了人體的自然排斥反應，所以這些貝類毒素與化學毒藥是完全不同的兩種物質，想查出來難度相當大，除非到我的實驗室來。」他喝了一口茶，又繼續道：「還是實際說說你的事情吧。」

我整理了一下思路，說：「麥教授，我的爺爺是研究地質古生物的，最近研究的題目是——震旦紀古貝類在中國的分布，他曾說過有人很想得到他的研究成果。就在前陣子，我爺爺突然死在辦公室。醫院說是心肌梗塞導致的猝死，但我完全不能接受這個結論，不過無論是研究所的人，還是我父母，沒有一個人懷疑。之後我在網路上無意間看到您的這篇論文，關於貝類毒素提取物的，論文上說那可以導致人的心肌梗塞，造成猝死。所以，我想向您請教，看能不能查出我爺爺的眞正死因。」

麥教授沉思了片刻，說：「我明白你的意思，但即便你爺爺的死，眞的如你所料是他殺，或者眞的就是某種貝類毒素導致的死，我既不是警察，也不是法醫，沒辦法實際去化驗檢測，也就沒辦法證實啊。況且，醫生已經鑒定了是自然死亡，那麼警察也無法立案，我覺得，你或許還是應該尊重鑒定結果。」

我如同洩了氣的皮球，悶坐在那裡，不知道該再說些什麼。麥教授見我一副失望的樣子，大概有點於心不忍，說：「震旦紀古貝類是一個籠統的概念，並不是所有震旦紀的古貝類都了不起，你知道他具體研究的是哪種嗎？如果知道的話，那我還能幫你判定一下，究竟値不値得有人爲此做出那些出格犯法的事，畢竟我的專業就是貝類，這方面我很瞭解。」

我想了想，說：「這個我還眞不知道，可能得去他們研究所問問。」這時，我突然想到脖子裡的龍牙，也顧不上爺爺叮囑過不能告訴外人這是龍牙的話語，心裡只想能夠引起麥教授的重視，多個人幫我。因此趕緊掏了出來：「麥教授，這個是我爺爺給我的，龍牙，眞正的龍牙。您剛才的講座裡不是說到龍珠嗎？那麼您肯定相信龍是存在的，這是我爺爺給我的，他現在研究的東西，絕對不會比龍牙差，一定很有價値的。」

見麥教授盯著龍牙看，我便走過去，從脖子上取下來，遞到他的手裡。麥教授拿在手裡瞅了許久，才還給我，皺著眉頭問：「你爺爺叫什麼名字？」

「楊子衿。」

麥教授似乎怔了一下，說：「楊子衿？」

「怎麼？您認識我爺爺？」

麥教授努起嘴，說：「在幾次學術研討會上，我跟他曾經見過幾次面，吃過幾頓飯，但不是特別熟那種，畢竟不在同一個單位。他曾經對龍做過很深入的研究，身爲一名地質古生物學家，你爺爺早期的觀點認爲龍是上古生物，但後來的一系列論文，明顯可以看到，他的觀點發生了變化。」

我心中燃起了一線希望，說：「那麥教授您現在認爲我爺爺的死，到底是不是正常？」

麥教授用手撐起下巴，食指捋了捋嘴角，說：「這個還眞不好講，不過從你爺爺研究的方向來看，應該是偏向自然界的神祕領域，而且跟我研究的貝類學，有較多的交集，這也是我比較瞭解他的原因。所以，也許這次，他可能眞的觸及到了某些核心領域……」

「那您說我現在應該從哪方面著手呢？如果眞的想要調查的話。」

「那當然是得弄清楚他正在研究的具體內容。」

我掏出手機，說：「我這就打電話到他們研究所，問問爺爺的研究題目。」

誰知麥教授擺擺手，說：「你打電話，人家不會告訴你的，科學研究的事情，有些東西是屬於機密性質的。我來吧，他們研究所有我的學生。」

我愣了一下，連忙說：「那太感謝您了。」

麥教授打通了電話，好一會兒之後，掛掉。

我問：「問到了嗎？」

「問是問到了，但他在研究所帶的題目是——從二疊紀生物大滅絕，建立進化與突變的系統模型。」說著朝我看了一眼，「跟在電話裡告訴你的不一樣。」

我回神想了想，說：「他不會騙我的，那看來更加可能是因爲震旦紀古貝類這件事了，因爲這一定是他私下在研究的事情。」

麥思賢點點頭，說：「應該是，只不過還是那句話，震旦紀古貝類是一個籠統概念，太廣泛了，我們得知道具體內容，才好做出判斷。」

「要不我去他辦公室，看看有沒有什麼資料或者檔案之類的，可以推斷出來？」

「以你一個門外漢，恐怕即使找到線索，也會因爲視而不見錯過。」

我覺得他似乎話裡有話，願意幫我，於是欣喜道：「那麥教授，您能跟我去一趟嗎？」

麥教授嘆了一口氣，說：「我一大把年紀了，經不起路上折騰，不過我可以派個人去幫你。」

我趕緊道謝，麥教授說：「別總是謝謝了，雖然跟你爺爺不熟，但好歹也算半個同行，大家還一起吃過幾頓飯，能幫上一點是一點吧。」然後他站起身，掐滅菸，整了下衣服，拎起公事包，說：

「跟我走。」

第四章 九淵博物館

坐著麥教授的車，穿過熱鬧的市區，來到郊外的一個山腳。沿山路繞到山頂後，車駛進一棟L形建築前的院子裡停了下來，大門外側的牌子上寫著——「九淵博物館」，但我看院子裡並無多少車輛，心裡很奇怪：「麥教授帶我來博物館做什麼？而且博物館應該是對外開放的，怎麼看起也沒有幾個遊客呢？」

我跟著麥教授走進樓裡，大廳正中央的矮腳黃花梨底座上，擺著一個超級大貝殼，寬度能抵得上我張開雙臂的距離，厚實得如同石磨盤，質地像是玉石，我從來沒見過這種東西，震撼之餘問道：「麥教授，這是什麼？」

麥教授邊繼續朝裡走邊說：「玉化的硨磲貝。這是世界已發現的最大尺寸，比產出『老子之珠』的那個硨磲貝還要大，而且發現時已經自然玉化。」

我說：「那一定很值錢吧？」

「你如果眞喜歡一個行當，就永遠不會把錢放在第一位。去年有個美國貝商出兩千萬美元，我都沒賣。尺寸大小不說，光是自然玉化的硨磲貝，你就沒得找。」

我聽了覺得很奇怪，問：「這是您的？我以爲是這個博物館的呢。」

麥教授回頭朝我看了一眼，說：「這博物館就是我私人開的。」

上了二樓後，在燈光的配合下，櫥窗裡陳列著的一件件寶貝，顯得既詭異又高貴。再仔細看看，這些展覽品竟然都是各種各樣稀奇少見的貝殼和海螺，我不禁奇怪著問道：「麥教授，莫非您這裡是貝類博物館？」

「是啊，我是個貝類學家，自然也喜歡收藏珍稀貝殼和海螺了，這裡的展品全是世界上一等一的，歐美多少貝商想要，呵呵。這層是貝螺類，三樓則全部都是異珠藏品。珍珠和貝螺本就是一體的，貝珠不分家啊。」

「我聽您提了兩次貝商，那貝商到底是什麼？」

麥教授背著手說：「在國外，集貝是與集郵一樣的愛好行爲，而且貝迷比郵迷數量還要多。中國有很多人集郵，卻沒有多少人熱衷於收集貝殼的，即使偶爾有，所收藏的貝殼也不成系統，只有屈指可數的一些集貝大家。你不知道貝商也在情理之中。」

我有些明白了，說：「喔，這麼說，貝商就是專門出售貝殼的商人，就跟郵局發行郵票一樣。」

「可以這麼理解。貝商行業從業者人數最多的是菲律賓，他們的修殼手藝算是巧奪天工，造出一些珍貴貝殼的贗品，普通人根本看不出來。但是若論財力和實力，歐美貝商就很厲害了。」

「看來這還是門大買賣啊！」

「比集郵還歷史悠久、人數眾多的行業，當然是門大買賣了。世界上大的貝商都有自己的船隊，常年在各國海域專門打撈貝殼。」

說話的工夫，我們來到了三樓，這層果然更加華美更加珠光寶氣，裡面陳列的大大小小的珍珠當眞令我大開眼界。我從來沒有想過，世界上的珍珠竟然會有這麼多種，如果說剛才在麥教授關於異珠的講座上，還只是將信將疑的話，現在就是徹底心悅誠服了，畢竟那麼多的異珠，就實實在在展現在你的眼前。

而且，最爲特別的是，展廳東側頂頭有一個很大的玻璃箱，有點像超大型水族箱，裡面竟然有一條金龍，那樣子就跟傳說中的五爪金龍一模一樣。但看體型，卻只是一條小龍。

我站在玻璃櫃前挪不動腳了，盯著那條龍猛瞧，想分辨出來，到底是假的，還是眞龍做成的標本。

麥教授來到我身旁，說：「採珠勿驚龍！」

我回過神來，問：「什麼？」

「採珠勿驚龍。但凡異珠出處，必有龍族把守，採珠人要麼不要驚到龍，若驚龍，必屠之。否則採珠者自己性命就保不住了。」

我嘴裡喃喃著重複道：「採珠勿驚龍？」

「這條龍是眞的，只是做成了標本而已。是我花重金從日本的板倉家族手裡回購的。」

「回購？」

麥教授點點頭，說：「是回購，因爲這條龍最初是二戰前後，板倉家族從中國買走的。當時還有兩條，但那兩條一是人家不賣，二是即使賣，可能也是天價，因爲那兩條龍的尺寸比這條金龍要大很多。」

這時，一個身材高挑、長髮垂肩的年輕女子走了過來。藍色襯衫的衣襟上似乎都是珍珠紐扣，黑色的裙子下搭著一雙高跟鞋，既幹練又很美。看樣子似乎不是遊客，我感覺這博物館根本就不是對外開放的，更像是私人藏品庫，所以我猜她是這裡的工作人員。

麥教授向我介紹道：「這是我們博物館的研究員，郭美琪。」然後又對那姑娘說：「這是楊宣，他爺爺是楊子衿，就是那個以前研究龍的地質古生物專家，去年學術年會上，妳也見過的。」

郭美琪喔了一聲，似乎知道是誰了，伸出手，說：「你好。」

我跟她握了握手，說：「妳好。」

麥教授接著說：「來吧，我們到裡面說。」

進了裡間，郭美琪關上門，我打量了一下四周。這間屋子布置得像個會議室，中間有一座臺子，看不出來是做什麼用的，臺子上有個設備，猛一看像是手術臺上的無影燈，但仔細看又不是。靠北面一端有講臺，有投影機，中間臺子的四周放著帶有可折疊寫字板的椅子。

麥教授在屋子角落的茶几上打開一瓶酒，取出兩個玻璃杯倒上，走過來遞給我，然後對著那年輕女子說：「美琪啊，楊宣他爺爺出了點意外，醫院說是自然死亡，心肌梗塞導致的猝死。但楊宣堅持認爲是意外，而且跟他爺爺手頭研究的一個專案有關，不過那個題目是楊子衿的私人研究，現在楊宣想弄清楚實際內容，來佐證他的猜測。所以，我想讓妳陪他去一趟他爺爺的辦公室，看能不能找到一點線索。」

郭美琪說：「讓我去倒是沒問題，就怕最後查不出個所以然。因爲他爺爺畢竟是研究地質古生物的，而我們是研究貝類的，雖有交集，卻是兩碼事。」

我急忙說：「我爺爺說過，他正在研究的是震旦紀古貝類在中國的分布，肯定是跟貝類有關的。」

麥教授對她說：「如果妳也沒法從中發現有價值的線索，那說明我們確實幫不上忙。但不管怎麼樣，還是先去看看吧。」

「那好，是南京的這個研究所嗎？」

麥教授說：「不是，是上海的。可能時間上還得抓緊點，否則今天趕不回來。」

我滿懷歉意地對郭美琪說：「實在不好意思了，本來我想自己去的，但麥教授說我是門外漢，看不出什麼頭緒，所以得麻煩妳。」

「沒關係的。那我先去收拾一下，等等來叫你，我們早去早回。」

我連忙道謝。麥教授蒼老的手舉起杯子，慢慢啜飲了一小口，說：「你也不用太感謝我們。一來你爺爺好歹算我的半個同行，大家有過幾面之緣，去年學術年會時還一起吃過飯；二來嘛，這次的事情，如果真如你所料，那麼可能就是我們貝類學領域的大事情了，背後一定不簡單，恐怕有驚人內幕也說不定，我也想弄清楚。」

半個小時後，我上了郭美琪的車。車駛出博物館的院子後，我覺得氣氛稍顯尷尬，便說：「要不我來開吧。」

「怎麼？不相信女人的駕駛技術？」郭美琪轉頭看了我一眼，笑著說。

「不是，不是。主要是要勞煩妳跑一趟，而我這麼大塊頭，卻乾坐在這，有點不好意思。」

「沒什麼，反正我到中國來，也是想多學習點東西。你爺爺是鼎鼎大名的專家，能跟你去一趟，整理他平時的研究資料，也是學習的機會。」

我聽了覺得很奇怪，問道：「妳來中國？難道，妳不是中國人？」

「我老家在波士頓。」

「波士頓？美國人？」我有些驚訝。

郭美琪笑著說：「是啊，我爺爺最先去美國，後來把全家也接了過去，我母親也是華人，雖然我在美國出生、長大，講英語，不過我的中文可一點也不比你差。而且我不但會普通話，還會粵語，閩南語。」

我有些不相信，說：「這怎麼可能，一般的美國華裔小孩子，在中文語言學校學幾年，連看中文報紙都不行。」

「我來中國太多次也太久了，多得幾乎比對美國還要瞭解。我三歲時，父親來華考察，那時就把我帶在身邊。後來在中國正式有了分公司後，他每次來，幾乎都得帶上我，中國沒有我沒去過的省份。」

我愈發奇怪了，問：「妳家到底是做什麼的啊？既然家裡是做生意的，怎麼又會到麥教授的這個九淵博物館？」

「我爺爺老家就在南京這裡，最初在英國愛丁堡大學留學，畢業後先是去了臺灣，後來到美國馬里蘭大學生物系教書，專門研究水生生物。五年後把老婆和孩子從臺灣接到了美國，那時候父親十五歲。後來父親做木材和香料生意，在中國以及印度、西澳、歐洲等地都有分公司，不過我對水生生物的興趣比對木材、香料大很多。」

我來了興趣，說：「妳在美國不叫這個名字吧？」

郭美琪淡淡地說：「我的英文名字叫Maggie，郭美琪是我自己取的中文名。」

「木材生意我倒是知道，香料主要做什麼？」

郭美琪抬起手，露出腕上的串珠，說：「比如這串老山檀，就屬於香料啊，又比如海南的紫藤香。中國自古不是有四大名香的說法嗎？——檀香、沉香、麝香、龍涎香，這些都是香料。除此以外，我們還做食用香精，另外在法國也有香水廠。在中國這邊，主要是做木材；西澳那邊以做檀香木為主，其他木材為輔。」

我微微點點頭，說：「妳還真是很專業啊。」

郭美琪俏皮地眨眨眼，說：「木材也好，香料也罷，只不過是因為家裡做這行，我才瞭解而已。但我眞正喜歡的是水生生物，水裡的一切都令我著迷。這一點，跟我爺爺很像，他就是研究水生生物的。」

「那妳是怎麼到這裡當研究員的？家裡做生意，還是跨國公司，妳卻來研究異珠和貝類，眞的很難想像。」

郭美琪說：「我有個嗜好，喜歡收藏貝殼，從小學第一次接觸起，便一發不可收拾。幾年前，新墨西哥州的一個貝商傳了張照片給我，上面是一枚非常特別的貝殼，就像咖啡色琉璃一樣漂亮，叫大災星。全世界已知出水的大災星一共只有七枚，因爲這種貝殼據說是有魔力的，會爲持有者帶來致命厄運，所以我就想弄清楚原因。然後我爺爺說這個世界上如果有人知道大災星帶來厄運的原因，那麼只有一個人，就是麥教授。所以，我就來了，順便看看我爸分公司的情況。」

「大災星？還致命厄運？一枚貝殼而已，有那麼玄嗎？」

郭美琪不置可否地笑了笑，說：「最初是一個印尼人擁有了大災星，接著他的公司便在暴動事件中被摧毀了；然後一個叫布魯諾的人擁有了大災星，結果山洪暴發，埋掉了他的房子和所收藏的貝殼，他從淤泥中挖出大災星，嚇得賣給了一個日本人；日本人買走大災星後，不久便發生了神戶大地震，這個日本人的全家都遇難，大災星也不知所蹤。全世界一共發現七枚大災星，『法國自然歷史博物館』與『美國自然歷史博物館』各一枚，第三枚被人撈上來後船上發生了槍戰，又被扔回大海，其餘四枚現在下落不明。」

我聽後連連咂嘴，說：「是有點神奇啊。那麥教授知道這是爲什麼嗎？」

「他當然知道，只不過裡面的原因太複雜，以後有時間再慢慢說吧。」她又看了我一眼，「你是做什麼的？體格看起來像是游泳選手。」

我嘿嘿笑了起來，說：「眼光還眞不賴，我是準潛水教練，只不過因爲有些事耽擱了，要不然我現在就在海南教人潛水了。」

「怪不得這麼白。」

「怎麼講？潛水和白有什麼關係？」

「因爲我覺得只要是在水裡待久的，似乎皮膚都挺白。」說著朝我一笑，「你要是曬黑些，那就有點像古天樂了。」

「拜託，古天樂原本也很白的，後來才故意去曬黑的好嗎？」我靠在椅背上，也瞄了她幾眼，「我看妳似乎跟我差不多大年紀嘛。」

郭美琪不屑地嗤了一聲，笑道：「你小屁孩一個。」

我一下子坐起身，說：「嘿，妳中文是眞不錯啊。連小屁孩也會說。」

「我都跟你說了，對中國我比對美國熟悉。我猜你也就大學剛畢業吧？」

「是啊。」

「我比你大三歲，今年二十五了。」

我點上一根菸，說：「大三歲也能叫大嗎？四歲以內都叫一樣大。」

第五章 半路截殺

因爲上海離南京不算遠，所以我和郭美琪兩人就這麼直接開車過去，而且都是年輕人，一路上談的算是融洽，等到上海時，已經很熟悉了。

我在研究所的警衛室打電話和負責人說，我來爺爺的辦公室整理他的遺物，因爲上次走得匆忙，很多書籍還有筆記等都沒帶走。因爲爺爺的辦公室兼臥室在研究所最周邊的院牆處，遠離核心科研區，更加不需要進入辦公樓，所以負責人很快就同意了。

到地方下車後，郭美琪先是在房子四周看了看，說：「這裡連個監視攝影器都沒有啊。」

我說：「大門口有。」然後我指著房子與院牆之間的幾棵水杉樹，「不過，如果眞有人要進來，可以從這裡，根本無須從大門進出。」

郭美琪搖搖頭，說：「是啊，這邊明顯是老房子，大概跟研究所的年代一樣長。」

我們進屋後，室內的物品擺設基本還跟我上次來時一樣，但明顯蒙上了一層灰，進去之後都感到有些嗆鼻。我看見書櫥裡擺著的一張照片，是我小時候跟爺爺的合影，不禁很是感慨，拿在手裡摩挲許久，然後從相框裡將照片取出來，收進口袋裡。

郭美琪走過鋼琴時，用手指頭按了一下琴鍵，聲音在空蕩蕩的房間裡顯得很詭異。

我走到書桌前坐下，也就是爺爺去世前最後坐著的那把椅子，書桌上偏右擺著一台電腦，左側則是一具小型龍的骨架模型，桌面空空如也。

我把幾個抽屜都拉開翻了一遍，將裡面的文件統統搬到桌上，郭美琪一張張查看，似乎沒有什麼特別的；然後她又將書櫥裡的書統統瀏覽了一遍，仍然沒有找到特別有價值的線索。

我有些著急，於是打開電腦，螢幕上提示需要輸入密碼，這個我之前還真不知道，抬頭想了想，先是輸入爺爺的生日，不對；再輸入我的生日，也不對；最後把我能想到的都想了一遍，統統不對。

這時，郭美琪從書櫥裡取出一個小本子，邊一張張翻著看邊說：「這個似乎是專門記密碼的本子。」

我連忙快步走了過去，湊近一看，確實是，上面密密麻麻，連同很多東西的註冊資訊都記錄著，而且很多密碼都不一樣，也難怪需要專門用個本子記錄。不過雖然連銀行卡的密碼都有，但就是不見哪條是電腦的。

我不信邪，坐下來又重新逐條看了一遍，還是沒有發現。

郭美琪走回鋼琴前，坐到琴椅上說：「沒有記錄電腦密碼，倒也說得過去，因爲天天用的東西不會忘。實在不行的話，搬到電腦維修店，看能不能讓人破解。」

我皺著眉頭，一籌莫展，但突然間我發現一個有些奇怪的地方，最後幾條最新記錄的密碼，大概有四五條的樣子，都是一樣的，密碼均爲42CJDL54GYFL，而第一個用此密碼的是爺爺在一個國際學術協會的官網帳號。

我覺得有些奇怪，便將這個拿給郭美琪看，她盯著看了半天，也沒有想出個所以然。

無奈之下，我們只能將認爲可能有用的書和筆記，以及檔案等都搬上了汽車，電腦當然也不例外，準備先回南京的博物館，然後再慢慢琢磨。

返程的路上，換我開車，當車行駛至常州時，已經到了夜裡，我和郭美琪停下來找地方吃了些東西，然後便又往回趕。到南京時，夜已經很深，在郭美琪的指引下穿過市區，開向博物館所在的郊區。

路上郭美琪見我脖子上掛著東西，便問：「你掛的那是什麼？」

我隨口說：「護身符。」

「什麼護身符？」

本來按照爺爺從小的叮囑，是不能跟人說龍牙的，但我想反正白天時已經跟麥教授講過了，而且他們博物館裡本身就有龍的標本，所以跟她講應該沒什麼關係，於是說：「是龍牙啊，小時候我爺爺給的。」

郭美琪一聽來了精神，說：「是嗎？能掏出來給我看看嗎？」

「你們博物館不是有龍嗎？還要看我的幹嘛？」

「那是條小龍，還沒長出龍牙呢！」

我奇了怪，問：「小龍不長牙嗎？」

郭美琪說：「龍身上有兩樣東西最為珍貴，一個就是龍牙，二是龍珠。龍牙是指龍唇下最長的一顆，只有成年後的龍才有，龍珠也是如此。快讓我看看嘛。」

我笑了笑，一隻手從胸前把龍牙掏了出來，正當郭美琪從副駕駛的位置上湊過身子看時，從車尾部傳來一陣極其猛烈的撞擊，整個車子幾乎被撞得掉了個頭。

幸虧我和郭美琪兩人繫了安全帶，否則肯定要磕得頭破血流。車子停了下來，我怒氣衝衝地打開車門，準備下車去跟後面肇事的司機理論。

後面是一輛越野車，下來三個人，看起來人高馬大。還沒等我說話，其中一個光頭便一拳揮了過來，重重打在我的臉上。我瞬間就怒了，從小到大打架，向來都是我揍人揍得還不了手，哪裡受過這種氣？你們他媽的膽大包天了，於是啐了一口帶血的唾沫，爬起來飛起一腳就朝光頭佬踹去，另兩人見我還手，便立刻就衝了上來，四人扭打起來。別看他們三個，我一個，但一時半會，他們還眞拿不下我。

郭美琪也趕緊下了車，喊著：「別打了，別打了，有話好好說。」

打到最後，那三人見實在占不到便宜，光頭佬突然回到越野車裡，掏出一把弩出來，舉起來對著我，大聲吼道：「再打老子射死你！」

我看清楚了形勢，見那把弩已經上了箭和絃，只消扳機一扣，隨時都能射出，這可不是鬧著玩的。與此同時心裡也感到有些不妙，因爲突然想到，這裡是郊區，本來就人煙稀少，現在又是深夜，更是沒什麼人影。如果眞被不小心射死了，連個目擊者都沒有。

我只好舉起手，站在那裡喘著氣，說：「你們到底想幹什麼？」

光頭怒氣衝衝地說：「幹什麼？要你的車。你們這對狗男女在這給爺站好了，敢動一下，就讓你們做一對亡命鴛鴦。」

我一聽頓時急了，他們如果要錢不打緊，要車其實也無所謂，但重點是車上有我東西啊，於是說：「車你們可以開走，但能不能行個方便，把車上的東西留下給我。你們放心，我保證不報警。我知道討生活不容易，你們把車開走，我絕不追究。」

旁邊一人一拳打過來，罵道：「誰他媽讓你說話了，閉嘴。」說完，就朝我和郭美琪的車走去，而光頭則一直用弩箭對著我。

等到那人將車門關上，將車發動，光頭和餘下一人才慢慢退回他們自己的越野車裡，然後三人開著兩輛車走了，留下我和郭美琪站在黑地裡。

看著他們離去的方向，我罵道：「狗×的王八蛋，別讓老子找到你們。」

郭美琪走了上來，問：「你沒事吧？」

我抹了抹嘴角的血跡，說：「我沒事，但車被他們搶走了。」

「算了，算了，先回博物館再說吧。」

我四處看看，說：「這荒郊野外的，也沒車啊。咳，博物館幹嘛要建在郊區呢，這麼偏僻有人來嗎？」

「九淵博物館是會員制，一般人進不來。而且建在市區不方便。」郭美琪說著，朝前望了望，「這裡已經是博物館的山腳下了，我們走上去吧。」

於是兩人摸黑朝前走去。

上山的路上，郭美琪笑著說：「你身手看起來不錯啊。」

「可惜最後還是被他們搶了。」

「那是他們有弩箭，你赤手空拳，當然沒辦法。」

我回想了一下，覺得有些奇怪：「妳說這夥人搶我們的車幹嘛？不像是一般劫匪，我們身上又沒有錢，連問都不問，目標很明確，就是要車。」

「你的意思是，其實是要車上你爺爺的東西？」

「嗯。看來研究所一定有他們的人，見我們去收拾東西、找東西，立刻就通風報信跟過來。」

「照這麼來看，你爺爺的事情可能還眞是另有玄機。按理說，他們既然能害你爺爺，那辦公室的東西肯定也能夠拿走的，爲什麼非要等到現在，才來搶我們呢？」

「我隱隱有些想法，但一時半會還沒理清頭緒，先回去再說吧。麥教授晚上在嗎？」

「他平時不住這裡的，博物館晚上只有幾名保全。但剛才打電話時，他說他在博物館等我們。」

我有些感慨，說：「眞不知該怎麼感謝麥教授才好。」

郭美琪笑了起來，說：「所謂好奇害死貓，比如你是一個書畫藝術家，如果有人來找你，請你幫忙調查一樁關於《蘭亭集序》的案子，你肯定也會幫忙的。」

「麥教授一直說你們貝類學領域，和我爺爺的地質古生物研究有所交集，這個我總是想不明白。」

「你爺爺是研究龍的專家，而有句話叫——採珠勿驚龍。你聽說過嗎？」

「麥教授白天講過。」

「那就是了，我們其實是研究奇貝異螺和異珠的，這二者互爲一體，而且異珠出處總有龍族把守，所以你爺爺和麥教授的交集就是——龍。」郭美琪想了想，又問：「需要報案嗎？剛才搶車的事。」

我嘆了口氣，說：「明天再說吧，我猜報了也沒用，等找到車時，裡面的東西早沒了。而且那幫人一定是有備而來，車牌說不定都是僞造的，很難查到身份。」

到了博物館後，麥教授果然在會議室等我們。我去洗手間清理臉上、手上的血污時，郭美琪將路上的情況先告訴了麥教授。

我再進去時，麥教授皺著眉頭，說：「看來你的直覺是對的。你爺爺的死，不是那麼簡單。」

我坐到椅子上，有些喪氣，說：「可惜，車上的東西都沒了，沒辦法弄清爺爺具體的研究內容了。」

郭美琪說：「但那幫人應該已經得到了想要的東西，爲什麼還要再搶我們的車呢？」

麥教授來回踱了幾步，說：「研究所有他們的人。把車和上面的東西搶走，這樣就可以防止別人有意或無意中知道你爺爺的研究內容。但他們卻不能直接從你爺爺的辦公室裡將東西全都拖走，因爲那樣別人一看就知道是衝著研究成果而來，沒法僞裝成自然猝死。」

頓了一會兒，他接著說，「而他們之所以用那麼隱祕的手法，造成正常死亡的假象，一切都是爲了掩人耳目，不想讓人知道他們的目的。」

我問：「那麼麥教授，您是否知道，除了你的研究所以外，還有什麼人能夠知道並掌握貝類毒素的提取呢？從這一點著手，說不定是個尋找嫌疑人的方向。」

第六章 南珠王

麥教授高大而瘦削的身體，從椅子裡站了起來，倒了些酒，抿了一口，然後說：「掌握貝類毒素提取技術，或者說掌握這種方法的人，在全世界有三個家族，中國一個，日本一個，還有一個原先在英國，後來舉家族搬遷到了美國。」

我說：「日本和美國的，恐怕有點鞭長莫及，中國的這個是什麼情況？」

「你聽說過南珠王這個人嗎？」麥教授靠在檯子上問我。

我搖搖頭，說：「沒聽說過。」

麥教授說：「南珠王出生於清末，是一名採珠人。當年慈禧的冬夏兩頂朝冠上共計六百多顆珍珠，均出自其手，另外還有一顆碩大的珍珠夜明珠，專門被慈禧用來掛在珍珠帳的正中，每晚便躺在那顆珍珠下的床榻就寢。南珠王，曾經是慈禧欽點的採珠人，專門負責採供用於慈禧生活裝飾類的珍珠。此外還有幾名採珠人，一個專負責用於食用的，因慈禧會定期服用珍珠粉；另一個雖然也負責生活類珍珠，卻僅限在東海海域。只有南珠王和他的一班徒弟，持珠牒，負責南珠及全國範圍內的淡水珠。只要他們相中的水域，隨時可以憑藉珠牒，通知當地縣衙派人予以支持，甚至還能要求相中水域所屬的水師進行配合，其能耐可想而知。」

我問：「什麼叫珠牒？」

郭美琪說：「當時採珠行當內喜歡將珠牒稱爲龍票，因爲珠牒的正面刻有一條五爪金龍，兩隻龍爪各抓著一顆碩大的夜明珠。等同於朝廷頒布的採珠許可證。」

「那什麼又叫南珠？」

郭美琪說：「天下的珍珠在當時按地域分爲幾種，廣西合浦，也就是南海的珍珠，叫作『南珠』，因爲粒大飽滿，圓潤度、光澤度較好，所以又被稱爲『走盤珠』。東北的珍珠被稱爲『東珠』或者『北珠』；當然，也有人將產自日本的珍珠稱爲『東珠』；歐洲的則爲『西珠』。歷史上曾有『西珠不如東珠，東珠不如南珠』的說法。」

我說：「這個我在麥教授的講座上聽過。另外，珍珠和這幾個家族，以及掌握貝類毒素提取又有什麼關係？」

麥教授說：「別著急，很快你就會知道。合浦珠，也就是南珠，是海裡的，屬『海水珠』。除此以外，自然還有江河湖泊等產出的『淡水珠』。目前因爲珍珠全部都是人工養殖，所以絕大部分珍珠都不値錢，但有一類除外，那就是——異珠。」

「您在講座上說，異珠分爲龍珠和貝珠兩大類，貝珠中的異珠又分爲四種。」我想了想，又說：「那按照您的這個說法，既然現在普通珍珠全是人工養殖的，那也就是說幾乎不怎麼需要採珠人了，如果現在的採珠人要過活，甚至要過得很好的話，就只能採這些異珠了？」

麥教授點點頭說：「沒錯。無論海水珍珠，還是淡水珍珠，凡是普通珍珠，現在都是人工養殖。這給整個採珠行當帶來致命的打擊，當然也是大浪淘沙，剩下最厲害的一批採珠人，他們現在專採異珠，只要採到一顆，那就是不得了的事情。中國最厲害的，就是剛才說的南珠王一脈，算起來到今天爲止，這個家族應該是第五代了。」

我似乎隱隱有些明白了其中的聯繫，說：「南珠王家族是採珠世家，而珍珠是貝類孕產的，所以採珠世家一定也精通貝類技術，就好比麥教授您這個九淵博物館，在收藏奇貝異螺的同時，也收藏異珠，另外還有龍。」

麥教授點頭嗯了一聲，說：「所以，如果你爺爺眞是被人用貝類毒素害死滅口的話，那南珠王家族的嫌疑是相當大的。他們精通貝類的結珠、分布和習性，曾經爲尋採各種異珠而闖五湖、走四海，但這個家族自從人工養殖珍珠興起之後，便消失匿跡許久。而且你爺爺已經火化，入土爲安，即便能想到辦法讓警察立案，也沒法化驗了。」

我問：「既然銷聲匿跡許久，爲什麼麥教授您還知道他們的存在呢？」

麥教授笑笑，做了手勢，說：「我這個九淵博物館裡的不少異珠，就是當年透過中間人向他們買的，只不過不知其具體行蹤罷了。他們做事向來很隱密，只是這次爲什麼如此大動干戈，恐怕背後的圖謀眞不簡單。」接著，他轉身小聲吩咐郭美琪打開投影機，然後說：「知道採珠人又被稱爲什麼嗎？」

我搖搖頭。

「採珠人又被稱爲屠龍者……」

麥教授話沒講完，我就叫了起來：「屠龍者？這個外號比較酷啊。」

麥教授瞪了我一眼，說：「這不是外號，這是事實。採珠行當裡有句話，叫作——採珠勿驚龍！我之前在外面也跟你講過，但凡異珠出處，都有龍守護寶珠，而且最爲珍貴的異珠，也就是第一大類——龍珠，本就是龍身上的。採珠人要想採異珠，要嘛別驚到龍，一旦驚龍，必屠之，否則他們自己就得死。」

聽口氣，麥教授似乎不像是在說假的，這時，郭美琪的投影機在螢幕上投現出幾張照片，有些是黑白的，有些是彩色的。最後停在一張黑白照片上，看裡面人的裝束似乎應該是在清朝末年，或者民國時期，眾人面前還有一具很大的骨架，似乎是某種巨型動物的骸骨。

麥教授說：「這是一九三四年，遼寧營口墜龍事件，當時《盛京時報》刊登的專題新聞照片。照片裡的這具骨架，就是一條龍的骸骨。」

我站起來，走進了幾步，仔細看著那張照片，說：「龍那麼厲害，怎麼會死在這裡？」

郭美琪說：「龍是由蛟變的，而蛟會選在特定的地理位置，積蓄天地能量，化爲龍，這個過程稱爲走蛟。走蛟成功後，雖然已經成功變爲龍，但那時的龍卻是最虛弱的，人要想屠龍，選在此時相對而言最爲容易。照片裡這條剛剛由蛟化爲龍，就被人抓住，殺掉之後取走了龍珠和龍牙。」

麥教授補充道：「殺這條青龍的，正是南珠家族的第二代，南珠王的兒子，簡克勝。南珠王的名字叫簡雲漢。」

我覺得很詫異，問：「他們怎麼能知道到哪裡、什麼時候去抓蛟龍呢？」

麥思賢說：「蛟化龍有幾個條件：一是地理位置，必須選在風水堪輿學上稱爲『金鎖龍門關』的地方；二是走蛟日期，通常會在夏季七到九月份。另外，蛟化龍之前，會提前射出一種五彩之氣，直衝天空。探珠有些門派裡自古就傳有望氣術，即觀望龍氣之術，這些氣，常人是看不到的。

用現在的科學術語來講的話，就是磁場，但現在透過儀器，例如俄羅斯發明的一種磁場照相機，或者透過這些採珠人特殊的望氣術，就能夠覺察到這種龍氣。所以，要提前確定並鎖定某地準備化龍的蛟，並不是特別困難。」

我說：「照這個說法，採珠人能殺得了剛化形的龍，但他們卻沒法殺守護寶珠的龍啊，那些護珠龍肯定是已經成形許久的。」

麥思賢背著手，來回走了兩步，說：「成形已久的龍雖然厲害，但也並非完全奈何不得，這裡面的門道很複雜，以後有時間再慢慢細說吧。」

「還有一點我不是很懂，為什麼龍要護珠？異珠對人而言可能很值錢，但龍要保護異珠做什麼呢？」

麥教授對郭美琪說：「打開模型。」

郭美琪打開開關，接著屋子正中央的那個類似無影燈的儀器便投出光線，在下方的檯子上呈現出3D立體的影像，就像是整個世界山海的模型。並且有一些立體的座標系結構，而某些座標系交叉的節點，又向下在水域中投射出一個個紅點標記，然後由這些紅點，共同組成一個立體的蜂巢狀結構。整個模型，極為精細，同時也極為複雜，真是令人嘆為觀止。

麥教授說：「這些紅點指示的地方，就是全世界已發現、已出水的奇貝異螺，也就是異珠所在地，你可以將這個稱爲『已知異珠的分布圖』。」

我驚訝得有些說不出話來。

麥教授接著說：「構成世界的基礎是天文和地理，好比兩種座標，當這兩種座標產生交集時，表示在符合特定的天文地理條件之處，便會有奇貝異螺遷居，孕產異珠，故異珠乃自然能量的凝結。」

我問：「那民間所說的夜明珠，就是普通貝殼在這些特殊的地方，結出來的嗎？」

麥思賢說：「你以爲普通貝殼能產夜明珠嗎？錯了。所謂『異貝出異珠』，每一種珠母貝只能孕育出一種珍珠，就好比牛只能出牛黃，驢只能出驢寶，你什麼時候聽說過驢肚子裡能出牛黃的？不同的珠母貝，產出的珍珠是斷然不同的。『馬氏珠母貝』與『白蝶貝』等屬於一類，產出的珍珠大致相同，但是美樂螺呢？美樂螺產的珍珠叫美樂珠，美樂珠與常見珍珠的質地便完全不同了。

「同樣的道理，夜明珠也不可能是普通珠母貝所產，產夜明珠的珠母貝有幾種，其中一種叫作殷芒貝。我聽有些人說夜明珠並非珍珠，而是某種石頭，簡直貽笑大方，中國自古以來所說的夜明珠，一定是指珍珠，絕對不是石頭。這東西，古人能弄錯？南珠王敢拿顆石頭說成是夜明珠，去騙慈禧？只怕即便那石頭眞能夜裡發光，慈禧也得把南珠王抓起來給砍了。」

說到這裡，麥教授從抽屜裡取出一根菸斗，填上一些金黃色的菸絲，點上抽了幾口後，續道：

「殷芒貝很邪門的，不能出水，只要出水一次，就不會再產珠。它向來在地下水系中生活，而天然形成的井都是與地下水系相通的，如果我們把目光聚焦在地下，就會發現，整個地下水系的複雜程度絲毫不亞於地表的這些江河湖泊。殷芒貝有個特性，會自行尋找夜寒之處而遷徙。但整個地下水系是很封閉的，所以只要某處地表能夠天然成井，將夜寒月華透進地底來，殷芒貝就會緩慢而自動地向那裡遷居。」

我撓著頭問：「天底下還有天然形成的井？我怎麼從沒聽說過呢？」

麥教授笑道：「你沒聽說過的事那可多了，舉個例子，北宋的時候，殿前司都指揮使袁信陵，在老家建了一座宅子。有一天下暴雨，他宅子庭院中的雨水統統往西北角流去，就好像那裡開了個排水口一般，這雨足足下了三天三夜，可他家院子裡幾乎沒有一點積水，全流進那角落裡了。雨停之後，西北角那裡便自然塌陷出個大窟窿，就似一口超大水井，裡面極深，用繩子繫著磚石往下扔，但根本沒辦法測量，因爲不管繩子放多長，始終到不了底，而且有時還有東西在下面拽繩子。這種就是自然形成的井了，如果這類井的地理位置又能符合吸收月華星精，且水波陰寒，成井的年頭又足夠久遠，那麼就有可能會有殷芒貝遷居其中，最終形成夜明珠。」

郭美琪說：「故而相水術中有云：『珠蚌中陰精，隨月陰盈虛。』指夜明珠之所在，定能吸收月華星精，吐納水陰波寒，聚月龍井是也。」

「聚月龍井？」

郭美琪說：「是啊，井就是麥教授剛才講的在地表天然形成的井，但並非每處天然井都能吸引殷芒貝，並結出夜明珠。而『聚月』則是這種井必須符合的天文地理條件，用相水術語講就是——群山單臂柔，一水過陽軸，穹廬拱頂處，龍井月華收。也就是說，首先得找天然井，然後找到的井還得符合這首詩所描述的特徵，才能稱爲聚月龍井，裡面才有可能會有殷芒貝，而能否孕出夜明珠，還得另說。」

我簡直要暈了，問：「這相水術是什麼意思？」

麥教授說：「根據不同異珠形成所需要的不同天文地理條件，就可以判斷不同水域能夠出產哪種異珠，也就是不同的異珠到不同水域尋找；遇到不同水域，可大致判斷裡面會出哪種異珠，在採珠行當裡，這種本事稱爲相水。」

郭美琪說：「相水是採珠人祕不外傳的法門，而我們眼前的這個模型，只是根據全世界已知的異珠，而後採集其出水資訊進行標定設計的。」

「那你們爲什麼要設計這個模型呢？」

麥教授繞著模型台走著，說道：「試圖破解龍的族群分布與體系。」

「難道這些紅點標記的地方，每處都有龍？」

郭美琪說：「不是的。這些紅點標記處的異珠，就算被人採走或者甚至連奇貝異螺也一併被撈走，但經過特定的時間之後，又會有新的奇貝異螺遷居其中，算是某種形式上的再生資源，儘管時間可能比較長，平均下來每處得要一百年左右才能重新結珠。而另一些地方，屬於關鍵節點處，其中的奇貝異螺及其孕產出的異珠，都屬於不可再生的，在這種地方，才會有龍守護。」

麥教授接著郭美琪的話往下說：「而關鍵節點處，卻不能透過相水的方法識別出來，也就是那些關鍵節點處存在的頂級異珠，是很難被發現的。所以我們造這個模型，試圖透過普通節點分布，也就是這些紅點標記，來推導出關鍵節點的分布，最終破解龍的族群所在。」

我在震撼之餘問道：「什麼叫作頂級異珠？與這些紅點標記處的異珠又有什麼區別？」

郭美琪說：「市場上有所交易的異珠，都屬於麥教授兩類四種分類法中的前三種，而頂級異珠則屬於第四種，也就是特殊功能性異珠，比如傳說中的避水珠，達到這個等級以上的，就可以稱爲頂級異珠了。當然關鍵節點處，也可能存在的不是頂級異珠，而是特殊功能性的奇貝異螺。」

我順口接道：「比如大災星？」這是在車上聽郭美琪說的，我當時以爲很神奇。誰知麥教授卻說：「大災星？那算什麼？！要是大災星都需要龍守護，那這個世界上的龍未免也太常見了吧。」

因爲生平頭一次接觸這個神奇領域，所以我有問不完的問題：「我還有個問題，夜明珠到底爲什麼會發光？」

麥教授說：「你剛才沒有認眞聽我的話。我說了，異珠乃是自然能量的凝結，重點是能量二字，既然它凝結的是能量，那麼自然地，異珠中的夜明珠就能夠發光了。電燈之所以能發光，不就是因爲電能嗎？只不過這兩種能量是不同形式的而已。」

我若有所思地點點頭。

麥教授繼續說：「全世界的異珠，共同構成的體系，叫作異珠體系。也就是這個模型中的蜂巢結構，你仔細看，這個結構除了像蜂巢，還像什麼？」

我看到紅點與紅點之間的連線上，還模擬有間歇性電流脈衝的樣子，說：「似乎，似乎有些像電網。」

麥教授用手指頭叩了兩下臺子邊緣，說：「很好，你說得很對！全球的異珠，共同構成了一個超大的電網，而我們人類社會中的電網是傳輸什麼的？」

「電啊。」

「正確。剛才說了，電能是一種能量，異珠蘊含的也是一種能量，自然的能量。所以全世界的整個異珠體系，其實共同構成了一個傳輸自然能量的能量網！」

我看著眼前的3D異珠能量網模型，有些感到震撼，然後想到一個問題，說：「那這個能量網，最終要把自然的能量傳輸到哪裡？」

麥教授看著我的眼睛，問：「你說呢？」

我愣了片刻，試探性地答道：「龍族？」

麥教授詭異地笑了起來，說：「你很聰明，現在你明白爲什麼異珠對於龍族是最重要的東西了吧？因爲龍生存需要的不是食物，牠們的食物是能量，牠們靠能量爲生。蛟化龍，靠的是能量，有了足夠的能量，蛟才能成功化爲龍而去。蛟化爲龍之初，只是在外形上有所改變，但其實那個時候的能量還不足以化龍，必須再過一段時間，等到能量眞正積滿，才算徹底完成全部過程。所以人類要屠龍，最好的時機是蛟剛化龍之時，因爲那時其作爲龍而言的能量，尙未完全蓄滿。

「而整個異珠能量網的節點太多，不可能每處都有龍去把守，因此普通節點處，也就是模型中的紅點標記，是沒有龍的，這些地方的異珠和奇貝異螺是可再生的，也就是說這些節點長久來看，是沒辦法被破壞的；但眞正的龍，完全成形的龍，均守護在異珠能量網的關鍵節點處，不過這些地方的分布規律，卻恰恰是人類目前無法掌握的，也是採珠人無法透過相水術確定的。」

我腦海裡忽如電光石火，瞬間想到一個問題，然後脫口而出問道：「莫非我爺爺發現的是，異珠能量網中的一處關鍵節點？抑或他對我說的震旦紀古貝類在中國的分布，其實就是指龍族關鍵節點在中國的分布？所以，南珠王家族才會想要這個研究成果，因爲在這些關鍵節點處，曾有頂級異珠和奇貝異螺！」

第七章 偶遇

事情漸漸露出了眉目，但同時卻又陷入了僵局：一方面南珠王家族常年在全球各地各種水域尋採異珠，之後賣到國際高級珠寶市場，或者像麥教授這種異珠收藏大家手裡。而他們偏偏行事又極爲隱密低調，彷彿刻意要避開世人的目光，所以異珠交易全是透過中間人，現在甚至連他們目前第五代傳人究竟是哪國國籍都不清楚，想要找人，眞不是一件容易的事。

另一方面，雖然他們有重大嫌疑，但苦於沒有證據，如果僅憑麥教授的話，以及我個人的推斷，說給警察聽，恐怕換誰都不相信。

我只好做長期抗戰的準備，先在南京安頓下來，暫時租了一間房子。因爲在南京舉目無親，認識的也就是麥教授和郭美琪，而郭美琪因爲同是外地人，或者準確地說是外國人，她也是租房子，所以我就不請自來，在她的旁邊租了一間，好歹有個伴。

平時有事沒事就去聽麥教授的課，或者泡在他的研究室。但最常去的，還是九淵博物館，因爲我確實挺喜歡郭美琪，雖然還談不上愛，但我發現自從認識她後，前女友給我帶來的傷痛，竟然不治而癒了。

曾經以爲自己無論如何都走不出也不願走出那個陰影，遇到郭美琪之後才發現，原來你缺少的只是一束新的陽光。當那縷新的陽光照來，即便你不願意出來也不可能了，因爲原先的陰影處全是陽光，你無處可逃。

有次我問郭美琪：「說眞的，我還是不太明白，妳爲什麼會到這裡來研究異珠和奇貝異螺？雖然妳喜歡，但也不至於如此吧？妳家裡同意嗎？」

她說：「人生最重要的兩天：一是你來到世界的那天，二是你明白了自己爲什麼要來到這個世界的那天。當你明白了Mark Twain（馬克・吐溫）的這句話時，你或許就眞的懂我爲什麼這麼做了。」

「聽起來似乎有點道理。」

郭美琪笑著繼續說：「家裡的生意是父母的，不是我的，況且我還有個哥哥，他是我父親生意上的繼承人；人生最重要的在於找到事業歸屬感，Stephen King（史蒂芬．金）曾經說，你如果不能樂在其中，就不能成器。而我天生就對這行感興趣，認識它、研究它、從事它，我感到很快樂。我想，你也不願意做一份不能讓自己快樂的職業吧？嗯？」

我佩服地說：「妳似乎讀過很多小說吧，又是馬克．吐溫，又是史蒂芬．金，都是大文豪啊。不過仔細想想，妳說得還眞有道理，我家也是做生意的，但我就是喜歡水，從小就喜歡。就算挨我老媽揍也想法子要溜出去，後來游泳登峰造極、獨孤求敗了，又去考潛水教練執照。要不是這件事，我現在肯定已經在當潛水教練了。」

郭美琪衝我胸脯來了一拳，說：「你這體格，做個潛水教練眞是再適合不過。不過，要是做我保鏢也可以，你的身手我很滿意。」

我又想到那天晚上在郊區山腳下我一挑三的場景，有些揚揚得意，說：「要不是他們有武器，保證最後揍得他們滿地找牙。我想問問，妳薪資要開多少啊？」

「什麼薪資？」

「保鏢費囉！妳不是說要我做妳保鏢嗎？如果薪資夠高，我可以考慮一下。」

郭美琪看著我的眼睛，抿嘴笑著說：「一塊錢都沒有。」

兩人哈哈笑了起來。過了會兒我問：「有件事我一直沒有問，麥教授這麼大年紀了，怎麼從來沒聽他提過子女，還有啊，他不可能只是教書的吧？否則收藏異珠和奇貝異螺的錢，從哪裡來的？而且還弄了這麼大的博物館，單是裡面的儀器和裝備，我猜就相當值錢了。」

「你才見過博物館裡多少儀器和裝備，要是一次全展示給你看，怕嚇到你。麥教授一九三三年在上海出生，後來全家去了香港，在香港大學讀生命科學，之後又考到劍橋生物系讀到博士。他之所以專攻貝類學，是因爲家裡是做珠寶生意的，小時候就喜歡各種珍珠，長大了也難以自拔，後來又癡迷於龍的研究，就這樣，珍珠、貝類和龍，一直走到今天。」

「那他怎麼會在山海大學教書？還有實驗室？」

「八〇年代末、九〇年代初，山海大學新開設了貝類學專業，想請他過來，本來沒抱什麼希望，但麥教授竟然一口應允了，然後就來了南京這邊。我也問過他爲什麼？他每次總是只說一句話——龍的根在中國。」

「難怪我聽他講課，非常大膽創新，很多東西在我看來一般老師是不敢隨便亂講的。」

「是啊。他在山海大學威望很高的，校長和學校董事會都非常敬重他。」

我指著博物館周圍，說：「那購置這些東西的錢從哪裡來？山海大學給他的薪資再高，也買不起這麼多吧。」

「本來他是長子，應該繼承家裡的珠寶生意，但他對做生意很排斥。他總說自然界的魔力才是最致命的，所以他的弟弟接管了家族事業，但是他分到很大一筆錢，他又將這筆錢交給自己家族的基金會運作，幾十年下來，本金非但一分沒少，恐怕利潤都翻了不知多少倍了。所以，麥教授做這一切，全憑興趣，因爲錢對他而言根本不是問題，而且他幾乎看不上錢，除了『龍的根在中國』以外，常掛在嘴邊的一句話是——世上最困難的問題，沒辦法用錢解決；世上最致命的魔力，用錢沒辦法買到。」

我聽得有點目瞪口呆，她接著說：「Sanhoi這個珠寶牌子聽說過嗎？」

「當然知道了，跟Tiffany同個等級的嘛。」

「那就是麥教授家的，而且只是旗下的一個品牌而已。」

我實在佩服地連連搖頭，說：「這麼大的家業他也捨得全推掉，厲害，厲害。」

「最厲害的還不止這點，麥教授終身未娶，年輕時很多姑娘追求他，甚至現在都快七十的人了，主動投懷送抱的小姑娘照樣多得很，但麥教授從來都是拒人於千里之外，所以當然也沒有子女囉。不過這個方面，我不太好細問啦，畢竟屬於人家的私人感情問題。」

那次談話之後，我在心底對麥教授，除了幫助我調查爺爺的事情的感激以外，又多了幾分重重的崇敬。

有天晚上，我和郭美琪從酒吧出來，兩人一起往回走。在離社區不遠處的路口，突然聽到一陣警笛聲，在夜深人靜的時刻很是清晰刺耳。我不由得停住了步子，探頭朝那邊看去，依稀能看到藍紅色的警燈在閃爍。

看到警車停的位置，我就明白了，那是一家洗浴休閒中心，我幸災樂禍地嘿嘿笑了出來，對郭美琪說：「有人要倒楣了，哈哈。」

就在這時，在我和警車位置中間的一條巷子裡，冒出一個人影，慌慌張張探頭往警車那邊，就是洗浴中心的大門處偷瞄幾眼，然後瞅准機會，撒腿就往我這邊的路口奔來。

跑過路燈下面時，我清楚地看到這人連褲子都還沒來得及完全穿好，是兩手提著褲腰跑過來的，內褲後面的上半部分都還露著。我都快看傻了，心裡只覺好笑，小聲說：「敢情這小子是從後面跳窗戶下來的！漏網之魚啊！」

那人是從我右側跑來的，到了我這裡的路口，雖然看見了我，但也沒在意，往右拐了個彎繼續朝前跑，目標正好是我和郭美琪暫住的社區。我呢，樂得不行，跟郭美琪一起，也繼續朝前走。

沒過多久，前面那人突然停了下來，似乎想起來了什麼，回轉過身，我心裡好笑，心想：「尼瑪，不會是良心發現，要回去自首吧？」

很快，我和郭美琪就走到了這人的位置，從他身邊經過時，我覺得有點不正常，因爲他一直盯著我看。雖說我走夜路從來不怕任何人，因爲身高體格在那擺著，要打劫也得先掂量掂量，但被人這樣盯著就有些不舒服。於是我也朝他看去，皺起眉頭，正準備說「看什麼看？」時，那人突然驚奇地小聲喊道：「宣哥！」

我徹底愣住了，郭美琪在一旁也頗感驚奇，我仔細朝那人瞧了瞧，終於想起來，這人竟是多年不見的好兄弟——「杜志發！」

這個時候，他已經把褲子完全穿好，又把胳膊下夾著的帽子戴上。

我警惕地朝後看了看，也顧不上說其他話，和郭美琪兩人帶著他就往社區跑，一口氣跑進電梯，直到電梯門關上，才靠著牆舒了幾口氣。

由於這事太過突然，我一時不知說什麼好，先仔細打量起他來。杜志發個頭比我稍矮，屬於瘦子的範疇，如此狼狽逃竄下，竟然仍不忘擺酷，進了電梯之後，還從口袋裡掏出一副咖啡色墨鏡架上，穿件大開領襯衫，脖子上掛條粗粗的金項鍊，頭上卻戴著一頂黑人說唱歌手常戴的那種禮帽。看起來雖是混混打扮，卻給人一絲莫名的喜感，不過這哥們原本就挺搞笑的。

說起來跟他的相識也是緣分，那時候我總是喜歡跑到城東的七星湖游泳，放暑假時，也有很多別的小孩子去那裡玩或者釣魚。

人如果有某項專長，總是喜歡不由自主愛現一下，我也不例外，所以，要麼在水裡做個倒栽蔥的姿勢，只留兩條腿在水面，就跟花式游泳選手似的；要麼，找個很高的臺子往湖裡跳，以引起別的孩子的注目。

有一天，我剛在水裡玩花樣，旁邊突然嗖的一聲躥進什麼玩意，緊接著便有東西在水底拽住我的腳踝，使勁往下拉。開始我還眞被嚇了一跳，等完全潛進水裡，才看清是一個跟我差不多歲數的孩子正抱住我的腿。我一時火大，在水下順勢也抱著他，死死壓在他身上。心想讓你他媽的耍我，淹死你個狗×的。就這樣，兩人在水裡，誰也不服誰，但我人高馬大，他瘦的跟隻水猴似的，在水裡一旦被我抓牢，就吃很大虧。

到最後，我見他竟然好久都不動了，嚇了一身汗，想著別眞給淹死了。慌得連忙往上拽，等到一浮出水面，杜志發這狗×的突然起身，拼了全身的力氣，一把將我又按進水裡，然後踩著我的肩膀，逃到了岸上。

從那以後，兩人算是不打不相識，成了好朋友。

雖然他家境沒我好，成績比我還差，但說實話，因爲喜歡玩水的孩子很少，你要是喜歡玩個遊戲，那是隨便一找就是一大把，所以我們兩個喜歡玩水的，從小彼此間，還眞有那麼點惺惺相惜的感覺。

關係一直保持到高中畢業，整個深圳和周邊，沒我們沒去過的水域，再後來，我上了大學，他沒上，在親戚介紹下，去了澳洲當珍珠潛水夫。因爲澳洲西北部海域也是世界珍珠的一大產地，屬於南洋珍珠，母貝是一種叫作白蝶貝的貝殼。雖然現在也是人工養殖，但畢竟是養在海水裡的，有一定深度，到了收穫季節，包括平時的生長期，都需要潛水夫下去，所以這種在珍珠養殖場工作的潛水夫，就叫作珍珠潛水夫。

我一看他這造型，忍不住噗哧笑了，說：「我×，你逃跑還不忘胳膊下夾帽子，口袋裡揣副墨鏡，一脫離危險先戴帽子，再架上墨鏡，時刻保持派頭。兄弟，你眞是夠厲害的啊！」

杜志發說：「也就只剩這身行頭了。」然後嘴角稍微咧了一下，指著郭美琪說：「你女朋友很漂亮啊。」

我稍微愣了一下，完全沒想到他說這個，然後不置可否地嗯了一聲，再回頭看看郭美琪，她沒有太強烈的反應，特別是沒有否認，頓時心裡喘了口氣，沾沾自喜。

這時電梯到了郭美琪那一層，她出了電梯，朝我擺了擺手，說聲拜拜，明天見。我也跟她道別後，電梯門關上繼續朝上走。

杜志發傻了眼，指著電梯門外的方向，做了個手勢，很誇張地說：「宣哥，你和你馬子分居？」

「別激動，才和她剛認識不久，還沒確定關係呢。」

杜志發抖了一下肩，說：「那我豈不是剛才幫了你一小下忙？嘿嘿。」

進了家門。杜志發還驚魂未定，我去拿了瓶蘭姆酒，倒了兩杯，坐到沙發上，然後問：「你不是去了澳洲替人採珠嗎？怎麼回來了？」

杜志發說：「別提了，那邊報酬是高，差不多一天能有八千塊錢……」

我吐了下舌頭，打斷道：「每天，八千塊？澳幣？」

杜志發笑笑：「折合人民幣八千塊，要是澳幣，那尼瑪還得了。高是高，但工作量也大啊，每天要在水下待十個小時，累得哥想死。所以賺了點錢，想想還是回來了。」

「那你怎麼在南京？剛才那是怎麼回事？」我笑嘻嘻地問道。

「昨天剛從上海下飛機，本來想來南京投靠一個朋友，誰知他人不在。晚上一個人多沒勁，所以就出來找點樂子，眞喪氣，衣服剛脫掉，就尼瑪……咳……不說了。你呢，你怎麼也在南京？」

我抿了口酒，苦笑著搖搖頭，然後把最近的一系列事情告訴了他。

「現在有什麼打算？」杜志發遞了根菸過來，「還繼續在那什麼博物館待下去？」

我朝後靠到沙發背上，一手敲著額頭說：「不待又有什麼辦法呢？我爺爺這事不弄個水落石出，幹什麼的心思都沒有。況且，要是完全沒法驗證我的猜測也就算了，重點是還眞遇上被人跟蹤，搶車、書和電腦，防止我們無意中發現爺爺研究的具體內容，怕我們追過去。你說，這擺明了就是已經證實了我的懷疑，我怎麼能放手？」

杜志發嗯了一聲，嘆了口氣，說：「咳，這人要是想成點事，就會有麻煩，就會有人惦記著你的那點本事。還不如做個沒用的人，那就不會捲進任何事端，自己過好自己的小日子，老婆孩子熱床頭，挺好。」說完，悶頭喝酒。對他這番無用論，我竟一時無言以對，也真是絕了。

過了一會兒我突然想起什麼，便問：「按理來說，你每天八千塊的工資，這幾年下來，不也能存個百十萬、幾百萬的？回國後什麼也不用幹，這輩子也夠了。」

被我這一問，杜志發似乎有點不好意思，支吾了兩下然後說：「那邊並不是一年三百六十五天，每天都有下水的工作，其實最忙的時候通常是每年的二月份，那是潛水採集白蝶貝的時期，也是我們珍珠潛水夫賺錢最多的一段時期。過了那一陣子，也就只剩對養殖場日常的海底維護和檢查，翻轉翻轉貝殼之類的事情，就沒多少錢了。再加上我這人花錢不經大腦的，你看我這個。」說著，他伸出手腕露出一塊手錶，「知道多少錢嗎？」

我搖搖頭，他說：「四萬澳幣，二十萬人民幣。澳洲那地方，薪資雖然比美國高，洗盤子的比得上白領，但物價也不是一般的貴，而是超級貴。宣哥你也知道，我這人愛玩，經常出去high，口袋裡的鈔票跟進了點鈔機似的，全都流出去了，爲澳洲人民的娛樂事業、賭場事業和賽馬事業，做出了卓越貢獻。所以，這些年雖然和國內相比，我好像是賺了不少，但其實沒能存住，都花完了。」

我嘆了口氣，笑著說：「你也眞夠厲害的，一個潛水夫戴二十萬的手錶，嘿嘿，無語。」

「哎，這你就不懂了。幹我這行，手錶最重要，手錶對於潛水夫而言，已經不是看時間這麼簡單的事情了，某種意義上是護身符。護身的東西，當然得買好些，保命啊！」

「我就不懂了，手錶跟護身符有什麼關係？」

杜志發指指我胸口，不以爲然地說：「那你倒是給我解釋解釋，你掛的那顆龍牙，又能保護你什麼？」龍牙這個東西，杜志發是知道的，畢竟打小就認識，相處了這麼多年了。

這下倒是讓我沒話講了，他接著說：「根據我這些年的理解，凡是在水下能安然無恙的東西，甚至只有在水裡才能展現價值的東西，龍牙、潛水錶之類的，就可以作爲潛水夫的護身符。有些東西你不信不行，雖然說不清道理。你知道第一個發現『老子之珠』的潛水夫是怎麼死的嗎？」

「你別說，最近我還眞就學了不少關於珍珠的知識，『老子之珠』我頭一天在麥教授的講座上就聽說過了。據說『老子之珠』是一個硨磲貝所產，當時那個潛水夫並不是專業的採珠人，所以他直接伸手進去，誰知硨磲猛然合上了貝殼，夾住了潛水夫的手，他無法掙脫，最後活活淹死了。你可能也知道，硨磲那玩意，相當大，特別是能產出『老子之珠』那樣大個珍珠的硨磲，恐怕體積大得驚人，被它夾到，就跟在你手臂綁上兩個石磨盤一樣，鬼才掙脫得了。」

杜志發點點頭，說：「是的，但這只是一部分，還有另一部分事情你不知道。跟這個潛水夫同時在海底的，還有另外一人，當時他手上帶了支錶，不過那時還沒有眞正意義上的潛水錶，只是普通的有些防水功能。蹊蹺的是，兩人同時發現那個硨磲，但這人手錶的錶帶突然鬆了，掉了下去，他就先去撿手錶，另一人便上前伸手取珠，被硨磲夾住最後淹死了。那個撿手錶的，最終得到了老子之珠。你說這怎麼解釋？巧合？天底下沒有巧合，巧合只不過是人對於沒法解釋的事情做出的自欺欺人的解釋罷了。」

我聽他說得有些道理，也就點點頭。那時，我還眞的只把龍牙看成是護身符那樣簡單而已。

第八章 長江魔三角

第二天一大早，手機鈴聲將我吵醒，迷迷糊糊中拿起手機來一看，竟然是麥教授。連忙接通，但是還沒等我開口，麥教授直接說道：「你身上是不是有個密碼本？」聲音中蘊含著極大的憤怒。

我說：「是啊，那是個小本子，我爺爺用來記密碼的，我順手放進口袋裡，所以沒被那夥人搶走。」

「那天到博物館後怎麼不跟我說？」

我回想了一下，說：「忘了，那上面除了字母密碼，沒別的東西了，我以為沒用。」

「你現在趕緊拿過來，我在博物館等你。」說完，直接掛了電話。

我扔掉手機，嘴裡罵了一聲，心裡有些不高興。如果不是因爲麥教授是我的恩人，別人這麼著對我講話，我早就啐他一臉唾沫星子了。

我走到隔壁房間，見杜志發還在睡，一把掀掉他身上的毛巾被，卻驚見這鳥人竟然是全裸睡覺的，於是將毛巾被揉成一團，輕輕砸到他身上，喊道：「起床，快起來。」

杜志發揉了揉眼睛，問：「這麼早就起來幹嘛啊？睡覺不到自然醒，是人生最痛苦的事。」

我一邊穿衣服一邊說：「我跟你講，要是不起床，可沒人張羅早飯。我這就走了。

「中午回來幫我帶兩個燒餅，一份炒麵，一瓶雪碧。」

我哭笑不得，說：「你就等著吧，別餓死在我屋裡，到時警察來我可說不清。今天我還不知道什麼時候回來呢，說不定連夜就走了。」

杜志發一下子坐了起來，問：「走？去哪？」

「查我爺爺的事啊。麥教授剛才打電話給我，似乎有重要發現。」說著，我坐到椅子上，蹺起二郎腿，看著腕上的手錶說：「倒數計時開始，五分鐘，你要是還沒收拾好，我立刻走人。」

杜志發一身骨頭沒幾兩肉，動作倒是很靈活，我話說完沒多久，鞋都已經穿好了，走到浴室開始刷牙：「我在這的伙食住宿你全包了啊，兄弟跟你混了。」

「好歹也是帶二十萬塊錢手錶的人，怎麼還要在這混吃混喝？」

「也就只剩這身行頭了。」

我噗哧笑了，搖了搖頭，嘆了口氣後，故意模仿不知道哪部電影還是電視裡主角的口吻說：「跟哥混，有肉吃，有酒喝，有妹把，但要你命時，你也得給啊。」

杜志發滿嘴牙膏泡沫，探出頭來說：「放心好了，人窮志不窮，爲了兄弟，兩肋插刀，用不著你吩咐。」

下了樓，社區門口轉角的小店裡，我點了份豆漿加油條，他叫了份羊肉炒飯，我說一大早吃炒飯不怕噎到啊？他說就喜歡早上吃飯，因爲在澳洲當珍珠潛水夫時，每天得在水下十幾個小時，早上要是喝湯喝粥，一下子就餓，身體扛不住，從此養成了習慣。兩人匆匆吃完，然後開著我租來的車，就朝博物館的東郊方向駛去。

開進了九淵博物館的院子，我帶著杜志發直奔三樓頂頭的會議室，麥教授和郭美琪已經等在那裡。正當我準備先介紹一下杜志發時，才發現他人不見了，回頭一看，原來被三樓展廳裡各式各樣奇光異彩的異珠，以及那條金龍標本給吸引住了，正駐足細看呢。

我也就不等他，直接從口袋裡掏出爺爺的密碼本，遞給麥教授說：「教授，你怎麼突然想到密碼的事了？上面什麼資料都沒有。」

這時郭美琪說：「我上午來上班後，無意中談起那天見到的最後幾個密碼，而我們唯一沒被搶走的就是密碼本。麥教授似乎突然想到了什麼。這才匆匆叫你過來。」

麥教授此時坐在椅子上，正聚精會神盯著最後一頁上的最新幾條相同的密碼看，也就是42CJDL54GYFL。

杜志發走了進來，看到郭美琪後，打招呼：「Maggie姐早啊，哇，今天比昨天晚上更漂亮了。」

郭美琪只是朝他笑笑，簡單說了聲：「早安。」心裡大概在說，這人怎麼不像好人。

我衝杜志發胸口揍了一拳，故意稍微使了點勁，然後說：「小聲點，麥教授在研究東西呢。」

杜志發捂著胸口說：「哇，要不要這麼用力啊？」

麥教授這時突然抬起頭，似乎全然感覺不到我們幾個人的存在，出神地朝窗外看去，然後皺眉回首，好像自言自語地問：「長江斷流？」

杜志發張口接道：「只聽說過黃河斷流，長江斷流還是頭一遭聽說。」

我見麥教授似乎眞悟出了什麼，俯身問道：「教授，您說長江斷流是什麼意思？」

麥思賢指著本子上的密碼，說：「42CJDL54GYFL，前面的四個字母是CJDL，那不是長江斷流的拼音嗎？」

我朝郭美琪看看，然後說：「這個有點……有點不太拿得準吧。我爺爺，他幹嘛要用長江斷流做密碼呢？」

麥教授站起身，一邊用手指頭點著手勢，一邊說：「長江斷流這是指一個地方，你爺爺震旦紀古貝類在中國的分布這個題目的實際內容所指，應該就在長江斷流處。」

這回輪到我奇怪了，不解地問：「都說滾滾長江東逝水，長江怎麼可能斷流呢？」

杜志發也驚訝地問：「長江一夜斷流？太玄了吧？」

麥教授說：「這不是天方夜譚，長江在歷史上有記錄可考的斷流一共有兩次，且斷流地點也在同一處，那就是江蘇泰興。第一次是元朝至正二年，也就是一三四二年八月，長江泰興段江水一夜枯竭見底，次日沿江居民紛紛到江底拾取水中沉物，不料後續大水驟至，避閃不及，很多人都葬身其中；第二次是一九五四年一月十三日下午四點左右，長江泰興段再次枯竭斷流，幸運的是，這次斷流時間較短，兩個多小時後，江水便重又沖下，沒有人員傷亡。因為這兩次神祕詭異的斷流，所以叫作泰興魔三角，也有人稱為長江魔三角。」

郭美琪默念著：「一三四二年，一九五四年。」然後叫了起來：「是了，是了。密碼裡的兩個數字，四十二和五十四，剛好分別指兩次斷流的年份，一三四二年和一九五四年。」

如果說我原本還對麥教授將CJDL解釋為長江斷流懷有疑問的話，再結合四十二和五十四這兩個年份，應該就是確切無疑的事情了。

麥教授點頭說：「我一開始也沒想到長江斷流，但是這兩個數字提醒了我，因爲只要研究過長江斷流的人，對這兩個年份應該是非常熟悉的。」

杜志發也看了一眼密碼本，問：「那後面的GYFL是什麼意思呢？」

麥教授看了杜志發一眼，問：「這是誰？」

我趕忙說：「他是我的哥們，杜志發，原先在澳洲做珍珠潛水夫的，剛回國。」

杜志發笑了笑，說：「麥教授。」

麥教授盯著他看，似乎是不太信任，我說：「他是我哥們，不是外人，沒關係的。」

麥教授這才說：「如果我沒猜錯的話，後面四個字母的意思是——鬼雨法螺。」

這回連郭美琪也叫了起來，問：「鬼雨法螺？教授，我跟著您這麼久，從來沒聽說過。」

「這是傳說中的一種具有極強魔力的貝殼。」

我問：「是像大災星那種嗎？」

麥教授面露憂色，說：「大災星在鬼雨法螺面前，只算是小兒科。集貝界從很早時起，便有一個神祕的傳言，據說在中國有一種貝螺，可以召喚暴風驟雨，誰擁有了它，誰就相當於獲得了支配暴風驟雨的能力，這種貝螺就叫——鬼雨法螺！」

我說：「召喚暴風驟雨，好像也沒什麼可怕的吧？」

麥教授斜睨了我一眼，說：「颱風不可怕嗎？龍捲風不可怕嗎？颱風引起的海嘯不可怕嗎？你再想想，颱風如果持續刮上一個月、一年、十年；暴雨如果持續下上一個月、一年、十年，那將是怎樣的場景？如果鬼雨法螺落到別有用心者之手，靠它，足以毀滅地球上的任何一座城市，甚至任何一個國家！目前人類的科學家，還沒有任何辦法可以阻止暴風驟雨的發生。」

杜志發滿臉不相信，說：「這也太扯，該不會是奸商騙錢的伎倆吧？但這謊編得也太沒水準了，三歲的小孩都騙不了。」

我問：「這關奸商什麼事？」

杜志發說：「搞不好是某些貝商想高價出售某種稀有貝殼，所以編出個幌子，好哄抬價格嘛。」

「你也知道貝商？」我好奇地問。

「那當然，在澳洲我接觸過不少。我所在的珍珠養殖場就老是有貝商過來，他們還雇我去撈過一次貝殼呢。」

麥教授轉頭看著杜志發，說：「如果鬼雨法螺的傳言是假的，很顯然連你都騙不了，那麼南珠王家族又怎麼可能上當？楊宣的爺爺又怎麼會去研究？」

杜志發有些驚訝地問：「南珠王？南珠王是誰？」

我沒理杜志發，但也覺得這個傳說似乎有點超出想像，說：「一只貝螺，卻能召喚暴風驟雨，這很難讓人相信啊。」

麥教授回轉過身，反背雙手，看著窗外說：「一隻蝴蝶在中國振動翅膀，尙能引發美國的一場颶風；那麼一只奇貝異螺，能夠引發當地的暴風驟雨，實在是很有可能。自然界中的萬事萬物，都是全息關聯的。」回頭看了我們一眼，然後繼續問：「你們聽說過道士設醮求雨嗎？也就是茅山求雨術。」

杜志發張口就答：「當然知道了，電影裡那些道士，擺個臺子，上面放些符紙，點幾支蠟燭，然後就開始繞著臺子走，手裡拿著桃木劍，燒燒紙、舞舞劍，過一陣子，就開始下雨了。」

麥教授略微點頭，又問：「但是你們知道爲什麼那樣能求到雨嗎？」

見我們三人都不答話，麥教授便繼續說：「道士的求雨術，一般屬於茅山法術，有些人不以爲然，覺得都是騙人的把戲。我不說眞假，眞假你們自己判斷，我只說茅山道士是怎麼解釋他們這門求雨術的。要能求雨，首先得修煉人體的內丹，簡單點說，內丹就是道教的一種修煉人體體內眞氣的方法。道教認爲人體與天地一樣，是一個小自然界，比如頭圓像天，足方法地，髮爲星辰，目爲日月，眉爲北斗，耳爲社稷，口爲江河，齒爲玉石，四肢爲四時，五臟法五行。

「當內丹修煉到一定境界，便可以將人體這個小自然界，與眞正的外部大自然界，相互溝通、同步。落雨雖是自然界的現象，但因爲內丹高深的道士，人體與自然相通，故而可以透過內丹作用於人體，進而引起外部自然界的相應變化。這就是茅山宗法術裡求雨術的原理解釋，你們自辨眞假有無。」

郭美琪凝眉說道：「您的意思是，茅山求雨術與這枚貝螺能召喚暴風驟雨，原理是相通的？」

麥教授說：「確切地講，不是原理，而是理念相通。因爲今人多不信求雨術，所以我們只談茅山術的理念，他們的理念便是——自然界的萬事萬物，全息關聯，只要牽其中一髮，便可動其全身。至於內丹，只不過是這種理念指導下的一種執行方法，或說道路而已。方法有多種，可能正確，也可能錯誤，路有多條，有的能走通，有的是死胡同，這都無關緊要，重要的是這種全息關聯的理念。今天的科學家，解釋『蝴蝶效應』時所用的理論——基於混沌理論下的拓撲學連鎖反應，說到底，就是自然界的全息關聯理論。」

杜志發抹了抹臉，說：「教授，您的學問太深奧，什麼混沌，什麼拓撲學，什麼全息的，根本聽不懂。」

郭美琪喃喃著說：「沒文化，眞可怕。」

杜志發兩眼一瞪，說：「我會說英文。」

郭美琪愣了片刻，然後微微搖頭笑著說：「美國的乞丐討飯時也說英文。」

杜志發指著自己的手腕，說：「我手錶二十萬。」

我沒理會他倆鬥嘴，說：「我有點明白了。爲什麼中國的一隻蝴蝶搧動翅膀，能引起美國的一場颶風？那是因爲這隻蝴蝶在特定的地方、特定的時候，成了自然界的一個樞紐，這個樞紐產生了一個微小的變化，即搧動了翅膀，然後經過自然界這個科學家所說的混沌系統，層層放大，最終在千里之外，衍變爲一場颶風。

「那麼同樣的道理，這只特定品種的貝殼，便也是自然界的一個樞紐，只要這個樞紐產生一個微小的變化，即某種啓動其召喚暴風驟雨的方法，那麼經過自然界的混沌系統，就能引發狂風暴雨。」

麥教授面帶微笑地說：「楊宣，你悟性很高，但還不是很精確。前陣子你剛來時，我說過——構成世界的基礎是天文和地理，好比兩種座標，當這兩種座標產生交集時，即在符合特定的天文、地理條件之處，便會有奇貝異螺遷居，孕產異珠，故異珠乃是自然能量的凝結，其本質是能量。記住這點，異珠是一種能量，一種極強的自然能量。全世界的異珠，透過在特定位置的分布，組成了一張巨大的能量網，這個網有兩個作用：一是吸收天地精華，即自然能量；二是將吸收到的巨大的自然能量，凝結成異珠。而異珠，最終將能量傳給龍族。還記得我說的嗎？龍是不需要食物的，他們需要的是能量。龍族守衛在整個異珠能量網最重要的節點處，也就是最強自然能量等級的異珠和奇貝異螺之處。

「這時，就回到你所說的『蝴蝶效應』上了，你想想，異珠是一種極強的自然能量，而人體內丹也是一種自然能量，既然道士可以透過作用於自己人體裡的內丹來求雨，那麼龍透過作用於異珠這種極強的自然能量，能創造什麼？」

我很努力地跟上他的思路，皺眉問：「能呼風喚雨？」

麥教授用手指點了一下，很神祕地笑著說：「呼風喚雨只是其中一種作用，所以傳說中龍的一項職能是司雨水。但其他具體的能力還有很多，這個取決於異珠的具體種類，也就是這種異珠由什麼樣的自然能量凝結而成？自然界的能量是有多種的，所以中國的傳統文化，將自然要素分爲『金、木、水、火、土』五種，這五種根據各自占比的不同，又可以組合成更多的能量類型。

「每一個符合特定天文、地理條件的位置，其內在的自然能量都是不同的，所以吸引的奇貝異螺不同，結出的異珠也不同，最後如果有龍守護並作用之，那麼在自然界引發的異象就更不同。可能有的會引起地震，有的會引發海嘯，有的可以使火山噴發……不一而足。

「講到這裡，你們可以知道，鬼雨法螺，之所以能召喚暴風驟雨，根源其實在它裡面所結的異珠。我想，這顆異珠，應該稱爲——鬼雨珠！而鬼雨法螺只不過是將這顆珠子孕產出來的母體罷了。」

郭美琪拿著密碼本，一邊看一邊嘴裡念叨著說：「長江斷流，鬼雨法螺。」然後轉身，「莫非楊宣爺爺的意思是，鬼雨法螺就在長江斷流處？」

我和杜志發都轉頭望向麥教授，他緩緩點了點頭說：「可能這就是他研究出來的核心內容。」又皺皺眉，略微思索一下，「但應該不只這麼簡單，可能還包括了具體的位置，因爲長江斷流處就在泰興，不過這麼多年來，也從未見有人從那裡撈出過什麼奇貝異螺的。」

杜志發咂著嘴說：「我就納悶了，長江爲什麼老在泰興斷流呢？裡面肯定有古怪。」

麥教授說：「楊老這次的研究，說不定順帶破解了長江斷流之謎，也未可知。」

「麥教授，我想去泰興。」我竭力抑制住內心起伏，說道，「如果我們的判斷正確的話，南珠王家族那幫人，肯定是去了泰興，爲的就是採摘鬼雨珠！」

麥教授看看我，沒有立即說話。

我打了一下杜志發的手臂，問：「你去不去？」

杜志發愣了一下，看了看麥教授和郭美琪，有些猶豫地說：「這個，這個，我還沒回家看我媽呢。」

我罵道：「你他媽的上高中時天天在外面瘋玩，怎麼沒想到回家看老娘？從澳洲回國，來南京玩到現在，怎麼沒先回去看老娘？現在兄弟這邊一有事，你就要回去了。能不能夠意思點啊？」

麥教授語重心長地說：「這可不是兒戲啊，南珠王那幫人此時說不定已經潛進江下，你想跟著，免不了也得去水府走一遭。他們採珠人行走各地，尋水覓珠，而且往往惡水出好珠，有異珠的地方通常兇險異常，九死一生。幾年前我得到消息，有人去安徽某水域採珠遇蛟，一船十七人全部遇難，屍骨無存。而遇水獸，只是採珠最常見的一種危險，比這凶詭數十倍的情況也比比皆是。所以你要跟著他們，就必須也得對九死一生習以爲常，每次上岸都得慶幸還活著，每次沉潛水府都得做好一去無歸的準備。」

我問：「教授，你不是說異珠都是由龍守護的嗎？那怎麼還有蛟，還有什麼水獸的？」

郭美琪說：「異珠不是那麼容易讓人採到的，就好像小偷進別人家偷東西，得先進大門，然後値錢的在保險櫃裡。龍就是保險櫃，蛟或者其餘凶猛的水獸，就是大門口看家護院的猛犬了。」

杜志發聽得直咽唾沫，說：「這可不是九死一生，這是十死無生啊。」

「那你是不去了？」我追問道。

杜志發說：「宣哥，你不要太心急。其實你去了眞要碰到那幫人，可能也沒有辦法，你又不是警察，我們又沒有證據，能怎麼辦呢？」

郭美琪也說：「這件事仔細想想，其實很恐怖的，當然去江底本身就已經是很危險的事情，因爲沒辦法料到下面的情況，但我的意思是，這幫人要撈鬼雨法螺的目的，恐怕不只是想採珠賺錢那麼簡單……」

她話還沒有說完，我氣得扭頭就走，撂下一句話：「你們不去，我自己去。」

郭美琪在後面喊：「楊宣，楊宣……」

第九章 九淵世界

回市區的路上，我在車裡氣得拍了幾下方向盤，想到杜志發那副龜孫子的模樣就有氣，罵道：「什麼狗屁兄弟，就是狐朋狗友，一有眞事，原形畢露，奶奶的。」

這時手機有簡訊提醒，我拿起來點開看了下，是郭美琪的，上面寫道：「你這人脾氣怎麼這麼差？回來大家再商量商量。」

我一把將手機扔到副駕駛座，說：「商量個屁。」但其實那個時候，我自己也不知道，如果去了眞碰到那些人，我能怎麼辦，打也打不過，他們肯定人多；殺又不可能。但我就是想去，如果不知道是誰、在哪，也就算了，但現在知道了他們的身分，知道了他們可能出現在哪裡，如果就這麼在南京待著，我可能一輩子也原諒不了自己，覺得自己就是縮頭烏龜。

一時之間，我腦子很亂，不知道去哪裡，本來想去買潛水裝備，買完後整理一下，就去泰興。但到了路上，才想起來，我在南京這裡人生地不熟的，不知道該去哪裡買。那時候不比現在，手機大部分都還是黑白螢幕，可不存在手機上網搜一搜或者網購，買東西得靠找實體店面。

手機又響了，這次是電話，我無可奈何地伸手拿起來一看，是杜志發那個鳥人，想了想，接起來，問：「喂，幹嘛？」

「宣哥，過來吃飯。」

我聽了簡直氣得要吐血，說：「吃你個頭，我現在要去買潛水器材，買完就去泰興，你自己慢慢在南京玩，以後也別跟我聯繫，當老子死在江底算了。」

「這有潛水器材，都是現成的。」

「哪有潛水器材啊？」

「博物館啊，Maggie姐說等你來了就帶我們去看。」

我覺得很奇怪，不過還是說：「就算有，跟你有什麼關係，你們又不去。」

「去啊，我去，Maggie姐也去。」

「眞的？」

「騙你做什麼？趕緊回來，邊吃飯邊談。」

「好，那你等我，我馬上到。」

掛了手機後，我搖搖頭，想想覺得既奇怪，又高興，不知怎的，他們怎麼都同意跟我去了？尤其是郭美琪，我真沒想到她也要去。

回到博物館後，杜志發從屋裡迎了出來。我問：「怎麼回心轉意了？」

杜志發一邊跟我朝前走，一邊說：「吃人嘴軟，拿人手短，吃了你一頓早飯，怎麼也得夠點意思吧？」

「少來。」

杜志發笑著說：「麥教授後來一句話提醒了我，他說鬼雨法螺在黑市上的價格至少値八位數，如果遇到合適的買家的話，出到九位數也不是沒有可能，所以南珠王家族那幫人才不惜鋌而走險，無論如何也要得到你爺爺的研究成果。如果我們能搶在前頭，撈到鬼雨法螺，那豈不是發了？我直接就可以退休，環遊世界了！哈哈。」

我心裡大失所望，原以爲他最終是出於兄弟感情，才不顧危險想幫我，誰知竟然是因爲錢。我頗爲不屑，嗤之以鼻地說：「人爲財死，鳥爲食亡，有命賺沒命花，那就不好玩了。」

「我這可是幫你忙，兄弟，別這麼咒我啊！」

「幫我？我看你是幫錢吧？」

「別這樣，這兩者不矛盾啊。」

再次來到會議室後，郭美琪迎了上來，明顯有些嗔怒地說：「你這人怎麼這樣？我們說不去了嗎？就算對我和杜志發有意見，但你別忘了，這些日子，都是誰在幫你。你就這麼對麥教授？」

「妳……」

「我什麼我？我說錯了嗎？我們只是要你冷靜些，好好商量一下再做決定。憤怒會讓人失去理智的。」

我一時語塞，知道自己理虧，於是索性等她發完牢騷後才說：「對麥教授我感謝還來不及呢，我只是心裡急著想過去罷了。怎麼，妳現在叫我來做什麼？對了，麥教授哪兒去了？」說著，我掏出一根菸點上。

郭美琪看了我一眼，沒好氣地說：「跟我來吧。」

三人來到後院的倉庫裡，在一扇金屬質感極強的大門前站定，郭美琪輸入了密碼，並刷過指紋後，門開了，裡面看樣子應該是杜志發在電話裡跟我說的那什麼放潛水器材的地方。跟著郭美琪走進去後，只見麥教授正在裡面，蹲著查看一個標牌，看見我們，站起身，說：「歡迎來到九淵潛水裝備中心，看看有什麼是你中意的。」

這時只有麥教授頭頂的幾盞燈亮著，光線有些暗，於是郭美琪打開總開關，屋頂的排燈全都亮起，瞬間照亮整個倉庫，我被眼前的景象給驚呆了：一排排金屬陳列架上，擺放著各式潛水器材，最前面的架子上全是潛水服，從最老式笨重的，像是工業革命時期造出來的東西，到目前市面上最常見的，再到看起來像太空衣、未來感極強的。

旁邊的空地上，擺著幾個太空艙一樣的東西，憑我的潛水知識，判定那是潛水鐘，但似乎又比一般定義的潛水鐘高級很多，因爲裡面似乎還有操作臺，而且其後有螺旋槳推進器，莫非是微型潛水艇？

豎著放得整整齊齊的氧氣罐更不用說，罐體分爲鵝黃和白色兩種。

所有裝備器材上面均有logo——九道泉水交匯之處，托起一顆明珠，配以兩個草書字體「九淵」。

正在我和杜志發瞠目結舌之際，麥教授說：「我建這個器材中心很久了，最初的設想是招募潛水夫，派他們去採集奇貝異螺和異珠，然後再收藏進博物館裡。可惜普通異珠的位置，只有透過南珠王那幫採珠世家的相水術才能判斷，但相水術是概不外傳的，我沒辦法知道，即便打聽到的，也只是皮毛。所以只能一邊花錢收購異珠，一邊打聽每顆異珠的出水位置，然後建造出異珠能量網模型。」

說著，他慢慢走到架子前，拿起一個頭盔，拍了拍，接著說：「另一方面，頂級異珠，也就是有龍守護的等級的異珠，比如鬼雨法螺，南珠王他們也沒辦法知道位置，我更是只能從模型中去推斷，但幾乎毫無效果。因爲誰能掌握這些珠的位置，就等於破解了整個龍族在世界上的分布狀況，那可是天大的事情。」

麥教授嘆了口氣，環視倉庫一番，說：「所以這些年，我雖然一直在準備，但這些器材一直被封存，毫無用武之地。現在楊宣爺爺的研究，可能爲破解龍族分布、破解頂級異珠的神祕面紗，揭開了一角，我想，是該它們上場的時候了！」

我震撼之餘，也有些不解，問道：「麥教授，您之所以對龍這麼癡迷，對奇貝異螺和異珠如此執著，甚至爲此做了這麼多準備，難道僅僅就是爲了將它們統統收藏進博物館嗎？」

麥教授的聲音一貫低沉而有異樣的磁性，就像是揭曉魔術奧祕的旁白，他說：「你記得我曾經對你提到過地下水系這個概念嗎？在講殷芒貝的時候。」

杜志發因爲是首次聽說這些東西，有點暈，根本插不上話，只能在旁邊聽著。

我說：「記得。你說殷芒貝只生活在地下水系中，還說如果我們把目光聚焦在地下，就會發現，整個地下水系的複雜程度絲毫不亞於地表的這些江河湖泊。」

麥教授點點頭，說：「每個人生活的目的都不一樣，有人爲錢而活，有人爲愛而生，但我是爲了探索未知。人類自從鄭和、迪亞士、哥倫布、達伽馬、麥哲倫等航海家完成了全球新大陸的探險和發現之後，地表世界對於人類，已經毫無魅力可言。我兒時因爲家中做珠寶生意，無意中接觸到珍珠，年長後又專業研究貝類。奇貝異螺、異珠以及龍，帶我接觸到了一個未知空間，帶我進入了一個神祕的領域——地下世界，而且地下世界跟地表一樣，也是由大面積的水系所組成和連結，那就是地下水系。

「我們今天研究地下水系和地下世界，等同於當年哥倫布他們發現新大陸，並且會比他們更偉大，因爲世界上最神祕的力量——龍和異珠，就在那裡。這是前無古人之事，從來沒人能夠弄清楚的。

「而現在你的爺爺，已經爲我們打開了通往那個世界的一個入口，面對這樣一個陌生而又神祕的空間，難道不值得一個人、一個男人，爲之付出畢生心血嗎？」

杜志發這時似乎理解了不少，問道：「您不是貝類學家嗎？是研究奇貝異螺和異珠，以及龍的，怎麼就跟地下世界和地下水系連結上了呢？」

麥教授說：「奇貝異螺和異珠，是地下水系和地下世界的路標，頂級異珠只會在地下水系，透過相水術可以判定的普通異珠，才生存在地表水域；而龍，守護頂級異珠，就好比是黑夜中海上的燈塔，爲我們指明了探索那個世界的方向。」說到最後，麥教授對我詭異地眨了下右眼，「追逐魔力，是我活著的目的，金錢不是。」

杜志發在一旁插話：「教授啊，我們可得提前說好，要是我們撈到了鬼雨法螺，那可就是我們的，您如果要，也得出個合適的價才行。」

我扭頭看著他，問：「誰說要撈鬼雨法螺了？你要撈自己撈，我只是去找南珠王那幫人的。」

郭美琪說：「張嘴閉嘴就是錢，不過我奉勸你，眼裡只有錢的人，最終反而會賺不到錢。」

「站著說話不腰疼，你們都是富家子，吃喝無憂，生活不愁，當然一個個跟聖人似的。我比不上你們，不談錢，我吃什麼？」杜志發酸酸地說道。

麥教授走過來，拍了拍杜志發的肩膀，說：「你如果有本事撈到，就說明你有能力擁有，那就是你的。放心吧，你的東西，我不會搶。」然後對我說：「楊宣，現在你的處境其實進退維谷，如果去了，即使發現南珠王那幫人，你也拿他們沒辦法，不去，你又不甘心。」

我點點頭，嘆了口氣，說：「是啊，這就是我矛盾的地方，看著惡人卻束手無策，眞是，咳……」

杜志發說：「我給你出個主意，南珠王他們之所以害你爺爺，而且最後即便拿到了想要的，還是滅了口，說到底不就是爲了鬼雨珠嗎？那如果你把鬼雨珠給搶走，他們一定會急得發瘋，這樣，不就等於報了仇嗎？」

我說：「別老慫恿我跟你撈螺，那東西就算再神奇，跟我有什麼關係？我過去，是看怎麼才能抓住那幫人，或者逼他們露出馬腳。但現在還沒想法，只能見機行事。對了，郭美琪跟著去幹嘛？她一個女孩子，恐怕不好吧？」

麥教授說：「我一把老骨頭了，心有餘而力不足，如果再早十年，我一定親自去。美琪可算得了我的眞傳，像是我年輕時的翻版，她千里迢迢從美國到我這裡，研究奇貝異螺、異珠和龍，決心打開地下水系的世界，現在大門就在眼前，她捨得不去嗎？」

我很佩服，同時又很難以理解地看著她，問：「實在不懂妳這麼做是爲了什麼？」

郭美琪笑著說：「那我問你，徐霞客爲什麼要耗盡畢生心血，遊歷探險中國？他在各地探險，可是沒有一分錢好處的，他寫《徐霞客遊記》，也不是爲了賣書賺錢的。你能解釋，他用一生去遊歷探險的目的是什麼嗎？」

我想了片刻，還是搖搖頭，回答不出。

她繼續說：「你還是沒有懂我，也沒有懂上次我對你說的Mark Twain的那句話。」

好吧，世界上最奇怪的動物就是人，人的想法眞是成千上萬，任何你自認爲的奇思怪想，其實放眼全人類，都一定會找到志同道合者。所以，我接受了郭美琪，當然也接受了杜志發，我們三個人，組成了一支奇怪的小分隊：

一個是爲了給爺爺報仇，一個是爲了撈螺採珠賺錢，一個是爲了做她的女徐霞客，但共同的目的地是——長江魔三角！當然我們的背後還有一個老Boss——麥思賢教授以及他創辦的九淵博物館。

當然，我說Maggie是爲了做女徐霞客，其實這個描述是不太準確的，只是因爲她當時用徐霞客舉例，所以我才這麼說。她眞正感興趣的所在，實際上與麥教授是完全一致的——奇貝異螺、異珠和龍，以及那個龐大的地下世界與地下水系！

我也是從那時起，才明白了麥教授之所以將博物館取名爲九淵的原因。

九在中國傳統文化中表示極限，比如九五至尊、九重天，而九淵代表極深水、地下之淵，麥教授用九淵來象徵他想探索的那個充滿魔力的地下水系和地下空間，以及其中存在的奇貝異螺、異珠和龍，這整個體系，被他稱爲——九淵世界！

第十章 啓程

我和杜志發兩人的潛水技術是沒得說的，而郭美琪雖然比不上我們，但技術也不差，在美國時就考取了CMAS（世界潛水聯盟）的國際潛水夫資格證。而我考的是PADI（國際專業潛水教練協會）的教練證，杜志發則在澳洲當了四年珍珠潛水夫。

九淵的裝備中心器材實在太多，想得到的都有，想不到的也有，但目前用不上太高級的裝備，因爲還沒有進行實地勘察，也不知道我們的判斷是否正確。所以，商量之後，決定先帶著基本裝備去泰興一趟。第一個當然是最重要的，找到南珠王那幫人的蹤跡，第二個，摸清楚水下情況，然後再做定奪。

郭美琪從她家分公司調來一輛蘭德酷路澤（Toyota Land Cruiser，越野車名），我們將所需要的器材搬了進去，然後與麥教授道了別，就此上路。

麥教授反覆交代，遇到任何情況，安全第一，自己性命要緊，留得青山在不愁沒柴燒。況且這次只是先去勘察，摸摸情況而已，萬不可貿然直接便和人槓上，只要確定了這條路是對的，也就明確了我爺爺研究的具體內容入口，那麼這件事就算成功了一半。

一路上大多是杜志發開車，他這人愛豪華車款，尤其偏好越野車，無奈手頭緊，所以看見郭美琪的這輛陸地巡洋艦，手癢得不行，我正好樂得清閒。那時候聽音樂已經開始從裝磁帶的隨身聽轉向CD機，印象當中似乎還沒轉型多久，不過郭美琪的這輛車上已經裝上了CD機。我至今都記得，一路上放著當時周杰倫非常紅的那三張專輯——《JAY》、《范特西》、《八度空間》，另外還有郭美琪精緻的臉龐，戴著墨鏡，被窗外的風拂過長髮的模樣。

我承認，那一刻我的心確實動了，雖然只是那麼一點點甜絲絲在胸中蕩漾的感覺。

到泰興時，已是下午四點，我們找了一家飯店，開了兩間房，把東西都安頓下來。那時哪有什麼導航，什麼手機地圖之類的，彩色螢幕手機都還沒出現，全是黑白螢幕，依稀記得那時候我用的是夏新A4，好像是這個名字，不過型號似乎已經查不到了，雖然連彩色螢幕都不是，印象中還花了大概兩三千。到現在不過十三四年的時間，但這個變化，實在是太大了。

雖說知道泰興是長江斷流處，但泰興段的江面很長，範圍很廣，想要精確到是哪一塊或哪個位置爲當年斷流處，卻沒人知道。而爺爺的那個密碼，將鬼雨法螺與長江斷流聯繫在一起，到底是指鬼雨法螺在長江斷流處的江底，還是其他什麼意思，也不清楚，所以雖說來到了泰興，但依然是一頭霧水，摸不清方向。

吃過晚飯後，我們坐在一起，仔細研究著手裡僅有的一份交通地圖。郭美琪說：「長江從泰興往上游，基本上是西南東北流向，但從這裡開始，卻陡然轉了個大彎，變爲了幾乎垂直往南，轉了有一百多度，很奇怪啊。」

杜志發說：「咳，這有什麼奇怪的，河道什麼樣，水當然就怎麼流囉。河道繞圈，水也就繞圈走嘛。」

我想了想，說：「河道又不是人工挖成的，你說爲什麼會天然形成這種陡然往南的河道，不合常理啊。」

郭美琪說：「我沒研究過水文，不過我覺得最原始的長江河道，是江水沖出來的。也就是說，不可能先形成現成的河道，然後等著水來，所以根源還是應該出在水流的流向上。而且這裡都是平原，沒有任何險峻的地形能夠促使江水改道的。」

杜志發叼根菸，往床上一躺，嘆口氣說：「這個問題讓地質學家來研究，都不一定弄得清。憑我們瞎猜，也沒有什麼用。況且我覺得，現在重點不應該放在什麼水文不水文，地形不地形上，而應該放在尋找南珠王那幫人的蹤跡上才對。」

我忽然有個想法，說：「他這話沒錯，不管美琪你想要找長江斷流的眞正位置，還是阿發想要鬼雨法螺，我們都只需跟著南珠王那幫人就行，因爲他們肯定已經從我爺爺那裡掌握了確切消息。」

郭美琪想了想，點頭說：「可是到哪裡找他們呢？」

「這還不簡單，到江邊問老百姓，最近一兩個月有沒有什麼特別的人或者外地人，打聽過消息撈過螺，一問不就出來了？」杜志發蹺著二郎腿，晃著腦袋說道。

杜志發這人大部分時間不可靠，但腦袋有時還是挺靈活的，我和郭美琪又討論了一陣子後，覺得還是他的這個提議比較可行。但天色已晚，又是一路開車過來，大家都很累，於是郭美琪便早早回自己房間休息了。

她前腳剛出門，杜志發跟著就神祕兮兮地探過頭來，對我說：「宣哥，良辰美景，你就讓美琪姐一個人去睡了？」

「人家累了要休息，能怎麼辦？」我笑笑說。

「你去陪她睡啊！」

我嘴裡一口茶差點沒噴出來，然後一本正經地說：「進展太快，有點不大好吧？」

「這還算快嗎？你們都認識兩個多月了。宣哥，我看出來了，她對你有意思。」

我點上一根菸：「我自己都沒覺得，你倒看出來了？」

杜志發神經兮兮地說：「當局者迷，旁觀者清。戴綠帽子的不都是同事朋友先知道，自己最後才曉得嗎？」

我隨手拿了個枕頭就朝他丟去，這哥兒們倒在床上，爲他自己講的這個笑話樂得不行。

第二天一大早，我們三人去街上早點攤，吃了幾碗粯子粥加油條，杜志發說一輩子沒喝過那麼香的粥，還向老闆打聽怎麼做，老闆說粯子粥是他們泰興的特產，很常見，把元麥磨成細小的顆粒，然後煮成粥。那時我不清楚元麥是什麼，直到後來有次跟郭美琪和杜志發去西藏，才意外發現，元麥其實就是青稞。當時我還很納悶，爲什麼西藏的青稞，會千里迢迢到了長江三角洲的泰州地區，並且成爲當地的特產，實在很奇怪。

吃完早飯，三人便開車朝江邊走去。泰興的沿江段很長，我們看著地圖，不知道到底該去哪一處才好。這時路邊有個中年男子，騎著自行車，車後裝著釣魚竿等釣魚用具，我連忙讓杜志發停車，搖下車窗問：「大哥，你這是要去哪釣魚啊？」

那男的愣了一下，然後剎車，用腳撐住，說：「到江邊囉。」

我說：「我們想打聽一件事。」然後掏出菸，遞過一根給他，「你有沒有聽說過一九幾年這裡長江斷流啊？」

那男的把菸點上，吸了一口，說：「當然知道了。你們該不會又是考察隊的吧？」

我一聽這話有些不對勁，問道：「你怎麼知道我們是考察隊的？又是考察隊是什麼意思？難道已經有考察隊來過了？」

「兩個多月前，有條考察隊的船在這片江面上待了好久，整個沿江段四十多公里來來回回不曉得開了多少趟。只要平時喜歡在江邊釣魚的，都曉得這件事。聽說他們是調查一九幾年長江斷流的事情的，你們是外地人，又打聽這個事，還開了輛這麼大的越野車，所以我猜你們也是考察隊的啊。電視上那些考察探險的人都開你們這種車子，我認得。」

他這話一說，我們三人來了勁，杜志發乾脆下車，走到那人面前，問：「大哥，那……那幫考察隊的還在嗎？船還在江面上？」

中年男子說：「船應該是開走了吧，好久都沒有看到了。」

杜志發朝我一瞅，說：「完了，肯定撈完走人了。」

那人問：「撈完了？撈什麼撈完了？」

我說：「沒什麼。大哥，那你知道他們的船，最後在哪停的時間最久嗎？」

這時中年男子低頭用腳撥弄了幾下踏板，有些顧左右而言他，說：「我還得趕著去釣魚呢。」

杜志發一看這架勢就明白了，於是繞到駕駛座那邊，從他包裡掏出一包軟中華，然後走到那人旁邊，把菸遞給他的同時，說：「大哥，耽誤你點時間，這有包菸你拿著。我們呢，不是考察隊的，而是雜誌社的記者。想做一篇關於這段長江的地理考察報導，所以有些情況得掌握清楚才行。」

中年男子順勢接過菸，認出是軟中華，嘴角微微露出一絲笑容，隨即便正了正色，將菸插進口袋，說：「喔，地理雜誌啊，我知道，那個什麼國家地理，報攤上經常看到。你們的照片拍得很漂亮啊！」

我心裡不禁一笑，想：這哥們也真逗，還知道國家地理雜誌，嘿嘿。然後問：「他們的船最後停在哪邊？」

那人卡了卡嗓子，說：「就在江心洲最南邊，好像是找到了什麼一樣，一直到離開前都停在那塊。」

這下可解決了大麻煩，杜志發樂得連忙說：「好，謝謝您了，大哥。」

那中年男子笑著說：「別客氣，有什麼要打聽的再來找我，我每天上午都到江邊釣魚，就是這條路一直走到頭的地方。」

我們三人在車裡鋪開地圖，地圖上顯示這段長江的中下部位置，還真有一塊江心洲，約十幾公里長，對面就是鎮江的揚中市。

第十一章 黃泉

郭美琪指著地圖說：「既然在江心洲最南端，那我們得先找條船，到了那個地方，勘察確定之後再下水。江心洲確實是個好地方，那上面又沒有人居住，我們下水也不會被人看到。」

我說：「那我們就先去那邊的碼頭，看能不能租條船。」

半個小時後，我們來到預定地點，其實最好的情況是能有輪渡，直接連車帶人都運過去，可江心洲只是浩浩江水中的一片陸地而已，沒有人住，不是居民區，怎麼可能會有輪渡呢？幾個碼頭也都是供貨船、客船用，而不是用來載人過江的。

正當我們把車停在碼頭，一籌莫展時，從調度室裡走出來一個古銅色皮膚的壯漢，高大魁梧，雖然穿著衣服，但仍能感覺到他身上的遒勁肌肉，大大咧咧地說：「你們幾個做什麼的？」

我一看，走上前說：「想找條船去對面江心洲。」

「江心洲？去那裡做什麼？那裡全是荒地灘塗，一片野草。」

杜志發扮記者扮出了感覺，說：「我們是雜誌社的，想到那邊拍些照片、采采風，把江蘇境內長江上的江心洲放在一起，做一期專題。」

聽了杜志發的話，我心裡笑翻了，只得強忍住。那壯漢橫著眉毛，說：「這裡是貨運碼頭，全是拉沙拉貨的船，誰有閒工夫送你們去對面？沒事趕緊走！」

我一聽這口氣就來了火，說：「喂，兄弟，話不是這麼說的。這裡是碼頭，不是你家魚塘，我們想怎麼待，就怎麼待；愛待多久，就待多久。」

那人捲著袖子便走了過來，像隻被惹怒的公雞，嘴裡說著：「你他媽的……」他雖然長得五大三粗，但我也人高馬大，根本不懼，站在那裡等他過來，兩人眼看就要頂上。

杜志發連忙插進兩人中間，向兩側推開，說：「和氣生財，和氣生財，有話好好說。」然後轉向那壯漢，說：「大哥，我們就是來打聽一點事情，你也別太激動，跟吆喝乞丐似的，誰聽了都不舒服。」緊跟著掏出包菸，遞給那人一根，說：「來，來，大家抽根菸，消消氣，心平氣和坐下來談一談。一根菸過去，就都是朋友。」

杜志發這人還是比較懂人情事故的，他這麼一說，既顧全了我們的面子，也給了對方臺階下。那漢子也不是那種一根筋的人，雖然擋開了杜志發的菸，但還是緩了口氣說：「我再說一遍，這裡沒船送你們過去。」緩了一下，然後說：「眞搞不懂你們去那裡幹什麼？還拍照呢，全是草，有什麼可拍的？難道雜誌社和考察隊整天都閒得沒事幹，盡喜歡到這些鳥不拉屎的地方來。」

他這話一說，我們都愣了一下，郭美琪問：「你知道有考察隊去過對面？」

那漢子見我們的表情，頓了頓，說：「是啊，個把月前，有條船停在對面，說是考察隊的。」

杜志發來了勁，但這次學聰明了，沒再說撈東西，而是問：「他們後來爲什麼走了？」

「沒找對地方，換地方了吧。」

我奇怪地問：「換地方？那這麼說他們還沒走。」

壯漢似乎察覺到了什麼，警惕地看看我們，說：「你們不是雜誌社的嗎？怎麼對考察隊這麼感興趣？」

杜志發搪塞說：「如果有考察隊，說明肯定有新聞。雜誌和報紙不就是追新聞嘛。」

那漢子抱著雙臂，將頭扭到一旁，說：「我不知道他們去哪了。你們問別人吧。」

郭美琪笑著掏出一張名片，遞過去，說：「我是南京九淵博物館的研究員，如果你有關於考察隊或者長江斷流的線索的話，可以隨時打給我們。有獎金的，比提供給一般報社的獎金多很多，考慮一下吧。」然後她對著我們，故意說：「走吧，到別處問問，既然他們來過這裡，附近肯定有人知道的。」

我和杜志發兩人會意，作勢準備離開。剛往回走了沒幾步，那漢子手裡拿著名片，喊道：「你們等等。」郭美琪站住腳，回頭。漢子問：「獎金有多少？」

「提供關於考察隊的線索五千，帶到他們轉移的地方再加五千。」

我心裡想著：「嘿，這小妮子還真捨得花錢辦事。」

那漢子說：「你們不用問別人了，我知道。」

這回輪到郭美琪發話了，先不著急問，而是說：「你是做什麼的？」

「你管我幹什麼的。我只要告訴你考察隊去哪了，不就行了嗎？」

我說：「你這話可不對。我們可是出真金白銀徵集線索的，一萬塊錢就買一條線索，也算是高價了。怎麼也得先問問情況，總不能隨便亂扔錢吧。」

杜志發說：「咳，不用問也知道，他肯定是碼頭的人，調度之類的。」

壯漢隨即說：「我不是碼頭的，我搞內河運輸的。剛好船停在這裡，來調度室坐坐。」

我朝屋子裡看了看，狐疑道：「那調度室裡怎麼就你一個人？」

「那人有事出去了，我臨時幫他看一下。」

郭美琪接著問：「你有幾條船？」

壯漢摸了摸下巴，說：「小本買賣，只有一條船，在內河拉拉黃沙，運運貨。」

「多少噸位的？」

「二千噸的。」這時，壯漢似乎有點不耐煩了，說：「你們到底要不要打聽考察隊啊？怎麼跟警察似的？」

郭美琪說：「沒什麼，先問問船的事，因爲我們本來想租條船的。」

「用不著租船，考察隊都棄船了。他們的船開走了，但是人留下了。」

我瞇眼奇怪地問：「喔？不用船？那他們去哪了？」

「我說了你們可就算是要了啊，不能反悔。」

郭美琪二話不說，直接掏出錢包，從裡面掏出來一疊鈔票，說：「這是三千塊，出門現金沒帶那麼多。回市區領了錢就給你。或者你跟我們一起去也行，絕對不會賴帳的，放心好了。」

壯漢收下錢，稍微看了看也沒細數，塞進口袋裡，說：「他們的船先是在泰興這段江面來回開了差不多大半個月，像是在測量什麼，又好像是在撈什麼，每天還有潛水夫下水。不過一無所獲，後來船走了，我特意找人打聽了下，原來船上留了不少人下來，都去了黃泉村。」

杜志發奇道：「黃泉村？這什麼地方？他們怎麼從長江找到村裡去了？」

我也皺眉問道：「是啊，聽說他們是爲了調查長江斷流的原因而來，怎麼最後反而離開了長江，上了岸？」

這時杜志發掏出菸，第二次遞過去，那漢子這次接了過來，杜志發問：「大哥，你貴姓啊？」

漢子點上菸，說：「我姓趙，叫趙金生。那幫人到底是不是如你們所言，爲了調查長江斷流而來，我不清楚。但我大概知道他們爲什麼要去黃泉村。」

我和杜志發也點上菸，四個人走進調度室裡坐下。趙金生倒了點水給我們後，繼續說：「黃泉村之所以得名，是因爲這村裡有個地下溶洞，洞內有一處潭水，水是黃的，世代村民都說那是黃泉，是通往幽冥地府的，因此得名。那個溶洞雖然口小，但裡面很大很大，據說當年張士誠有一部兩萬人馬，最後全都藏進了洞裡。」

杜志發驚訝地說：「兩萬人馬？這洞該大成什麼樣啊？」咂咂嘴後，又問：「張士誠是誰？」

趙金生不可思議地看著杜志發，說：「你不知道張士誠是誰？」

杜志發愣了愣，又看看郭美琪，問：「你知道嗎？」

郭美琪也搖搖頭。

我說：「這名字很熟悉，是不是……是不是當年跟朱元璋打仗的那個？」

趙金生一拍大腿，說：「對了，還是這兄弟聞多識廣。張士誠當年的地盤，橫跨長江南北，無論是泰興這邊，還是南邊蘇州，老百姓都很愛戴張士誠。你們知道老百姓燒狗屎香嗎？」

杜志發問：「狗屎香？狗屎是臭的，怎麼會香？」

趙金生說：「江蘇這裡，無論蘇南蘇北，很多地方每年陰曆七月三十晚上，都會燒香，拜地藏王。這香，就稱作狗屎香。其實這香並不是燒給地藏王的，而是假借地藏王的名義，燒給張士誠的。」

我奇怪地問：「那為什麼要叫狗屎？」

「因為張士誠乳名叫作九四，諧音狗屎，而朱元璋建立明朝後，當然不准百姓祭拜張士誠這個當年的對手，所以百姓就假借地藏王之名，燒狗屎香，其實是把香火燒給張士誠的。」

郭美琪聽完後，頓了片刻，說：「你還是繼續講講那個地下溶洞吧。」

「別以為我跑題了。要講那個洞，就得講張士誠。這個朱元璋在進攻張士誠的時候，先是由徐達鑿開了洪澤湖的大堤，結果水淹蘇北；然後常遇春又包圍泰州，使用火攻。這水火二法，是戰前劉伯溫的計策。結果，張士誠有一部兩萬人馬，本是蘇州城破後，護著財寶和軍中家眷，退守到泰州這裡來的。誰知水圍火攻之下，常徐二人又合兵一處，將此部人馬死死圍住。包圍圈越來越小，張士誠最後只能帶著家眷、財寶等，退到黃泉洞裡堅守，但死不投降。」

杜志發竟然有點聽上了癮，問：「然後呢？」

「你還眞別說，這麼個洞，口小腹大，易守難攻。在洞口煙熏火燒，都沒用，任你大軍千千萬萬，就是沒法攻進來。最後朱元璋火了，下令停止進攻，就死守洞口，沒糧沒草沒食物，困在裡面餓也得餓死。最後足足圍了有九九八十一天。」

杜志發問：「裡面兩萬人馬終於死光了？」

趙金生喝了口水，幽幽地說：「不是死了，而是沒了。」

「沒了？」我們幾個一起叫了起來。

「是啊，兩萬人馬憑空消失了。」

杜志發又問：「財寶呢？」

「也沒了。兩萬人馬，加軍中所有家眷，還有財寶，全都像是空氣一樣，蒸發了。」

我也不由得說道：「這也太玄了吧？村民們對此有什麼流傳下來的解釋嗎？」

趙金生眉飛色舞地說：「我前面說黃泉村之所以得名，一是因爲洞中的那處潭水是黃的；二來據說洞中潭水極深，能通往幽冥地府，因此得名黃泉。而張士誠這部人馬和家眷、財寶，村裡歷來相傳是被閻王爺派牛頭馬面和陰差鬼卒直接拉進了黃泉，去了陰曹地府報到。」

我說：「這也太扯了吧？這些人如果陽壽未盡，閻王爺憑什麼拉他們進去？」

「誰說陽壽未盡？那洞中雖大，卻只有一個口。唯一的出口外面又被朱元璋派兵死死圍住，九九八十一天啊，兄弟，早該死透了。既然都死了，偏偏又死在黃泉邊上，那不正好拉進去嗎？」說到這裡，趙金生向前探出身子，稍微壓低一點嗓子說：「聽村裡老人說，閻王爺要重修閻王殿，因此才要了這兩萬人馬，拉進陰曹地府當鬼卒哪。」

杜志發呵呵笑了起來，說：「敢情跟秦始皇抓壯丁去修長城一樣啊！嘿嘿。」

趙金生連忙做個手勢，說：「哎，兄弟，有事沒事可千萬別拿閻王爺開玩笑。指不定牛頭馬面過來，牽住你的魂就走，這人說死可就死了。」

我說：「我×，兄弟，這都什麼年代了。你看樣子也不像是多大歲數的人啊，怎麼還信這個？」

趙金生擺擺手，說：「聽得越多，膽子越小。無論哪行哪業，都是新手膽子大，老手膽子小。你要是對黃泉村夠了解的話，恐怕就不會這麼說了。村裡的人專程在洞口修了一座廟呢，祭拜閻王。」

杜志發說：「這麼個好去處，沒開發成旅遊景點？我看其他地方的溶洞，可都是旅遊風景區啊！」

「哎喲喂，那洞拿棒子趕著人進去都不進，還開發成旅遊景點呢，得了吧。跟你們說個實際的情況，一點也不帶假話，那個洞裡，不要說人，連動物都不敢進。豬牛羊，狗貓雞鴨鵝，你就算牽著牠們進去，只要一鬆手，保證沒命似的往外逃，牽到黃泉邊，連狗都會嚇得尿出來。真的，我親自試過，那狗尿我一腳。」

杜志發一個控制不住，捧著肚子笑了起來。這時，郭美琪說：「看來那幫人八成是爲了這黃泉，而去黃泉村了？」

趙金生蹺著二郎腿，說：「一定的。考察嘛，那村裡除了黃泉有考察價値，別的沒什麼了。」

我有些奇怪，問道：「黃泉村離這裡遠嗎？他們本是來調查長江斷流原因的，難道……難道黃泉村的黃泉，跟長江斷流有聯繫？」

郭美琪說：「如果那幫人眞的去了那裡，想必黃泉與長江斷流之間，肯定有聯繫。」

「黃泉村離江邊這距離三四里，很近啦。你們如果想去的話，我隨時可以帶路。對了，兄弟，到現在還沒問你叫什麼名字。」

「我叫楊宣，剛才誤會，你別介意。」

趙金生揮了揮手，說：「咳，出門在外，有點誤會很正常。」然後把我上下打量一番，摸著自己下巴頦說：「你這身材看起來像運動選手，人長得又帥，怎麼都不太像雜誌社的啊。」

我嘴角笑了笑，說：「我是潛水教練，從小到大練游泳。」說著，朝郭美琪指了指，「她是博物館研究員，名片你已經有了。」最後向杜志發指了一下，說：「這位兄弟叫杜志發，原先也是潛水夫。實不相瞞，我們是爲博物館來調查長江斷流的。所以，對那幫自稱考察隊的人很感興趣。」

趙金生說：「喔……那我們什麼時候過去？」

郭美琪問道：「你這裡走得開嗎？」

「咳，沒事，這裡又不是什麼大碼頭，況且我只是幫人看一會兒。你們要是現在想去，這就可以出發。」

我站起身，說：「那好，我們就現在過去吧。」

於是幾人起身，走出調度室，上了車。仍舊是杜志發負責駕駛，趙金生則在旁邊帶路，我和郭美琪坐在後頭。汽車發動後，直奔黃泉而去。

第十二章　閻王廟

路上，郭美琪說：「一般來說，江蘇境內，喀斯特地貌通常在江南，無錫啊，蘇州啊，太湖周邊一帶。我實在沒想到，長江邊也會有。」

「喀什麼？卡斯楚？」杜志發在前頭問。

我回應道：「喀斯特啊，就是溶洞。」

「你不知道我沒上過大學啊。眞是的。」

我說：「這是高中地理學的，好吧？」

趙金生嘿嘿笑道：「你別說，這個我也沒聽說過。卡斯楚我倒還知道，抽雪茄的那個嘛。」

杜志發轉頭朝他笑笑，說：「啊，兄弟，兄弟。」

郭美琪說：「能不能正經點，談正事呢。」

我說：「地質這東西，沒這麼簡單。要是每個地方都能弄得這麼清楚，哪裡該有，哪裡沒有，那應該也沒我爺爺的事了。」朝窗外看了一會兒，我又說：「說不定，長江斷流的祕密，就在這個黃泉洞裡呢。」

幾人沉默了一下，我問：「趙金生，你不是做內河運輸的嗎？應該跑船才對啊，怎麼今天有空上岸？」

「咳，別提了。現在船也不好跑，我三條船，今年只有兩條能拉到貨，一條停在碼頭很久了，我正準備看看，找人把船賣了轉行呢。」他頓了頓，「幾位有沒有好交易，給我介紹介紹啊。」說著，掏出郭美琪給他的名片，看了看，問：「九淵博物館是做什麼的？算私人企業還是公家機關？」

我說：「這是家私人博物館。」

「私人的？也就是說你們三個都是這博物館雇的？」

杜志發說：「只有後面那位美女是，我們不是。我是來發財的，有沒有興趣一起？」

「怎麼個發財法？」我原本心裡準備攔住杜志發不要說的，但轉念一想，三個人對南珠王那一大幫人，恐怕實力有點懸殊，就算盡量避免正面衝突，多個人總是多分保險。況且，我對鬼雨法螺和鬼雨珠本就不是很在乎，而杜志發卻是直接爲此而來，因此就算他找個人，也是分的他的錢，與我無關。想到這裡，也就由他去了。

杜志發說：「不跟兄弟你玩虛的。去黃泉村那幫人，其實根本不是考察隊的，他們是來找東西的。」

「找東西？你們不是說是爲了調查長江斷流嗎？怎麼又變成找東西了？」

「這兩者不衝突，因爲找到了長江斷流的祕密，也就找到了那東西。順著長江斷流這個思路往下查，才能找著那玩意。那幫人搶在我們前面查到了線索，所以，現在只要跟著他們，就有機會。然後我們暗中潛伏，等待時機，最後抓准機會，突然行動，搶在他們前頭把東西弄到手。那就大功告成！」

我在後面，看著杜志發講得唾沫星子橫飛，他一頭黑人風格的小辮髮型，紮著短馬尾，然後配上耳朵上的一顆鑽石耳釘，那副樣子簡直潮爆了。趙金生看樣子應該比我們大一些，但也大不了太多，不會超過三十，跟美國職業摔跤手似的，說：「難道你們是找水底寶藏的？」

杜志發搖搖頭，說：「不是，但也差不多。」然後咂了幾下嘴，「一時半會說不清楚。這麼說吧，這長江底下可能有一顆很神奇的珍珠，值天大的價錢，比什麼寶藏都值錢。我就是來找那個的。」

「夜明珠？」

「嗯，比夜明珠還厲害，叫作鬼雨珠，有了那珠子，就能夠召喚暴風驟雨。簡直比核彈頭還值錢啊！」

趙金生說：「是不是眞的，聽著有點玄。」

「你看我們像是開玩笑嗎？那幫考察隊的像是開玩笑嗎？連黃泉他們都敢下，你自己想想，這東西得值錢成什麼樣，才會讓這麼多人不要命地過去找？」

趙金生不說話了，默默看著前路。過了一會，杜志發在一旁聳恿，道：「嘿，哥們，怎麼樣？對了，你會游泳和潛水嗎？」

「我他媽成年在江上跑船的，你問我會不會游泳？簡直搞笑嘛。老子一頭鑽進江裡，兩根菸的工夫才出來，你信不信？只不過這事聽起來很危險，我得考慮考慮，暫時做不了決定，到了村裡再說吧。」

幾人在車上說著話，不一會兒就到了黃泉村。按照趙金生的指點，一路開到村後兩處土包之間。

下了車，趙金生在前頭邊帶路邊說：「就在這後面。」果然從兩個土包之間穿過去後，一座陰森森，但占地頗廣，同時又很莊嚴的老廟，出現在我們面前。

來到廟前站定，抬頭見牌匾上，藍底金字，豎寫著「閻王廟」三個字，大門兩側的牆上，則分別繪有張牙舞爪的兩個鬼卒，左邊著黃衫，右邊著黑衫。門前東西兩邊，則各是一個石質的狴犴雕像，威猛恐厲，偏偏還刻得栩栩如生，眞是大白天都叫人不寒而慄。

郭美琪朝大門裡頭望了望，問：「我在中國見過不少道觀、廟宇，但供奉閻王的廟，還眞是頭一次見。」

趙金生說：「甭管是供哪位大神，什麼大仙，一個地方只要能請到一方神仙保佑，就是福氣了。閻王怎麼了？閻王可是管人生死的，我還想求他保佑呢。」

幾人邊說邊朝裡走。

這廟除了看起來陰森恐怖，說實話，建築布局倒是十分齊整威武，一點也不顯落魄，反而很是氣派，而且廟裡樹木成蔭，除了老松蒼柏，還有幾株銀杏，樹幹有兩人環抱以上那麼粗，沒個幾百上千年長不成。

這時一個小道士走了過來，打個稽首。趙金生連忙回了個禮，說：「小道長，我們去洞裡看看。」

小道士說：「幾位請便。」然後就繼續前行，離開了。

看著小道士的背影，杜志發說：「哎，這不是廟嗎？怎麼裡面住的是道士，不是和尚？」

趙金生說：「誰說廟就一定得是和尚？城隍廟裡不也是道士？這閻王廟裡主祀的是東嶽大帝，是道教的神，當然是道士了。」

我有點不明白，問：「東嶽大帝和閻王怎麼就有關聯了呢？」

這時我們進了副殿，剛好裡面有十座神像，趙金生朝神像指了指，說：「陰曹地府一共有十個閻王，每個閻王一座殿，稱作十殿閻君。我們常說的閻羅，其實只是第五殿的閻王，也就是閻羅天子——包拯。而東嶽大帝主管世間一切生物的生殺大權，陰曹地府自然歸他所管，乃是十殿閻君的上司。所以閻王廟裡主祀東嶽大帝，副祀十殿閻君。」

杜志發走到第五個神像前，說：「我的乖乖，包拯是第五個閻王？這我還是頭一次聽說啊。」

趙金生把兩眼一瞪，朝四周看看，然後說：「你在這閻王廟裡可不要大聲喧嘩吵鬧，小心惹到神明，登時要你的小命。」隨後接著說：「包拯因爲公正嚴明，死後本是陰曹地府第一殿的閻王，但後來可憐屈死之鬼，屢屢放回陽間讓他們申雪，所以被貶到第五殿。」

隨後幾人來到正殿，當中乃是一座高大威嚴的東嶽大帝神像。我說：「東嶽大帝除了是十殿閻王的上司，本身也是泰山之神吧？我記得古代的皇帝，經常要到泰山拜東嶽大帝的。」

趙金生說：「這我就不清楚了。不過東嶽嘛，自然是泰山了。」

郭美琪喃喃地自言自語，說：「泰山？泰山的神東嶽大帝主管陰曹地府，莫非這陰曹地府是建在泰山地下的？」

杜志發說：「民間傳說而已，用不著太當眞。」

出了大殿，我問：「洞呢？莫非黃泉洞在這廟裡？」
趙金生說：「黃泉洞算是廟的一部分，但不在廟裡，而在廟旁。就在前頭。」
我說：「這閻王廟似乎香火不是很旺，來的信眾也不多，半天都沒見著幾個人，怎麼整個廟卻很氣派？一點也不像落魄小廟。」
趙金生邊走邊說：「這就是怪事一樁了。新中國成立前，就有這廟，據說古時候就有了，但小得很，完全是村民因爲對黃泉洞和張士誠那件事的影響，說害怕也好，說相信也好，反正就建了這麼個廟，沒有外人來拜，就跟一般村裡頭的土地廟類似。後來八十年代末、九十年代初時，聽說從海外來了一個華人，捐了一大筆錢給村裡，明確地說，就是要修這個閻王廟，所以就這麼建起來了。這麼大個廟建好後，再加上本來就有黃泉洞，因此雖然沒法開發成旅遊景點，但好歹名氣上來了，周邊多多少少還有些人來敬香火。」
我聽了咂咂嘴，說：「這人倒是很奇怪啊，捐錢建閻王廟，也眞是夠有個性的。」
趙金生說：「這種人多半是還願的，天底下最奇怪的就是人的心思，什麼想法的都有，人家就認爲是閻王爺保佑了他，那你也沒轍。」
說話的工夫，我們從後門出了廟，片刻後開始進入一片陰森森的林子，裡面全是上了年頭的老樹古藤，遮天蔽日。雖然地處平原，但不知爲何，林子裡卻坑窪不平。走了不知多久，眼前陡然出現一座巨大的鬼頭雕像，單純只是一顆腦袋，卻足有兩層樓高。石像上披著青苔，爬滿藤蔓，掩映在陰森的樹木當中。而既令人稱奇又感到心驚膽戰的是，這座巨型鬼頭石像的血盆大口，竟是一個黑漆漆的洞口，也就是說，人若從這個洞口進去，就如同鑽進了閻王鬼頭的那張嘴裡。洞口黑幽幽的，不透一絲光線。旁邊立著一塊缺了一角的石碑，上面刻著「黃泉洞」三個字。

杜志發抬頭看著上方的鬼王腦袋，說：「我×，這他媽也太有創意了吧，這是什麼年代的石像啊？」

趙金生說：「這可有年頭了，據說是朱元璋建立明朝後，張士誠的後人偷偷來修的。這顆鬼頭，是由一塊巨岩整體雕成，單說這塊巨石要運到這，就得費多少力？」片刻後接著說：「好了，三位。我帶路已經帶到位，還兼職當了回導遊，任務完成。你們要找的人，應該就是進了這洞裡。除此以外，村裡沒什麼有價值的地方。」

郭美琪抬起手腕，看了下表，說：「現在也不早了，回到市區剛好吃中飯，還得把剩下的錢給趙金生。要不然，我們先回去，商量一下，再做打算？」

我朝洞裡稍微走了幾步，然後出來，說：「裡面烏漆一片，沒有手電筒和火把不行，回去準備一下吧。」

杜志發聳聳肩，說：「我沒意見，先吃飯囉。」

第十三章 初探

四人回了市區，先領錢付了趙金生的酬勞，然後一起進了家小酒館。杜志發卯足了勁慫恿趙金生入夥，但人家始終就是含含糊糊，只說考慮，就沒答應。

然後吃到一半時，趙金生接了個電話，說：「實在不好意思，船上有事，我得先走。你們慢慢吃。」

杜志發說：「我開車送你過去。」

「不用，不用，你們吃。我搭計程車就行了。」然後便朝店外走去。

等他走遠了，杜志發問：「他是不是覺得我說的像是在胡扯？」

我說：「那也未必，不過不是每個人都像你這樣，要錢不要命的。」喝了口啤酒，我繼續說：

「你也眞逗，把這些告訴他，不怕人家搶啊？」

「我×，現在是我們得從南珠王那幫人手裡搶，憑我們三個，搶不搶得到還很難說，多個人多分力，到時候分他一份錢，總比搶不到要好吧？」

郭美琪說：「我和楊宣可不是來搶東西的。不過呢，怎麼才能替楊宣爺爺報仇，倒是很頭疼。」

我喝了一口啤酒，說：「先去看看吧，見機行事。」

吃完飯，幾人去旅館收拾了下東西，拿了放在房間裡充電的手電筒，便又開車回到黃泉村。到林子邊緣下車時，剛好又碰見先前的那個小道士，正提著一桶水，往廟後門方向而去。

我連忙上前幾步，喊住他，說：「小道長，你好，我想問一下，前陣子是不是有考察隊的，進了後面這片林子裡的黃泉洞啊？」

小道士朝我打量了一番，放下水桶，說：「一個多月前，確實有不少人進了洞裡，還帶著不少器材。」

杜志發在一旁問：「你們沒人攔住他們？」

小道士笑著說：「這片林子不知什麼年月就已經有了，占地極廣，裡面終年陰氣不散，黃泉洞便在其中。一般人家不用你管，他們自然不會進去；眞想進去的，就算管了，又怎麼管得住？況且這裡並非旅遊景點，只是荒郊野外，誰進誰出，輪不到我們道士說話。」

郭美琪問：「那這黃泉洞平時進來的人多嗎？」

小道士搖搖頭，拎起水桶，邊朝遠處走邊說：「平日裡連狗都不進那洞，哪還有人願意來？」

杜志發看著小道士的背影，說：「這可奇怪啊，趙金生也說過，貓狗豬什麼的，都不進洞裡。」

我說：「是啊，他說他拉了條狗進去，結果狗嚇得尿了他一褲腳。」

「看來黃泉洞一定有古怪。」郭美琪說。

我取出背包背上，回頭再朝四周看了看，望著遠處依稀可見的長江，說：「走吧，進去看看。」於是，三人便進了那片古林，深一腳淺一腳，摸索到了黃泉洞所在的那座鬼頭大石像前。

一進洞口，就是向下的石階，本以爲會很長，豈料剛走了沒幾步，前面就是一堵石壁，石階朝右拐去。繼續前進了約莫兩三分鐘，又是一拐，如此這般，等眞正下到洞中底部時，我們幾個都有剛走完迷宮的感覺，幸虧沒有岔路。

這時周圍開始彌漫潮濕且帶著水腥的氣味，我們三支手電筒分別照向各處，在電光的交錯照射下，黃泉洞的面貌逐漸顯示出來。

與一般地下溶洞的空曠奇秀不同，這裡像是蛛網蟻穴，剛剛下來的那條石路就已經快把人轉暈，而此時前面的空間遠遠看去，更是令人望而生畏，熔岩石柱層巒疊嶂，交織錯亂如蛛網，小道曲徑四通八達，盤繞通幽如蟻穴。一束燈光向任何方向照過去，根本照不了多遠，必有一堵石壁或者石柱擋住前路。

看著這番情形，我不禁說：「難怪朱元璋怎麼都打不進洞裡來，也太險要了。」回頭照照來路，「這洞口眞是一夫當關、萬夫莫開啊。」

杜志發一邊用鼻子嗅著，一邊朝左邊走，說：「這裡水腥氣很濃，看來這黃泉少不了……」話還沒說完，忽然啊地叫了一聲，整個人掉了下去。

我和郭美琪趕忙將手電筒打過去，卻發現杜志發忽然莫名其妙地掉進了水裡。而這之前，我們三人竟然都沒發現，一道大水溝就在身邊。

幸好杜志發只是從岸邊滑進去，雖然整個人全都栽入水中，但很快就掙扎著爬了起來。郭美琪趕過去拾起地上的手電筒，我一把將阿發拉了上來。

杜志發甩著滿身的水，回頭叫道：「怎麼他媽的突然冒了條河出來？」

郭美琪將手電筒打向這條河，此時杜志發已經上了岸，河面漸漸恢復平靜，三人驚奇地發現，這條河水的顏色竟然與我們腳下的泥岩之色相差無幾，在波瀾不驚的止水狀況下，當眞讓人辨別不出那是河水，還以爲是平地呢。難怪杜志發剛才嗅到了水腥之氣，只顧著往前走，卻沒發現眼前腳下是條河。

我看著這詭異的河水，說：「黃泉，黃泉，這名字還眞恰如其分。」

郭美琪蹲了下來，用手探探水，說：「水裡泥沙含量應該很高，所以才會這種顏色。」

杜志發退了幾步，坐到一塊石頭上，喘著氣說：「這水還能下去嗎？渾成這樣，都快變泥漿了。」然後轉頭朝前方看看，「南珠王那幫人八成是走了，這洞裡看起來連個鬼影子都沒有。」

我沒理會他，先是將一隻手伸進水裡感受了一下，然後上下摸起口袋來。杜志發見我這樣，問：「宣哥，你找什麼啊？」

「找紙。」我說。

「找紙？我×，你想大便？」

我說：「大便你個頭啊。」這時，我掏出菸盒，打開後撕下一小截錫箔，扔進水裡，「我覺得這水在流動，所以想看看它的流向。」錫箔落到水面，漂了片刻後，果然慢慢朝洞口方向流去。

郭美琪說：「朝南流的。」杜志發走了過來，拿過他自己的手電筒，照著說：「真的是在流啊。看來這黃泉不是死水？」

「誰說黃泉就一定是死水啊？往南流，能流到哪去？」我說。

郭美琪想了片刻，說：「南邊不就是長江嗎？會不會匯入長江？」

我搖搖頭，往岸上走了幾步，說：「有可能，但又有點不像。地圖上這裡是沒有長江支流的。走吧，我們再往前看看。」

這洞裡雖然四通八達，但有一個好處，就是黃泉在一側貫穿南北，所以儘管地形複雜，但只要隔一段路，朝西邊確定一下黃泉的位置，那就幾乎不會走錯。

隨著往洞內縱深推進，我們對這個洞感到愈發驚奇，同時也才明白，為什麼可以藏得下兩萬多人，因為實在太大了，當到達最裡層時，那景象很是讓人震撼——

黃泉在這裡比先前陡然擴大了數倍，如果原先算是一條河，那麼終點這裡的位置就像一個近似圓形的湖，或者叫一潭水，只不過別的潭水幽綠，這潭水是黃褐色。

在潭水的上方，有一個天然形成的石橋，遠遠看去就像是游泳館的跳水高臺，由地下熔岩天然堆疊生成，直通潭水正上方，約莫有十公尺。

我們三人站在石臺上，小心翼翼地朝下看去，那片黃潭彷彿像是一隻巨獸的大嘴，要將人吞沒，讓人膽戰心驚。再朝四周看看，已經再無進路，整個黃泉洞，到這裡已是盡頭。

我抬起手腕看看錶，說：「走了差不多四十分鐘。」然後在石橋上坐下，掏出根菸點上，歇息一會兒。杜志發靠著我旁邊坐下，也抽上一根。

郭美琪往回走了幾步，身子靠著幾塊大石頭，說：「南珠王那幫人似乎已經不在了，水邊找不到一點痕跡。」

杜志發伸直兩腿，嘴裡叼著菸，兩手撐在身後，說：「看來我們來晚一步。」

我出神地盯著下面的潭水，片刻後說：「你們不覺得這裡很奇怪嗎？黃泉洞雖然大，卻是個死洞，前面到出口那裡，後面就到這裡，沒其他去處了。但這死洞裡，卻有條活水，從北面往南流，這說明什麼？」

「是啊，這說明什麼？」杜志發問。

「這說明黃泉在洞口以外的部分，是以地下河的形式流動的，因為地圖上這裡是沒有明水的。」我說。

「那又怎麼樣？現在的問題是，南珠王他們已經捲鋪蓋走人了，鬼雨法螺看來已經到了他們手上。就算能把這條黃泉弄清楚，又有什麼偉大意義？」杜志發說。

我一時詞窮，但直覺卻告訴我，這事沒那麼簡單，於是回頭看看郭美琪，說：「妳覺得呢？」

郭美琪微微搖頭，淺淺笑了笑：「我也說不好。因為你是來找人的，而我是來探險的，站在你的角度，如果南珠王家族已經走了，那就沒必要再浪費時間；但如果站在我的角度，當然想下水看看。」頓了一下，「說不定，這裡就是打開九淵世界的大門。」

正在我躊躇間，忽然從石橋後面冒出個陌生而粗獷的聲音：「大門？這裡就是送你們下地獄的大門。」

我和杜志發被嚇得幾乎同時跳了起來，郭美琪也驚得朝我們這邊走來幾步，三人同時朝後方看去。只見原本漆黑的空間裡，亮起幾隻火把，四個人走了過來，站在石橋尾端的位置，而我們三人則在石橋頂部，也就是潭水上方，退無可退，再退只能跳進黃泉。

我稍微定了定神，問：「你們幹嘛？」

中間一人耀武揚威似的來回走著，說：「幹嘛？他問我們幹嘛？」那幾人哄然大笑，這人接著說：「天堂有路你們不走，地獄無門非要闖進來。既然你們找死，那我們只好送你們一程了。」

在火把光線的映照下，我看出來說話的這人是個光頭，我突然回憶起來，這就是那晚開車撞我和郭美琪，然後將我們的車搶走的那個光頭。

我驚訝地說：「你們是南珠王的人。」

光頭怔了一下，然後說：「你小子還眞是夠聰明啊，眼力也不錯，還認得爺爺我。」頓了片刻，「那晚沒有一弩射死你，想不到，今天還是要落到我手裡。只是那天在南京，不殺你們；今天在洞裡，可就未必了。」轉頭朝後面幾人說，「先綁起來再說。」

後面三個人裡，一人拿火把站在旁邊，一人手裡仍舊像那天晚上一樣，持弩對著我們，還有一人則手裡拿著繩子走了過來。

杜志發看這陣勢，朝光頭說：「偷偷摸摸跟在別人屁股後面，現在才敢出來，算什麼男人？有種過來單挑。」

光頭走上前幾步，說：「我們本來就守在村子裡，是你們自己不小心闖進來，怪得了別人嗎？況且，上午來時我們也沒動你們，可你們下午還來，還帶了一車裝備，這不是擺明了要在太歲爺頭上動土？」

郭美琪說：「你們……你們想幹什麼？」

「幹什麼？我們專門負責斷後，防的就是你們這些不識好歹，尾隨過來的蠢貨。」

「斷後？」我心裡嘀咕道，接著瞬間便明白了到底怎麼一回事，說：「南珠王他們還在水下，所以你們就在這裡負責留守，防止有別人跟過來。包括上次在南京，也是同一個意思。」

光頭朝我走來，蹲下道：「沒錯。不過不是南珠王還在水下，而是南珠王的孫子的兒子。」說著，朝杜志發和郭美琪兩人看看，又回頭看我，「但是，我很納悶，你們到底是怎麼追到這裡的，而且知道我們是南珠世家的人？」

杜志發哼了一聲，說：「要想人不知，除非己莫爲。你把別人當傻子，其實自己才是傻子。」

旁邊拿火把的人一聽這話，提腳就踹，正中杜志發心窩，他雙手被反綁，痛苦地一下子跪倒在地。

郭美琪見狀，說：「我們來之前報過警，而且我們住的飯店警察也備了案。你們別胡來。」

光頭說：「眞當騙三歲小孩？你們上午從這裡一走，我們就跟在後面了，到市區後先是到餐廳吃了頓飯，接著回飯店取了裝備，再跟著就直奔這黃泉洞。報案？妳做夢時報的吧？」

旁邊一人也笑著說：「這洞裡空空如也，鳥不拉屎，你們去報案說什麼？去說：『警察叔叔，洞裡有妖怪？』人家會來嗎？哈哈哈哈……」

我心想：這幫狗養的，原來一直就守在附近，從我們一進村子就已經被他們盯上了，一舉一動都在掌握中，這下可慘了。嘴上卻說：「我們只不過進來看看，用不著這麼大動干戈吧。」

「少廢話，老實在這待著。」

我說：「你們要關我們多久？」

「他們什麼時候出水，我們什麼時候走，到時再由老大決定怎麼處置你們。不過，我可提前警告你們，要是給老子在這耍花樣，我隨時把你們扔到下面去。」光頭說著，押著我們走向不遠處的石柱。

杜志發說：「這回慘了，凶多吉少。宣哥，兄弟這筆買賣賠大了。」

我邊走邊輕聲罵了一句：「他媽的。」

郭美琪說：「現在怎麼辦？」

我朝那幾人看看，然後說：「咳，出師不利，聽天由命吧。」

第十四章　游蜂營

我們被反綁著雙手，來到石柱處，這時不遠的地方忽然傳來啈嗒一聲，像石頭落地的聲音。光頭幾個不由得回頭看了一眼，側耳傾聽片刻，沒了動靜，正準備動手將我們綁到石柱上，啈嗒聲卻又再次響起。

光頭坐不住了，對手下說：「你們兩個過去看看。」然後自己抓起了地上的弩。

那兩人拿起火把，小心翼翼朝前走去。消失在拐彎處的黑暗中不多久，就傳來慘叫，緊跟著便沒了動靜。

光頭和剩下那人也慌了，咽著唾沫焦急地注視著對面。片刻後，對面忽然閃出一個黑影，站在光頭前面那人不禁嚇得往後一跳，弓著腰，一邊一手將火把舉向前方，一邊顫抖著說：「你什麼人？」

我們也緊盯著那邊看，這時杜志發叫了起來：「趙……趙金生！」

原來閃進來的那個黑影，竟然是趙金生。只見趙金生站在那人對面，像個拳擊手一樣不時交換著步子，同時朝我們這邊的光頭瞄了幾眼。

光頭佬又是老一套，舉起弓弩瞄著對面，說：「你他媽哪來的，活膩了吧。」他正準備朝前走時，我看準機會，猛衝了過去，像枚炮彈一樣，結結實實撞在他背後，光頭佬一個趔趄，撲倒在地，弓弩摔到一邊。

趙金生見狀，旋轉飛起一腳，正中對面那人手腕，火把轉著圈掉到石柱旁，緊跟著一記臨空肘擊，砸向面門，那人如同蔫掉的草一樣倒了下去。

光頭剛掙扎著爬起來，摸向地上的弓弩，誰知趙金生已經左腳踩到弩箭上，趁光頭抬頭朝上看的時候，用右腳直接踢向他的下巴，只這麼一下，光頭便也昏了過去。

眨眼的工夫，四個匪徒全都被打暈。我簡直驚奇到說不出話來，半晌才道：「趙金生，你怎麼來了？」

他一邊替我們三人鬆綁，一邊說：「我回去想了想，覺得這活兒不錯，想來找杜志發的。我猜下午你們肯定會來黃泉洞，所以直接就奔這邊了。誰知不遠處停了兩輛車，我感覺有點不對勁，進了洞後就偷偷跟著。結果就撞上了。」

杜志發摸著手腕，說：「嘿嘿，這叫什麼來著，螳螂捕蟬，黃雀在後。」

我說：「看起來你身手很厲害啊。」

趙金生彎腰撿起地上的那把弩，說：「我年輕時練散打的，這幾個毛賊算什麼？」

郭美琪說：「年輕時？我看你現在也不老嘛。」

「我是說跑船之前。散打練了五六年，靠那行吃不了飯，就去打撈工程公司做水鬼，最後才來跑船。」

杜志發驚訝地說：「你也做過水鬼？」

「是啊，你們潛水夫也好，我跑船也罷，大家都是靠水吃飯的，這有什麼奇怪？不是跟你們說過，我一頭鑽進江裡，兩根菸的工夫才出來，可不是說大話。我一開始待的打撈公司，做過不少大工程，光我自己就參與過水下考古和古沉船打撈作業呢。」

杜志發轉頭朝我說：「嘿，還真巧了啊，宣哥，又來一名得力大將。」

我笑著伸出手，說：「歡迎入隊。」

趙金生跟我握了手後，看著地下躺著的兩人，問：「這幾個毛賊怎麼處理？」

郭美琪說：「還有兩個人呢？」

「在那邊拐彎的後面，一人一拳，全被我放倒了。」

趙金生將四人綁好後不久，其中一人醒了過來，我蹲下來問：「南珠世家那幫人什麼時候上來？」

那人惶恐地直搖頭，就是不說話。趙金生兩手跟鐵鉗似的揪住他肩膀，拉到石橋邊，按著他的腦袋看向下面那潭鬼水，問：「信不信把你扔下去？識相的趕緊說。」

地上的傢伙竟然哇的一聲哭了起來，號道：「我說，我說。他們已經下水一個月了，還沒上來呢。」

我蹲下來，盯著他說：「下水一個月還沒上來，你當他們是水猴，住在水底的呀。」

「我說的是眞的，這個光頭和我們只負責斷後，防止有人追蹤摸過來。簡清明自己帶了一幫人，一個多月前來到黃泉洞裡，在河底勘察了幾次，最後一次跟十幾個潛水夫下去，再沒上來，直到現在。」

杜志發問：「死了？」

「應該沒死，最後一次下水的一天後還跟我們用電臺設備通過話，讓我們一直候著，等他命令才能撤。」

郭美琪凝起秀眉，問：「水裡怎麼可能用電臺通話？」

「他們帶了密封電臺設備，至於他們在水底怎麼能通話的，我也不知道啊。而且那次簡清明還說過，再往前就要超過無線電範圍了，反覆交代讓我們好好留守。否則他出來後，要我們好看。」

杜志發不信，說：「下水一個多月，到今天還沒有上岸來，你當他們是龍王和蝦兵蟹將，能在水裡過日子啊？！」

那人小心翼翼地說：「說不定發現了什麼水底洞穴？然後進去了？」

郭美琪說：「這倒是有點可能。」

趙金生問：「你們都不能確定南珠世家這幫人到底有沒有死在水底，爲什麼還死心塌地替他們守在這？」

那人一見趙金生那兇神惡煞的模樣就慌張，帶著哭腔說：「他們已經給了工錢，而且說等他們上岸後還有一筆錢。南珠世家的名頭很響，百十年來延續到現在，已經是第五代，沒把握的事情，簡清明不會幹的。」

我看他那膽小鬼樣，不像是說謊的，便繼續問：「你說的這個簡清明是誰？」

「南珠世家第四代傳人，五十多歲年紀。」

趙金生見這人已經開口招供，便鬆開手，問：「五十多的人還能下水這麼久？」

這人爬起來，坐在地上繼續說：「他那身手好得很，聽人說簡清明不帶氧氣瓶都能在水底潛伏三天三夜。」

我說：「你當他是浪裡白條張順啊。」

杜志發說：「胡扯，除非他不是人。能像趙金生這樣慼個兩根菸的工夫，就算不得了了。」

那人也不敢還嘴爭辯，只是點點頭。

我問：「你把你知道的南珠世家的情況，統統說出來。」

「我只是被他們雇的，知道的也不多。只曉得簡清明有個兒子，在美國，名字好像叫簡歌華，也就是南珠世家的第五代。南珠王叫簡雲漢，是慈禧御用的採珠人，當時的官職是游蜂營都統，可在全國各地水域採珠，而且憑珠牒能調動當地水師配合。」

這下我可好奇了，說：「游蜂營？這是什麼？」

郭美琪說：「清朝的歷史我倒是研究過，只有什麼前鋒營、驍騎營，韋小寶不就是驍騎營都統嗎？」

杜志發笑著說：「Maggie姐，妳眞的好厲害啊，連韋都統都知道。」然後晃了晃腦袋，「不過這游蜂營，我還眞是頭一回聽說。」

那人說：「游蜂是早年間對在全國各地尋水覓珠的採珠人的稱呼，而慈禧又是歷史上頂頂有名對於珍珠極其迷戀的大人物，據說因爲當年她曾經一度重症病危，後來得到一顆神奇的東珠，握在手中數日竟轉危爲安，自此對珍珠的迷戀無以復加。所以特地建了游蜂營，封簡雲漢做都統，領游蜂營到處尋採異珠。」

我說：「那簡清明這幫人是在國內活動，還是國外？」

那人搖搖頭，說：「這個我就不清楚了，反正即便在國外，也是從中國出去的。聽口音，簡清明像是廣東或者廣西一帶的。不過，有可能他們現在的據點在香港，因爲我老聽他們說什麼快活谷、沙田之類的。」

趙金生說：「嘿，看來他們挺喜歡賭馬。照這麼說，南珠世家這幫人應該是在香港。」

我站起來，說：「嗯。麥教授說南珠王家族的人，自從人工養殖珍珠興起後，就離開了內地。」

「誰是麥教授？」趙金生問。

我朝郭美琪指指，說：「就是他們博物館的館長。」

這時，光頭和另外兩人也醒了，因爲手腳都被綁上，在那裡跟豬一樣哼哼，並大喊：「你們要幹什麼？」

杜志發走了過去，故意嚇唬他們，指著石橋，說：「等把那人扔進下面的黃泉後，就來扔你們。」

光頭轉頭一看，見那架勢，信以爲眞，立刻跪著磕頭號道：「幾位大哥、幾位好漢，饒命，饒命啊。」旁邊兩人也跟著哀求起來。

杜志發那小子壞笑幾聲，走到我身邊。這時被我們拉到石橋上的那人，也哭著說：「大哥，大哥，我們都是被簡清明雇的，不明眞相，誤入歧途啊。饒了我們這次，下次絕不敢了。」

遠處的光頭喊道：「我上有老母，下有妻兒。大哥們發發善心，饒了這次吧。」

趙金生和郭美琪也朝我看來，似乎在詢問怎麼辦。我將他們三人喊到一旁，商量道：「你們有什麼想法？」

杜志發說：「聽你的囉。」

郭美琪也說：「你拿主意吧。」

趙金生轉頭看看那幾人，卻說：「這幾個只不過是周邊的小嘍囉，抓了也沒用，什麼眞正重要的消息都不知道，我看，不如乾脆放了吧。」

這話倒是出乎我意料，我說：「他們確實只是嘍囉，但如果放了，要是他們再來怎麼辦？」

趙金生淡淡地說：「不會的。」稍微頓了一會兒，「我在港口停著的船，上面有幾個船員就是村裡人，現在剛好沒貨拉，閒在家呢。我讓他們每天來看著就是。」

我前後想了想，說：「抓起來是個累贅，既然你能確保他們不再來惹事，那放了也未嘗不可。但你讓船員來看住這裡，要付人家工資嗎？」

「不用，都是村裡人，閒著也是閒著。」見我似乎還是有些疑惑，趙金生接著說：「壞人自有天收，小人自有對頭，用不著我們動手的。」

郭美琪說：「趙金生說得有些道理，而且這些人抓了確實也沒用，關鍵是那個簡清明。」

我點點頭，沒有說話，就這麼定了下來。雖然我心裡總覺得哪裡還是有些不太對勁，但也沒多想，便走到光頭面前，蹲下來看著他。光頭佬前幾次的囂張樣全然消失，取而代之的是痛哭流涕，連連說：「兄弟啊，我們眞的不敢了。眞的不敢了。」

我說：「我信你一次，不過你們必須立刻滾蛋，要是再在這村子裡出現，別怪我們不客氣。」

光頭連忙激動地說：「我們滾，立刻滾。絕不再出現。我發誓。」

我又朝旁邊幾人問：「你們呢？」

「不敢再來了，保證不敢。」

趙金生抱臂站在後面，說：「我就是附近船上的，這村裡全是我們的船員，你們自己掂量著點。」

就這樣，光頭帶著三人，感恩戴德地跑出洞去，屁滾尿流奔出林子，然後跳上車，立刻加速開出了黃泉村。我們站在林子邊緣停車的地方，看著遠處浩浩蕩蕩的長江。

趙金生問道：「時間不早了，還進洞嗎？」

我抬頭望了望天，說：「明天再來吧，今天大家也都累了，正好有了新情況，回去再商量商量。」

於是幾人朝車走去。趙金生說：「我住在船上，不跟你們去市區了。」

杜志發說：「別這樣，今天你救了我們的命，怎麼可能不請你喝酒呢？」

趙金生說：「正事要緊，明天說不定還得下水。今晚可不能喝，我回船上休息才舒服，習慣了。另外，讓船員白天來盯哨守著的事，現在就得去安排。」

見他執意如此，我們也不好強求，反正現在大家都是一根線上的螞蚱，等事情辦完，再開慶功宴、感謝宴也不遲。於是各自回去，約好第二天早上八點，準時黃泉洞口見。

第十五章 首潛

次日上午，當我們三人氣喘吁吁，帶著部分裝備來到洞口時，趙金生已經靠在一棵老樹上等著了。所以，「頭腦簡單、四肢發達」這句話不一定對，就像趙金生，雖然強壯得像頭公牛，不過頭腦非但不簡單，反而粗中有細，心思縝密。另外做事還十分有條理，比如知道今天有正事要辦，前一晚連酒都不喝，跟杜志發不同，阿發就是混日子過活，整天不太思考，今朝有酒今朝醉。

趙金生走過來，看著我們搬過來的箱子，說：「只有這麼一點裝備？」

我喘著氣，說：「還有呢，在車上，一次搬不完。林子裡樹太密，車又開不進來，只能再運一次。」

杜志發撐著腰，說：「哎喲，這累得我。」然後看看鬼頭大石像，「天哪，還得從洞口再運到裡面，眞該雇幾個人來幹活。」

郭美琪搬著箱子往洞口邊走邊說：「少廢話，趕緊幹活。」

杜志發看著從他身旁經過的郭美琪，無可奈何地搖了搖頭。

大概花了半天的工夫，我們才將車裡的裝備運到了最裡面，也就是前一天的石橋下面。那個地方距離洞口需要步行四、五十分鐘，大家可以想見此洞該有多大，而且這還只是沿著黃泉水邊的直線遠近，若向右邊繼續查探，迷宮似的也許更大。

之所以要將裝備搬到最裡面，而不是洞口附近，一是雖然洞裡平時幾乎沒有人跡，但也不排除有時偶爾會有人進來的可能，比如趙金生那次不還專門拉了條狗進來嗎？但最裡面很深，普通人一般不會來；二是只有天然石橋下的水潭邊有開闊的平臺，其餘地方都很狹窄，伸展不開手腳，擺裝備也很費勁，所以乾脆直接全搬到最深處了。

一切到位後，我們在潭水邊升起一堆火，吃了一些帶過來的燒雞和酒，因爲洞裡溫度較低，下水後更冷，所以得提前稍微喝一點，暖暖身子。

我說：「今天我們先下水摸摸基本情況，如果簡清明一夥人眞是從一個多月前就下水了，到今天都沒上來的話，那這黃泉底下，一定別有洞天。」

杜志發咬著油膩膩的雞腿，邊嚼邊說：「宣哥，我只有一件事，你和Maggie姐別跟我和老趙搶鬼雨法螺，反正你們也不是衝這個來的。除此一點，你怎麼安排，我怎麼做，絕對服從安排。」

我看著那堆篝火，喝了口酒，說：「我只要簡清明，能讓他認罪。其他的，你們自己看著辦，與我無關。」同時心裡有些失落。

爲什麼？說眞的，我是把杜志發當兄弟的，但從這件事情由開始到現在的情況來看，杜志發眼裡只有錢，如果不是麥教授說鬼雨法螺、鬼雨珠很值錢，他一定不會來幫我。爲兄弟兩肋插刀？他也就只是嘴上說說罷了。

郭美琪說：「還是先找到線索再說吧，簡清明他們下去這麼久，說不定早得手了。」

趙金生說：「我看未必，要是得手，肯定上來了。既然至今沒上來，肯定沒得手。」

這話正合杜志發的意，說：「老趙說得沒錯，還是有希望的。」

「能不能別喊我老趙，我比你們大不了幾歲，把人都喊老了。」

杜志發哈哈笑了起來，拍了拍他的肩膀，說：「好，不喊了。倒不是說你老啊，只是你顯得比較成熟。」

趙金生嘆了口氣，說：「沒辦法，想混口飯吃難哪。跑船的有幾個不顯老？我前些年好不容易盤下一條船，誰知現在不景氣，不太拉得到貨，船一直閒著，想賣又沒人接手，否則我也不會來了。」

我點點頭說：「你先是練散打，然後當水鬼，現在又跑船，眞是不容易。來，我敬你。」

酒瓶碰了一下後，各乾掉一大口，趙金生說：「咳，沒辦法，家庭條件不好，比不上你們都有好爹媽啊。」

這話說者無意、聽者有心，見我似乎有點尷尬，杜志發將酒瓶舉起來，說：「來，來，喝點小酒，談什麼家庭不家庭的。我們四個不都是自己在這，自己下水嗎？跟家庭有個毛關係？」

過了一會，我說：「我想這樣，今天我和杜志發先下水，郭美琪跟趙金生就在這裡守著。等把具體情況摸清，最後我們再四個一起下去。」

郭趙兩人互相看了看，都點頭同意，於是我和杜志發便開始準備潛水器材。一個小時後，兩人從石橋附近下水。

郭美琪反覆叮囑我們：「只要有什麼不對勁，立刻上來，安全第一。」我背對著她，豎起大拇指，做了個手勢，然後就跟著杜志發潛下去了。

雖然早有心理準備，但我們還是非常吃驚，也非常頭疼，因為這裡的水下能見度實在是太低了，大概只有十公分左右。這讓我和杜志發特別不習慣，就跟突然間成了瞎子一樣。

人在水下，如果看不見，恐懼感就會自然滋生，特別是對於初學者，那種感覺是致命的，它會令你窒息，讓你渾身僵硬，就像被死神捏住了脖子。

我一點都不誇張，有機會潛水的朋友，可以試試在泥沙含量較高的地方，保護措施到位的情況下，下水一趟試試，你如果最後不是被人拖上來的，我喊你「水神」。

沒過多久，我們兩人就都出來了，浮在水面跟岸上的郭美琪說了情況，水下根本啥都看不見，渾濁一片。

這種情況下，是不敢貿然一直下潛到底的，因爲你沒辦法知道水底的狀況，萬一遇到特殊事件，碰著些不三不四的東西，或者被什麼東西纏住，想上都上不來，方向也沒辦法掌握。可既然下水一趟，如果連底都沒碰著，又著實有些不甘心。

他們都沒了主意，我想了個辦法，讓趙金生跑到石橋上，從上面垂下一根鐵鍊，鐵鍊一頭繞在石柱上，另一頭綁塊大石頭，或者吊住個大網袋，網袋裡裝滿石頭，模仿船錨。這樣我和杜志發就可以慢慢沿著鐵鍊下潛，只要手不離開錨鏈，憑我倆的經驗，一般情況下是不會有大問題的。

杜志發同意，於是郭美琪和趙金生兩人開始分工，忙碌起來。別小看就這麼個玩意，倒也費了不少勁，光是拽著一網袋的石頭，從石橋上往下放，就累得趙金生一身汗，最後還出去取了滑輪、在當地借了轉盤，才按計劃設置好。

於是我和杜志發游到從石橋上直直垂下來的錨鏈附近，再次潛了下去，阿發在下面，我在上頭，垂直相距大概四公尺左右。有了錨鏈做引導，心裡確實穩定了許多，就好比人坐雲霄飛車，或者高空彈跳，只要有東西將你固定住，綁住了，就不會太慌，但如果讓你徒手站到那麼高的地方，你眞的會嚇得腿抖到無法站立。

如果不是已經知道簡清明一夥從這裡下去，我想任何人都不會想從此處下水，實在太渾了，打著潛水手電筒，眼前一片泥沙翻騰，我甚至看不到杜志發，只能靠他手裡的手電筒光來判斷位置。

但黃泉的深度也出乎我們意料，原本心理預期覺得大概能有個七八公尺就了不得了，但我們一直潛到十公尺左右時，這黃泉非但沒有絲毫見底的跡象，能見度反而比上層水面清晰了不少。如果說最表層的水像是黃河，那麼此時十公尺左右的水質已經變爲跟普通江河差不多，隨著繼續下潛，到達黃泉底部二十多公尺的深度時，水質已經好得出乎意料，非但沒有泥沙，在潛水探照燈的照耀下，反而就像翡翠龍宮，怪石嶙峋、水藻浮盪，偶有群魚遊過。

有些朋友可能對深度沒有概念，覺得二十多公尺不算有多深呀。但我告訴你，一般長江主航道水深都只有十公尺到二十公尺左右。

另外，潛水下沉的速度，如果你是使用水肺潛水（通俗點講就是用氧氣瓶），得稍微慢一點，但其實還是很快的。二十多公尺的深度，壓根也算不上什麼，一眨眼就到了。如果像早年間的採珠人，完全是自由潛水（也即靠憋氣潛水），那麼速度可以更快。

爲什麼靠憋氣潛水反而可以更快呢？因爲水肺潛水時氧氣瓶裡的氧氣，是混合了惰性氣體的，比如氦氣，又是壓縮了的。潛水時，隨著深度不斷加大，壓力強度也會加大，惰性氣體會溶解到血液中，這個時候如果上浮的速度過快，惰性氣體來不及排出體外，人就已經到水面了，那麼會非常危險，不及時搶救的話，是會死的。

我一點也沒有誇張，這種上浮過快導致惰性氣體無法排出的症狀，叫作「潛水病」或者「減壓病」，每年都有不少潛水者死於此症。

但最令人驚詫與不解的是，黃泉洞裡雖然沒有任何光線，但在這黃泉底部，水面之下二十多公尺的位置，竟然有一層綠瑩瑩的發光體，雖然光線不強，甚至無法穿過上半部泥沙含量較高的水層，卻能將這水底照亮。再朝別處看，嶙峋矗立的怪石上，竟也都披了一層綠光，顯得有些恐怖，如同鬼火一般。

前一天在洞裡，我曾經先用手感受了一下水流，然後再用錫箔紙扔進黃泉，來看流向，之所以要這樣，是因爲表層水流較緩，加上水色與岩土接近，不易辨別。

按理來說，在這黃泉底部應該更爲寂靜、平緩才對，可是除了能見度比剛才潛到一半時更爲清晰了不少，簡直可算清澈之外，水流速度也加快了很多。如果不是有錨鏈可以抓住，人不動的話，是會被沖走的。

杜志發還是很有經驗的，畢竟沒有白做這麼多年的珍珠潛水夫，他趴在底部，先是朝四周觀察了一番，確定沒什麼危險後，解開腰上的繩子，一頭的掛鉤卡住錨鏈，然後做了個他要巡潛的手勢。

雖然水底清澈，而且有那層綠瑩瑩的東西，但還是沒法看出去很遠，視野範圍不會超過十公尺。十公尺的範圍內，能觀察到的東西實在太有限了，所以他得盡量朝周邊再勘探。

而我則用手在水底摳出了些那種帶綠光的土，然後又在附近的怪石上摳了一些，這才發現，原來這些散發著柔和綠光的東西，並非泥沙，而是一種植物藻類。

杜志發漸漸游遠了，我開始朝四周仔細觀察。現在回想起來，那時也真是傻大膽，我和阿發兩人，在對黃泉水下水文狀況一無所知的情況下，直接就這樣潛進去，真是如同找死。

不過呢，其實幹任何行當都會有這種情況，叫作無知者無畏，不明白會有什麼危險，自然不會害怕，這也是任何行當內老手總比新手膽子要小的原因。

第十六章 對流

經過仔細觀察，我發現了一個非常怪異的現象，在右前方不遠處的一簇水草，它的葉子竟是往西北方向漂的。要知道，我前一天在洞裡測出的流向可是朝東南流的，當時幾個人還商量，黃泉會不會以地下河的形式，最終往南匯入了長江。可是在這鬼城般的水底，那株水藻竟是朝完全相反的西北方向漂去。

直白點說，也就是我發現，黃泉的表層水與底部水，是對流的、方向完全相反的，只是此時在水底，我沒辦法將這個驚人發現說給杜志發聽。

過了許久，杜志發巡潛回來了，雙手交叉做了個無的手勢，意思是什麼都沒發現。我又朝四周環顧了一圈，想了想沒什麼遺漏的項目，而且急於上去把這個情況告訴他們，便蹺起拇指，朝上舉動幾下，示意可以上去了。於是兩人解開卡扣，順著錨鏈向水面浮升。

我和杜志發上岸卸下裝備後，一人倒了一杯燒酒，跟郭美琪和趙金生大致把情況說了一下。郭美琪聽到水底竟然是清澈的，並且有發綠光的藻類植物的情況，顯得很興奮，滿臉的躍躍欲試；而趙金生聽了我說的對流情況，皺眉問：「河底的水流方向和河面相反？」

我說：「是啊，河底水流是朝西北走的，水草的葉子全是往那邊漂，這總不可能出錯吧？」然後轉身朝黃泉裡扔了塊木片，說：「瞧，上面的水卻是向東南流的。」

趙金生皺眉抽了兩口煙，說：「聽你剛才的說法，黃泉不但上下對流，而且還分層。我們跑船的有句老話——含沙不同、涇渭分明；含鹽不同、下不犯上。」

杜志發問：「什麼意思？」

趙金生說：「涇渭分明，就是兩道含沙量不同的水，並列而流，互不相融；下不犯上，指兩道含鹽量不同的水，垂直分層，互不相融。不過後者通常只有靜態的死水才會出現這種垂直分層的情況，像黃泉這種流動的活水，倒是不太容易出現。」

郭美琪恍然大悟，說：「你的意思是，黃泉這裡之所以出現上面渾濁、下面清澈的分層現象，有可能是因爲河面與河底的含鹽量不同？」

趙金生說：「如果是像西湖那種非流動水，出現分層現象的話，就幾乎能肯定是含鹽量不同。但是黃泉這裡，有可能是有地下河形態延伸的，且是流動的，那就未必了。」

說到這裡他稍微猶豫了一下，隨即又說：「不過也不絕對，因爲楊宣剛才還提到了對流。本來若是同一流向，那麼只要流動不是特別慢，不同含鹽量的水最終還是會混合到一起的；但加上這個對流因素，或許就能發生改變，比如鹽分高的水往北，而淡水往南，那麼，儘管也是流動的，卻也可能仍然保持上下垂直分層的情況。」

我聽了，咂咂嘴說：「不對啊。雖然分層是分層，但上面的水渾，下面的水稍清，這就是含沙量不同的表現，但如果眞是含沙量不同的話，那麼應該是並列而流，而非上下分層啊。奶奶的，弄得我都糊塗了。」

郭美琪說：「其實趙金生的意思是，對流可能讓兩道流動的含鹽量不同的水，繼續保持分層；同時又能使含沙量不同的兩道水，從常規的並列，變爲上下分層。」稍微頓了頓，「所以，不能排除的是，這裡江底的含鹽量較江面爲高。」

杜志發喝了口酒，擺擺手說：「我他媽頭都快大了，說了這半天，不就兩個意思嗎？一是對流造成了含沙量不同的水卻能上下分層，而非像涇水渭水那樣並排；二是同時也不能排除還有含鹽量不同的因素。」說完，嘆了口氣，把手裡的菸頭彈出一道弧線，扔進了水裡。

趙金生一看不高興了，很嚴肅地問：「你往水裡扔菸頭做什麼？」

杜志發被問得莫名其妙，說：「怎麼了？」

趙金生說：「要是個個都這樣，菸頭往水裡扔，船上的剩飯剩菜也往水裡倒，如廁後直接沖進江裡，後人還能繼續吃跑船這碗飯嗎？」

杜志發說：「這又不是江河，這是在洞裡啊。你這麼緊張做什麼？」

趙金生說：「哪裡的水不是水？天底下的水都是相連的，就算是死水一潭，也會滲到地下，透過地下水流到別處啊。」

杜志發被講得啞口無言，只得晃晃腦袋說：「你口才好，講不過你。」

我把趙金生的話又想了一遍，然後說：「現在的重點也就是爲什麼會產生對流？另一個重點就是，爲什麼會含鹽量不同？把這兩點弄清，就徹底能解釋這個現象了。」

郭美琪接過我的話，說：「只不過，即便調查清楚這個現象，對於我們找到簡清明或者當年長江斷流的確切位置，似乎也沒有什麼幫助啊！」

杜志發也跟著說：「是啊，跟找鬼雨法螺也沒半毛錢關係。」

雖然他們的話聽起來有點道理，確實弄清黃泉上下水流分層與對流的現象，與我們確定斷流處和尋找簡清明、鬼雨法螺，這二者之間八竿子也打不著。但我總隱隱覺得這個詭異現象，是在暗示著什麼。但究竟是什麼？我不明白，當時的郭美琪、杜志發，包括趙金生，也沒有能明白的。

杜志發靠在一塊石頭上，說：「要不今天就先到這吧，忙了半天放裝備，下午入這一趟水，我眞是累了。」

我朝另外兩人看看，問：「你們說呢？」

「這事不能急，也急不了。今天開了個好頭，明天再來吧。」郭美琪說。

趙金生站起來，朝水面看看，說：「要不換我和郭美琪再下去探一探？」

我擺擺手，說：「我們事前分工好了，偵察階段，就是我和阿發來，你跟郭美琪負責後勤保障。等把水底情況徹底摸清後，我們再一起下。」

趙金生也不再堅持，於是裝備都留在原地不動，四人收拾東西，出洞回城。

我有個習慣，不喜歡上午下水，因爲小時候有一次大清早跑野溝裡游泳時，剛下水就撞見一條水蟒，所以糊裡糊塗心裡就有陰影。特別是早上天剛矇矇亮的時候，不到十分特殊、逼不得已的情況，我是絕不下水的。而裝備器材等都已經到位，沒必要提前去，所以第二天下午兩點左右，我們才到黃泉洞。

這天的潛水任務和計畫，前一天晚上已擬好，準備進行地毯式偵察，因此準備要比第一次充分，特地帶了麥教授從倉庫裡取出給我們的幾副鯊皮攜具，上面可以插掛一些應急品，比如一把53式四棱刺（並非常見的56式三棱刺，而是更早的53式四棱刺，血槽裡刻著四個字「保家衛國」，這把四棱刺也是在九淵潛水裝備中心發現的，我第一眼看到就超喜歡，泛著亞黑色暗光的刺身，簡直令人愛不釋手，每當看到「保家衛國」四個字，更是熱血沸騰）、一把BUCK原廠的M9軍刀（杜志發那小子喜歡）、指北針、兩把潛水手電筒……一切準備就緒，我們哥倆就下了水，仍舊是到錨鏈附近，杜志發打頭，乾脆俐落地鑽進了水裡，我在水面抬頭朝郭美琪看去，她站在黃泉邊的石灘上，旁邊是火把，朝我喊注意安全。我在水裡微微一笑，然後潛了下去。

有了前一天的經驗，這次順利很多，乾脆俐落地就潛到了泛著翡翠暗光的水底。杜志發兩邊指指，詢問我，朝東南還是向西北。東南也就是洞口方向，而西北則是比黃泉洞更向裡的位置。我下水前便已想好，順著河底水流的方向，也即朝西北去。

於是兩人橫向一線展開，間隔大約十幾公尺，開始地毯式巡潛。雖然整個河底的距離非常之大，比水面上的黃泉兩岸寬太多太多，也即黃泉的縱截面是梯形，口窄底寬，單憑我們兩人根本沒法實現眞正意義上的地毯式無死角搜索，但沒有其他辦法，只能先這麼試試。

越往上游潛進，河底水流速度竟越來越快，同時也證明了先前的猜測——黃泉不但是活水，而且超出黃泉洞的部分，是以地下河的形式存在。因爲下水的位置是洞裡最深處的那片潭水，而我們是繼續朝西北潛進，也就是現在的位置早已超出了洞內的範圍，此時兩人應該正置身於黃泉的地下河部分，而頭頂上方，則是地面岩土。

我開始有點緊張起來，畢竟已經離洞很遠了，原本用來與錨鏈固定的繩子已經不夠用，只能解開。我想喊住杜志發，稍微緩一緩，不知那小子是哪根筋搭錯了，還是覺得根本不會有問題，一個勁搖手，然後示意繼續前進。我只能在心裡安慰自己說，河底的水流就算再快也淹不死人，還能省點力氣，大概是我過於小心了。

當流速快到我們幾乎不需用力，便可被推著前進時，面前二三十公尺處，出現了一團巨大的黑影，似乎占據了半個地下河底的寬度。黑影在綠色的幽光中漂蕩、搖曳，顯得詭祕莫測。

杜志發終於停了下來，我朝他靠過去，兩人就像是樹枝上被風刮得搖搖晃晃的葉子。看著前面那團黑影，我不自禁地摸了摸腰上的四棱刺，杜志發乾脆直接就將刀拿了出來，攥在手裡。

兩人不敢輕舉妄動，偏偏水流很急，逼著人往前走，於是只能調整方向，將身體橫過來，費勁地保持在原地。這時黑影中突然冒出一支觸角，直直朝我們伸過來，那速度快得驚人，幾乎是剛看見，轉瞬就到了眼前。

我本能地拔出軍刺，用力擋刺了出去，整個頭皮驚得全麻。誰知竟然刺了個空，如同扎在虛無裡，與此同時周圍忽然暗了下來。

過了片刻，我驚奇地發現，一大群魚正極其快速地從我們眼前穿過，詭異的是這些魚身上都帶著隱隱的黑氣，像是被一層幽暗物質所籠罩。而剛才以爲的觸角，其實就是這群猛然躥出來的魚群，因爲速度太快，所以乍一看，像是黑影中伸出的觸角一般。

直到魚群走完，我的心跳才慢慢緩下來。而那一大群魚隨著游遠，慢慢褪去濃墨，讓人感覺似乎是因爲從那團黑影中穿過，才染上了顏色。

這時，我們基本上可以肯定，那團巨大的蔭翳並非什麼怪物，而是水底的一團黑色濃霧，並且不是實心的，因爲魚群能從中完全穿梭過來。至於爲什麼會如此，且占據著幾乎半個江心底，誰也不知道。

既然已經來到了這裡，沒有理由退回去。我重新插回四棱刺，朝杜志發示意，慢慢游過去。來到幽影邊緣時，低頭無意中發現，竟然有七個精鐵做成的圓環，下部死死打進了河底，一溜排開，每個之間隔了大概五六公尺的樣子。

我心裡大喜，伸手使勁拉了拉，非常牢固，紋絲不動，這明顯是人爲的，而且除了簡清明一夥人，其他還有誰會從渾濁的黃泉潛到水底，並前行到這個位置？於是連忙拍拍杜志發的身子，讓他看這個，然後兩人將腰間安全繩的卡扣各掛在了一個圓環上，這才重新有了安全感，任憑河底水流再急，也沖不走我們了。

開始進入暗黑區域，我們只得取出潛水手電筒，向前推進的同時，不斷朝四周交叉探照。約莫兩分鐘後，我們被眼前突然出現的景象震撼住了：一道巨大的裂縫赫然橫在河心底，從我們當時所處的位置，往左往右幾乎都看不到裂縫盡頭，用手電筒照著朝前看，寬度可能足有兩三百公尺。而籠罩河底的黑色濃霧，正從這道巨縫中緩緩向外漂溢。

到這時，我們大概能猜到，鬼雨法螺想必就是生活在這道巨大的河底石縫中，或者至少這裡是通往鬼雨法螺的必經之路，因爲那七個精鐵圓環就是簡清明留下的證據，南珠世家那夥人，一定是經由這裡，去了某處，根據眼前的情形推測，他們幾乎百分百是進了這道巨大的水底石縫中。

說是石縫，實際上面積幾乎可與陸地上的峽谷相比。而黃泉的地下河部分到了這裡，其寬度憑我和杜志發的肉眼，根本無法測量，因爲幾乎看不到兩邊的盡頭在何處。我們彷彿置身於一個被綠色幽光籠罩的山中機場，而面前橫著一道恐怖且巨大的峽谷裂縫。

繩子還很長，如果願意，可以繼續朝這道水底峽谷進入下潛。但是幽黑的谷口，似乎能吞噬一切，讓人感覺那裡通往黃泉終點——地獄，如果能從高處往下看，會發現我和杜志發兩人，趴在谷口邊，眞的是比螞蟻還要渺小。

兩人對視很久，都舉棋不定。這時，昏暗的峽谷下卻顯現出一點紅色亮光，但是隨即便又熄滅。我立刻趴下，一手拽住繩子，然後慢慢將上半身探出谷口，目不轉睛朝這無底洞下看去。

谷口處的水流速度非常快，如果不用卡扣掛住那個固定在水底的精鐵圓環，人完全無法定住，而河底的水之所以逆流，我感覺全是被這個無底深淵吸了進去，也就是說黃泉表層的水全都流向了長江，但是河底逆流的水卻全都流進了此處峽谷。

過了片刻，那點紅色亮光再次出現，仍在同一方向、同一位置，但是距離較遠，看不清是什麼，彷彿漆黑夜色中不時閃著的紅光螢火蟲。

這一次，杜志發也看到了。根據目測，那裡的深度，應該在我們腰上繩子長度可及的範圍之內，雖然再往下或許水流更急，但有繩子另一端卡在谷外江底，最後怎麼著都能上來吧，自己雙手拽著繩子往上爬也行啊。

那忽明忽暗的紅色亮點，雖然大大地激發了我們心底的欲望和好奇，但最終兩人還是決定先上岸，跟郭美琪與趙金生商量後，再做出決定。

第十七章 黑路

聽我們說完這次的重大發現，趙金生和郭美琪都顯得很震驚，誰也想不到，在這渾水之下，竟然眞的別有洞天，而且竟然是超出想像的峽谷般的水底裂縫。

郭美琪盯著水面，朝兩邊看看，說：「這黃泉，表層的水向南，以地下河形式，流到長江下面，成爲江底的地下含水層，或者受壓水。然後黃泉下層的水，卻逆流向北，全都被吸進了你們所說的那個峽谷。」說到這裡她不禁搖搖頭，感嘆道：「這個眞難以想像。」

趙金生說：「我船上的輪機長跑船經驗十足，他曾經說長江的江底有很長一段，屬於沙礫石層，透水性和含水量極高，地下水可以輕易透過那段江底滲上來，同時江水也可以經由那段洩入地下，全看地下水位的高低。所以我看，黃泉往南流的水，八成最後通向那段沙礫石層的江底。」

郭美琪微微點頭，說：「有道理，漸新世的洪水衝擊以及冰水沉積，可能形成這種沙礫石層。」

杜志發問：「漸新世？漸新世是什麼？」

郭美琪說：「是地質中的一個年代，距今大約三千萬年。有種說法是，長江形成於那個時候。」

我說：「不管黃泉往南流向哪裡，但至少河底的水是全進了峽谷，而且那下面還有紅光閃爍。南珠世家那幫人，毫無疑問是潛進峽谷了，因爲還有七個他們釘在水底峽谷邊緣的精鐵圓環，是用來固定安全繩掛鉤的。」稍微頓了頓，我朝郭美琪與趙金生兩人看了一眼，「現在要做的決定是，你們下不下去？」

郭美琪說：「下，當然下。要不然我跟來幹嘛？」然後轉頭朝向趙金生，「你呢？」

趙金生苦笑著說：「我就是來賺外快的，逼上梁山，誰叫現在沒貨拉，船都閒了大半年呢。當然幹。」

我又看向杜志發，杜志發說：「看我幹嘛？老趙都說下去了，我能不去？撈到那顆螺，老子一輩子不愁了。」

「不要喊我老趙，行不行？我還沒結婚，老什麼老？」趙金生在一旁說。

「好、好、好，不好意思，一時嘴快忘了。趙金生，ＯＫ？」

我喝了一口酒，說：「最後一個問題。什麼時候下？」

郭美琪說：「速戰速決，現在就下。」

趙金生已經開始整理裝備，說：「我同意，省得夜長夢多，又得拖上一晚。只要你和阿發體力沒問題，我們現在就換潛水服。」

我將一瓶燒酒倒在四個杯子裡，分給各人，說：「下水之前一杯酒，龍王見了繞道溜。來，乾了！」

「乾！」四人碰杯之後，開始穿戴裝備，郭美琪被酒嗆到，皺眉問：「下水前要喝酒，是什麼慣例？」

「宣哥他就喜歡遵循些舊例，以前的人沒這些潛水裝備，而水下又冷，所以不管是潛水的，還是跑船的，都喜歡喝酒，一來加快血液循環，袪寒袪濕，身子暖和，二來，酒壯人膽嘛，哈哈。」杜志發一邊整理著腰上的攜具，一邊說道。

趙金生也問我：「楊宣，你年紀不大，這些老規矩倒還知道的不少嘛。」

我稍微笑了笑，說：「幹一行鑽一行嘛，我從三歲不到就開始玩水，到現在也二十幾年了。再說了，我相信任何一行傳下來的規矩，總是有道理在裡面的，有時表面看來令人費解，具實只是現在的人不懂罷了。」

說話間，大家都穿戴齊整，趙金生和郭美琪也都帶了刀具防身，一切就緒，於是我和杜志發領頭開路，四人慢慢走進黃泉，消失在水面。岸上，只剩石橋下的一堆篝火，仍在劈啪燃燒，照亮洞穴。

順利來到水底峽谷邊緣，每人將腰間卡扣掛到一隻精鐵圓環上後，兩把潛水手電筒、兩個潛水探照燈，四道光交投射進深淵，但光線卻如同被黑洞吸收，不見盡頭。

因爲下水之前已經商量過，先潛到峽谷中的那處詭異紅光處，查明是什麼。所以我確定每人腰間的安全繩，都牢牢卡在水底圓環上後，做了個手勢，四人伴著四束光，在極快的水流衝擊帶動下，跳進了那幽暗無底的深淵。

下沉的速度非常快，如果有機會可以再來一遍的話，我可能會選擇像從懸崖攀下時那樣，用手抓住繩索，沿著崖壁一點點下降，可當時四人竟就那麼直接跳了進去。耳邊沒有忽忽風聲，取而代之的是冰冷的水流，刀子般削過臉頰，下沉過程中根本無法控制方向，更別提潛到哪個位置停下，因爲整個身體完全是被吸進深淵的。

我腦袋一片空白，在恐懼尚未來得及升起時，腰部陡然傳來劇痛，身體瞬間直直停住，繩索到頭了。幸虧在潛水服外採用了三角寬邊固定裝具，大大分散了壓力，否則這時很有可能直接被勒斷脊椎骨或骨盆。但劇烈的疼痛還是讓我瞬間麻木僵直，幾乎無法動彈。

杜志發在一旁跟我情形類似，郭美琪和趙金生也差不了多少，四人彷彿是被吊在水裡的死屍，隨波漂盪著。我忍著劇痛看了看右手手腕上的潛水電腦（一種集合了壓力錶、深度表、時間計算等功能的電子設備，由於內置CPU，因此稱爲潛水電腦，外觀類似電子手錶），此時深度六十五公尺，壓力強度接近八個大氣壓。

漸漸緩過來後，我們發現，那個紅色的亮點竟然就在頭頂上方不遠處的崖壁上。眞是好運氣，如果在腳下，哪怕只是腳下兩三公尺遠的地方，那都沒辦法，因爲不可能解開保險繩繼續下潛，解開繩子的後果就是徹底墜入深淵，再也無法出來，而此時雖然已經潛了六七十公尺，但這峽谷的底部在哪裡還無法知曉，至少用手電筒朝下照，看不到盡頭。

我拍了拍杜志發，看他有沒有問題，他示意OK，再向另兩人看去，做個向上的手勢，他們也OK。於是大家藉著安全繩，緩緩朝上攀去。由於是逆流而行，且水速很快，所以上浮極爲費力，到達那個紅點閃光處時，其實只不過上升了五公尺左右，卻感覺跟跑了五公里一樣累。

至於爲何黃泉底部的水，會逆向被吸進這峽谷中，那時我們還不明白。另外還有一點，雖然河底的黑色迷霧全都是由這裡溢出，但等眞正潛進峽谷，卻發現裡面並非漆黑一團，而是與上面的翡翠色綠光類似，同樣也是因爲那種發光水藻，但這裡的分布比較稀疏一些，亮度比河底暗了一級，且有黑色霧氣漂蕩，所以從谷口向下看覺得裡面是黑的。

將多出來的幾公尺繩索收緊後，我們用手電筒朝那個紅點的方向照去。只見崖壁上生著如同女妖長髮似的水草，甚至比那還要蓬茂，而紅色亮點，就隱藏在其中一簇內。

杜志發和趙金生伸手將茂盛的水草撥開，發現手臂竟然不及水草長，於是兩人用整個身子將水草壓住分開，我用手電筒向根部照去，隨後展露出來的景象，讓人震驚——通體翠如碧玉的一隻法螺，點點流雲狀黑斑竟在螺身上流動，整只螺足有足球大小，而如螢火蟲般在明暗間閃爍的亮點，則隱藏於螺尾內部，穿透琉璃螺身和女妖水草，在峽谷的黑暗中現出一星紅光。

這個意外出現的貝螺，令我們四人愣在那裡，雖然沒法直接用語言交流，但我能感覺到大家的困惑。因爲南珠世家那幫人是爲了尋找鬼雨法螺和鬼雨珠而來，杜志發與趙金生也是因爲此目的，但我們卻不知道鬼雨法螺到底生成什麼模樣，這一點連麥教授都不知曉。

而此時這顆碩大的法螺，不但外表形狀令人稱奇，殼身上的斑點竟能流動，並且螺尾內部如螢火蟲般發光，顯然是一種極爲稀有的貝種。郭美琪在九淵博物館這麼久，一般的貝螺是難逃她法眼的，此時竟也不能識別。所以，這只貝殼究竟是不是鬼雨法螺，便成了當時四人最大的疑問。

但很快我就想到一個成語——道旁李苦。如果路旁有一棵李子樹，上面竟然結滿了李子，那麼這棵樹上的李子一定是苦的，爲什麼？如果是甜的，可以吃的，那麼早就被路人摘光吃完了，哪輪得到你？

那麼同樣的道理，如果這個就是鬼雨法螺的話，想必簡清明那幫人早撈走了，豈會等到現在？而且最重要的是，他們一個多月前便已下水，至今還沒出來，所以顯然，他們不是停留在此處。在有他們打頭陣的基礎上，我便能夠相對輕易地判斷，這個應該不是鬼雨法螺，雖然它生得確實夠大、夠奇怪、夠稀有，也夠漂亮。

另外，螺尾內部閃爍的紅光，我們後來才知道，原來竟然是這只法螺孕產的一顆夜明珠，眞正的珍珠夜明珠，可不是什麼扯淡的石頭。但那時我們哪裡知道，只以爲跟螢火蟲一樣，生物電發光呢。至於郭美琪，說起來好玩，連她在這之前都沒有親眼見過夜明珠，所以當時也沒判斷出來。

但萬幸的是，我做了一個事後沾沾自喜的決定——雖然覺得這個不是鬼雨法螺，但仍然準備將其撈出來，畢竟那樣子實在太令人震撼了，眞的，如果不是親眼所見，當眞無法想像，一只螺竟然能那麼精美，仿如玉雕。

杜志發將手朝螺身伸去，想直接拿起來。不過令我們意想不到的是，這只螺的下部軟體與岩壁吸附異常緊密，而且吸附力極強，杜志發先是用一隻手，接著雙手齊上，最後甚至用腳蹬住岩壁借力，那只螺依舊紋絲不動，尾端內部仍然平靜地散發著紅色冷光。

這時我急了，推開杜志發，先是自己試了試，發現行不通，轉念一想，便將四棱刺拔了出來。

因爲害怕傷到螺的軟體部分，所以讓阿發扶著螺身，微微往後拔，我幾乎貼在岩壁上，先是打著探照手電筒，仔細觀察軟體底部與岩壁接觸的情況，畢竟岩壁不可能像玻璃或者瓷磚一樣光滑，一定會有褶皺，然後摒棄雜念，極其小心地將四棱刺尖端，順著一處褶皺，慢慢插進去，雖然軟體是陷進褶皺的，之間並沒有空隙，但在那種環境條件下，唯有這一個辦法能盡量減少螺的受傷程度了。

四棱刺的尖頭還沒開始鑵進，只是微微碰到了軟體而已，這只螺卻像觸電一般，瞬間便鬆開了岩壁。

杜志發一下子便拔了出來，接著用雙手緊緊捧住，放在眼前，旁邊趙金生和郭美琪則用手電筒從側面照著，在近距離的強光聚照下，整個螺身似乎都已通透，甚至能夠看清內部的脈絡、血管、軟體，黑色的鬼臉結疤或者說斑點，不斷在翡翠般的螺身上變幻著形狀，讓人驚奇到匪夷所思。

而此時透過手電筒的穿透照耀，螺尾內部暗含的發光體輪廓清晰——是一顆渾圓的珠狀物，足有鴨蛋大小，在如同碧璽的表殼下，向外散發出螢火般的紅色冷光！到這個時候，我的腦海中就已經開始漸漸萌生出，這個發光的會不會是夜明珠的想法了，只是在水下，沒辦法將這個疑問說出來。

大家足足盯著看了有兩三分鐘，杜志發才捨得放下，之後將怪螺小心翼翼裝進網袋中，收緊袋口，然後準備扣到鯊皮護具腰帶上。我想了想，攔住了他，示意交給我，杜志發稍稍猶豫片刻，還是遞了過來，扣在我的腰間。之所以我執意要自己來裝這只怪螺，倒不是想搶，而是出於一個很重要的原因，大家看到後面就知道，到時我再說。

由於水下溝通不便，所以一次下水的任務不能太多，每次都提前訂好計畫，一個計畫完成後，下一次再來。而這次的下水前就商量好，主要是偵察峽谷，重點是弄清紅點來源，現在目標已經達到，所以應該上岸，商量好下一步計畫之後再行動。此時扣掉黃泉本身的二十多公尺深，剩下的峽谷四十五公尺，都得靠我們拉著繩子慢慢上，這個體力消耗恐怕不是一點點，再往下探的話，要想上去就難了。

另外還有一點最重要的，就算沒有水流阻力，也還是沒法上浮過快，還記得我以前說過的嗎？上浮過快會導致減壓病，會死人的。水肺潛水的世界記錄，大概是用十幾分鐘下潛了三百多公尺深，可上浮卻足足用了十五個小時，所以深度潛水最怕在水底遇到特殊情況，因爲即便你能逃脫危險事物，也沒法直接快速上浮。直接逃上去，等於讓體內的惰性氣體殺了你；不上去又無法逃脫，左右都是死。

所以潛水是一件重大計畫，需要詳細策畫的事，尤其多人潛水時，得選好隊長，聽從指揮，而且這人得經驗足，能夠通盤考慮到所有情況，包括根據潛水深度，計算上浮所需時間等等，否則眞的會很危險。

就在這時，原本就很昏暗的峽谷，似乎陡然間更黑了，感覺好像有片烏雲，擋在了頭頂。我們不禁抬頭看去，在狹長綠黑的谷口背景映襯下，在我們頭頂右前方，多出了一個黑影，並以極快的速度下沉。

由於當時離得比較遠，而且光線很弱，我們沒辦法瞬間判斷出那是什麼，輪廓有些像是一艘被吸進峽谷的沉船，但黃泉裡是不可能有船的，因爲那是洞啊。

四個潛水探照燈的光線朝它射去，瞬間黑影明顯地大幅扭動了一下，就像是在調整方向，從原先垂直向下，變成了側身，這時藉著峽谷內部自身的光線，我們看清了黑影的輪廓，那根本不是沉船，而像是一條超長的鱷魚或者鯨魚的形狀，準確地說，應該叫作魚龍狀。

接著光束照在了黑影的側身，兩隻魚鰭狀的爪子，就像暴龍的兩隻前爪，以及既像巨蟒又像鱷魚的皮膚，或者說二者皮膚的混合體。最後出現在燈光前的是一顆大如重型卡車頭、蜥蜴鱷魚般的三角腦袋，就像一塊巨岩，懸在我們頭頂斜上方大概十幾公尺處，滿口鋒利的尖牙，露出嘴外。整個身子極長，像是龍、鱷、鯨三者融合而成。

那一瞬間，我被眼前出現的這一幕徹底震呆了，心底深處發出聲嘶力竭的驚叫狂喊，渾身汗毛如被雷擊般，全都豎了起來，甚至全身剎那失去了知覺，發自靈魂肺腑的恐怖震顫，電流一樣穿透了全部骨骼。

這個怪物在如此快速劇烈的水流速度下，擺動尾鰭，撥動身體轉了個向，居然能將身體逆流斜斜穩住，在側上方斜衝著我們四人。

此時大家嚇得完全不敢動彈，也根本忘了動彈，人在陡然間遇到極恐懼之事時，第一反應就是大叫，比如你夜裡醒來，一睜眼，卻看到眼前一個鬼臉，第一反應是歇斯底里地大叫，伴隨身體劇烈抖動，但不會想到逃走，這是所有人的本能。

在這千鈞一髮之際，我從驚恐中恢復了一絲理智，此時上上不去，躲躲不掉，如此強的水流下，停也停不住，唯一或許還有一線生存希望的方向，便是藉助水流，向峽谷底部下潛。

從黃泉洞石橋的潭水底，到峽谷邊緣，再到此處谷下四十多公尺深的地方，水流速度是逐漸不斷加快的，而且這裡的水速已經宛如瀑布之流，只要能保持這個規律，越往下水流將會越快，再加上自身墜潛的速度，那麼說不定可以憑此逃過一劫。

但峽谷底部在哪？這個怪物會不會、能不能一直追到底部？底部有什麼？到了底部如何才能再上來？什麼都不知道。唯一能夠肯定的是，其他方向一定必死無疑，唯有向下、向下、再向下，或許還有一絲絲渺茫的生存希望。

我強忍著渾身的震顫，抬頭盯著那個怪物的同時，悄悄伸手握住腰間安全繩的卡扣，藉著另一手的手電筒光線，死死盯住那條巨獸，只要牠張開滿嘴刀鋒般的尖牙前衝，我便直接打開腰間的鎖扣，脫離安全繩，藉著水流飛速下潛。

或許有人會說，你們不是有軍刀、軍刺嗎？在水中肉搏一下，說不定也有一絲生存希望。但如果你當時能夠親眼看到，就明白了——足有坦克大小的腦袋，光是一隻眼睛就抵得上兩個人頭，全身幾乎有二十公尺長，也許那時我已經嚇破了膽，但至今，我依然認爲當時留下只有死路一條，並且其後發生的事情，佐證了這一點。

第十八章 沃焦島

正當我想著如何通知其他幾人也做好準備，隨時脫鉤下潛，並緊張得只聽到自己的喘息和心跳聲時，杜志發忽然低頭朝自己腰間摸去，手忙腳亂打開卡扣，然後整個人瞬間便被深淵猛地吸了下去。

這實在出乎意料，郭美琪、我、趙金生，三人還停在原地，而阿發已經火箭一般墜下去了，這立刻打破了四人與那隻巨獸之間原本保持的對峙狀態。

只見斜上方那隻巨獸，在阿發脫鉤後，立刻一個大幅扭動，如此龐然大物，竟然靈活得像條轉向的魚，朝我們剩下的三人猛力衝了過來。杜志發出人意料地逃跑，耽誤了我兩秒鐘用來判斷，緊接著這隻巨型水獸的突然出擊，又占用了我大腦一秒鐘的時間來反應，這三秒鐘之後，我狠狠一咬牙，也打開了卡扣，幾乎與此同時，郭美琪和趙金生在稍遠一點的地方，同樣開始墜潛。

頓時，整個人嗖地便被吸了下去，甚至還有電梯猛然下降時的那種失重感，並且很強烈很持久，令人腎上腺素頓時飆升，汗毛盡立。

我是面朝上下降的，所以速度稍慢；而趙金生是以近乎高空跳傘的姿勢，頭朝下、身體流線型下潛的，此時已經超過了我，到了更下方；郭美琪則幾乎與我平行並肩。然後我又轉頭看了一眼杜志發，發現他在我下面差不多七八公尺遠的地方，逃得最快，因為我們的手電筒都是繫在攜具上的，不會掉落，所以比較容易判斷位置。

接著我左手摸出手電筒，回頭朝上打去，那條巨獸瞬間便已經衝游到了我們面前，而首當其衝要與之遭遇的就是我和郭美琪，我們倆相當於是殿後的。

原本十幾公尺的距離剎那就被趕上，隔著面罩甚至都能看到其如恐龍般鼻孔下冒出的尖牙，人死到臨頭腦袋卻反而比之前更加清楚，我右手直接拔出四棱刺，管他三七二十一，便朝前刺去，誰知一是因為在水下，動作會慢很多，另外更令人費解的是，那隻巨獸竟突然轉向，腦袋擦著我的臉，從我左側游過，我刺了個空。但其掀起的水波，將我和郭美琪朝右側方向推了很遠，兩人直接重重撞到了崖壁上。

我急忙轉身打著探照燈向下看去，此時惡龍的腦袋已經完全游到了我下方，幾乎緊貼杜志發的屁股，只見巨獸像狂蟒一樣張開巨口，上下兩排利刃樣的尖牙，一下子就朝杜志發咬去，鍘刀一樣瞬間合攏。

我心裡大叫一聲，臟腑猛揪，但不幸中的萬幸，片刻後發現杜志發還在，不過其背後的氧氣瓶等裝置全都被咬碎掉落了，只剩穿著潛水服的光身子。

趙金生此時在杜志發左後方、水獸的正側面，見狀抽出腰間匕首，直直就刺了過去，正中那怪物長著鱷、蟒般皮膚的側身。水中瞬間刺出一縷血花，巨獸吃痛，上半身扭轉，一個回頭，張開鱷嘴，逆流便朝趙金生躥了過來。

眼看正下方的趙金生躲閃不及，我心裡一橫，掉轉成順水方向，雙手直挺四棱刺，藉著極速水流，如炮彈般朝前衝了過去，及至趙金生身旁時，剛好遇到那巨獸的腦袋，四棱刺從其下顎插進，口中穿出，立刻刺了個窟窿。

吃了這一刺，巨獸瞬間掉頭，像龍一樣蜷起，整個身體來了個一百八十度大轉彎，我原本死抓著四棱刺不鬆手，但巨獸這一下子轉得實在太快，最後我被甩了出去，因爲手裡抓得太緊，以至於人被甩出去時，四棱刺也跟著從巨獸下顎拔了出來。

頓時我失去了方向感，杜志發因爲身上的裝備全被剛才那一下咬碎，手電筒也隨之掉落，所以我看不見他的位置；而我自己此時七葷八素，連面是朝下下沉還是朝上都分不清楚，眼前景象時隱時現，好一會兒才能分辨出周圍綠幽幽的光線，但其餘三人在何處，我已經看不到了。

巨獸似乎對我產生了極大的仇恨，黑影隨即又游衝到了我面前，此時我已感覺不到害怕，握著四棱刺再次向前插去，不知道刺沒刺中，模糊中只感覺，巨獸如剎車般戛然而止，而我卻繼續往下沉，繼續被吸進那無底深淵，因爲那個黑影離我越來越遠，越變越小，谷口那如一線天般的光明，也逐漸模糊，直至消失。

我的最後一個動作是抬起手腕，看了一眼潛水電腦，背光燈上映出的深度數值已達極限——三百公尺，爆表了，也就是說現在的實際深度，已經超過三百公尺，並且似乎還在不斷地飛速下沉，越來越快地下沉。

而郭美琪、杜志發、趙金生，他們三人在哪裡，活著還是死了，我不知道，另外我的意識逐漸模糊起來，朦朦朧朧中，眼前浮現出兒時爺爺慈祥地笑著送給我龍牙，並戴到我的脖子上的景象……，到了最後，眼前幻象被黑暗所替代，能記得的最後一刻，也只有一片黑暗……。

我再次醒來時，映入眼簾的竟然是茫茫白雲，我不知身在何處，同時覺得有些不可思議，不會是已經死了，置身於陰曹地府了吧？可是地獄不應該是黑暗的嗎？怎麼會如此明朗？

我不由得用力眨了幾下眼，但看到的卻仍然是白雲，不過天空很奇怪，很詭異，最特別的地方是，沒有藍色，而且這些綿延不絕的雲，看起來與平時也有很大不同，更加稀薄細膩，如雨霧氤氳。

這時我的周遭、側身和後背，感覺很溫暖，就像兒時被母親溫柔地摟抱在懷裡的感覺，並且似乎有什麼東西在不斷輕輕拍打著我。腦海裡還滿是深淵峽谷中那隻水下巨獸的影像，所以此刻雖然很舒服，但我還是一下子驚得坐了起來，警惕地打量著周圍。

前一刻我分明是在黃泉底部的深水峽谷中，而這一刻，我竟然躺在一片沙灘上，海浪不時湧上來，輕柔地沖刷著我的身體，這便是剛才溫暖的來源。

「這他媽是哪？」我雙手撐著濕潤的沙灘，將上半身支了起來，嘴裡不禁罵道。

直到後來，我醒來的頭一句話，以及那一刻的場景，仍讓我印象非常深刻，就像是昨天剛發生的一樣。因爲當時突然之間醒來就到了一個奇怪陌生的地方，極爲吃驚或者說震撼，而且還相當匪夷所思、百思不得其解。

我低頭看了看，身上依然還是穿著潛水服，除了面罩掉落下來，身上的一切裝備都完好無損。

我皺著眉頭，實在想不通到底發生了什麼，再朝旁邊一看，連四棱刺都還在身旁，想必原本是攥在手裡，醒來後撐起身子坐起來時，滑落下來而不自知。

海水順著頭髮滴到臉上和眼睛裡，我伸手抹了幾把，忽然我想到了什麼，整個人愣在原地——面罩掉了，也就是說我現在呼吸的是空氣，是陸地上的空氣，而我是從水底三百公尺以下上來的，還記得我提過水肺潛水的世界紀錄是三百多公尺，但出水上浮用了十五個小時嗎？以我的氧氣瓶儲備根本沒法在水中待十五小時，既然我能活著在岸上，證明在水下的時間肯定遠遠小於十五小時，所以上浮速度一定過快，體內的惰性氣體無法排出，一定會死的。

我嚇出一身冷汗，雙手將渾身上下摸了摸，但沒有哪個部位不舒服。又深呼吸了幾口氣，自我感覺心肺功能也很正常，沒有任何不適。

「真他媽邪了門了。」我滿臉驚訝，邊搖著頭，卸下潛水裝備，邊踉蹌著爬了起來，「我竟然沒被淹死，沒因氧氣用光窒息而死，也沒被那巨獸咬死，甚至還沒被體內的惰性氣體殺死，我×。」

看著周圍一幅海濱沙灘的景象，不遠處生長著茂密的樹林，說不出名字，但就是那種熱帶，比如夏威夷海邊及島上樹林的感覺。不時吹來的柔和暖風，又彷彿回到了老家。

「他娘的到底怎麼回事？這是哪裡？」我對著空曠的沙灘喊了起來。

站起來後，我突然發現，腰間繫著一個網袋，正往下滴著水，這才想起來：「我×，這玩意還在呢。」說著，提起網袋，仔細看了看，螺身完好無損，但在白天的光線下，幾乎看不到螺尾發出的紅光了。

正在我被這一切搞得幾乎崩潰時，不遠處的海灘上，隱約有個黑影躺在那裡。連忙走上前幾步，似乎是個人，我跑了起來，遠遠看上去，地上的人似乎穿著潛水服，我心裡開始激動，直直奔了過去，跪下後扶到懷裡一看，竟然是郭美琪！

此時她面色鐵青，牙關緊鎖，我連忙又將她放倒在沙灘上，頂住其下頜關節，用力向前推，同時朝下扳頜骨，費力掰開了郭美琪的牙關，稍微猶豫一下後，便開始做人工呼吸。剛開始她沒反應，我急了，加大心臟按壓的力度，感覺她的肋骨都快被我壓斷了，過了良久，她卻依然沒有反應。

就在我幾乎快要絕望時，郭美琪突然吐出幾大口水，微微睜開了眼，迷茫地看著四周說：

「這……這是哪裡？」

我輕輕拍了幾下她的臉，喊著：「嘿，嘿，郭美琪。」

「楊……楊宣，我們死了？」郭美琪一臉疑惑，小心翼翼地問道。

我見她沒事，徹底開心起來，說：「沒死，我們還活著呢。」

「但這是哪裡？回南京了？」

我一邊把她拉起來，一邊看著周圍說：「我還真不知道這是哪裡。南京？南京哪裡有海？」

「海？」郭美琪驚訝地撐起上半身，看著面前不斷湧過來、沖刷著沙灘的細浪，說：「我們不是從長江邊的黃泉洞下水的嗎？怎麼到了海邊？」

「我也剛醒，妳看，我們身上都還穿著潛水服，還濕著呢。」她一臉迷茫，長髮被水浸得全濕，臉色已經逐漸恢復，嬌嫩的皮膚有了些血色，我繼續說：「既然妳還能被救過來，證明從墜入黃泉峽谷到現在爲止，還沒有多長時間，否則早淹死了。」

郭美琪陡然驚恐地摸摸手臂，說：「不好，我們恐怕要得減壓病了。」然後盯著我。

「妳有哪裡不舒服嗎？」

郭美琪一邊繼續摸著左右手臂和腿，一邊說：「沒，這倒沒有。」然後驚訝起來：「我竟然沒事？」然後不解中帶著一絲惶恐，對我說：「這不可能啊？！」

我朝天空指了指：「怪事還多著呢！妳看這裡的天，有白雲，卻沒有藍天，一絲藍色都見不到。雲也不像雲，更像是雨霧的感覺。」

郭美琪先是指著我腰間網袋裡的那只怪螺，說：「這個很奇怪，看樣子是法螺，法螺一般生活在海水裡，可它卻是在黃泉峽谷的淡水中，而且這麼大。」然後朝左右看了看，繼續說：「我們該不會是在地下吧？」

「地下能有海？」我指著眼前那片一望無際的大海，「地下能有天空？還能有跟白天一樣的光線？」接著又朝不遠處的茂密樹林指去：「地下能有樹林？還是熱帶的？從江蘇一下子跑到熱帶了？」然後我自言自語道：「總不可能是穿越了吧？」

郭美琪緩緩站了起來，笑著說：「帥哥，你《尋秦記》看多了吧？是不是過幾天再弄個三妻四妾，最後給你生個兒子叫楊過？」

聽了她這話，我哈哈笑了起來：「楊過？啊，妳這個美國妞確實很厲害啊，不但知道韋小寶，還知道他是驍騎營都統，現在連楊過也知道，甚至還曉得《尋秦記》？」

郭美琪朝旁邊走了幾步，說：「我一直就喜歡看小說看故事，在美國，小時候超愛看馬克吐溫的《湯姆歷險記》，大了後迷上了史蒂芬金；在中國，金庸的小說當然也必不可少了，黃易的也很好看。」她回頭眯眼盯著我看了一會兒，「你這樣子演楊過還眞挺像。」

「難道妳知道楊過長什麼樣？那是小說啊，傻妞。」

「我是說你像古天樂。」

我有些得意：「妳上次在車上時說過啦。不過嘛，我覺得我比古天樂還要帥那麼一點點。」

過了會兒，郭美琪緩緩說：「謝謝你。」

「爲什麼？」

「救了我啊。」

我微微笑了笑，片刻後說：「也謝謝妳。」

「謝我？為什麼？」

「謝謝妳活了過來。」郭美琪臉頰現出一抹紅暈，微微低下頭。片刻後，她瞥見我脖子上露出來的龍牙，說：「啊，我明白了，難怪那條魚龍總是繞著你轉，卻又不咬你，看來龍牙眞的能在水下護身呢。」

我拿起龍牙，說：「我爺爺是說過龍牙可以護身，有了龍牙，水中的妖邪、水獸就不敢侵害。所以小時候我媽不讓我下水，他就送了這個給我。我從小到大，多多少少有那麼一點相信，這次看起來，似乎還眞有用。」然後舉起腰間的那只怪螺，「所以採這個螺時，我執意要裝在自己身上，怕你們拿著不保險。」

說到這裡，想起爺爺，我嘆了口氣，「簡清明啊簡清明，你他媽死哪去了？」

「龍牙很珍貴的，而且用處很神祕，麥教授曾經說龍牙的用處之一就是辟退水獸妖邪。」

「用處之一？那除此以外，還有什麼用？」郭美琪搖搖頭：「他沒說，可能還在研究吧。不過這個作用是千眞萬確，剛才在峽谷，要不是你，恐怕我們幾個都得沒命。」

「什麼意思？」

「那怪物幾乎一直繞著你轉！好像跟你有深仇大恨，但又奈何不了你，急得亂竄。你自己不知道？」

我搖搖頭，說：「不記得了，我只記得用四棱刺插穿了牠的下顎，然後最後又刺了一次，其他就不記得了。」

郭美琪說：「我在最後面，看得一清二楚，剛開始那魚龍是衝我們兩個來的，然後快到面前時，估計因爲龍牙，突然就閃開了，我們兩個被水沖得撞到了岩壁上。然後趙金生刺了一刀，接著你挺著四棱刺，直接就墜下去了，插進了魚龍的下顎，再後來那東西就幾乎一直纏著你，而我們三個則全被吸進深淵下面去了。」

說到這，郭美琪突然想起來，問：「對了，杜志發和趙金生呢？」

我又著腰，又將四周環顧了一遍，說：「不知道，阿發身上的裝備幾乎都被咬光了，咳，恐怕有點危險。」

「會不會沖到別的地方？」郭美琪左右看了看沙灘，「要不然我們再往前找找？」

於是兩人收拾起能用上的工具，緩緩沿著沙灘往前走，希望能像我發現郭美琪一樣，找到杜志發和趙金生。但走了不知道多久，不要說杜志發和趙金生兩人，岸上甚至半個人影都沒有。只有旁邊那一大片樹林，偶爾發出輕微的沙沙聲，似在訴說什麼。

這時郭美琪問：「幾點了？」

我說：「手錶和潛水電腦都進水壞了。」

「咳，我們到底潛了多深哪？連潛水錶和潛水電腦都進水了？」

「我看最後一眼時，已經超過三百公尺，最終多深，我也不知道。眞是……眞是很難想像。而且我朦朦朧朧中覺得那隻巨獸，似乎追我們到了一定深度後，就突然停了下來，估計再往下的水流速度，連它也不敢潛。下去之後就甭想上來了。」

這時，郭美琪忽然停了下來，低頭看去。

我問：「怎麼了？」

「我覺得這海浪好像越來越熱了。」她說。

「似乎是比剛才燙了不少，莫非現在太陽烈？」我下意識地抬頭看向天空，但是忘了，這裡沒有太陽，天空連藍色都沒有，只有霧氣一般的無邊白雲。

就是說了這兩句話的工夫，海水的溫度猛然急劇上升，郭美琪說話時還只是有些熱，我說話時已經變成微微發燙，語音剛落，已經快要成開水了。

我們兩人齜牙咧嘴大叫著趕緊朝岸上跑，直到那片熱帶樹林邊，完全沾不到海水的位置，才停了下來。兩人坐到一棵樹下，低頭看腳，竟然已被燙到發紅，如果再晚幾步的話，被燙出水泡也不是沒有可能。

第十九章 地獄熔漿

我和郭美琪坐在樹林邊，一邊歇著腳，一邊望向眼前這神祕的大海。兩人正討論著爲什麼海水會突然變得如同開水般滾燙，這時，更令人驚奇的事情發生了——原本怡人的海風漸漸變暖，最後似乎成了從火堆旁吹過的風，帶著濃濃的硫黃味；一望無際的海面上，先是突然噴出了一道火柱，從最初的一公尺來高，不斷噴升，最後直至沖天不斷；接著那道火柱的四周海面，接連不斷開始出現新的噴薄而發的火焰熔漿柱，放眼望去，整個海面似乎成了森林，一片由熔漿火柱組成的森林。

同時，原本平靜無垠的大海，漸漸成了一口煮沸的油鍋，海水翻滾著、跳動著，似乎要將一切全部融化。

熔漿噴射聲、海水翻滾聲、掉落海面的熔漿遇水冷凝發出的嗞嗞聲，混合充斥了整個海濱。熱帶風情的沙灘岸邊，轉眼間就變成了可怕的煉獄。

我和郭美琪不禁站起身，扶住樹幹，被眼前這一幕驚得目瞪口呆，膽戰心驚。

這時，地面開始晃動起來，接著砰的一聲巨響從背後方向傳來。兩人回頭一看，樹林背面很遠的地方，冒起沖天濃煙，接著如同連環爆炸一般，周圍不斷傳來類似的巨響，這種響聲似從地底發出，沉悶無比，卻又震撼人心，四面八方全都冒起沖天濃煙，但因爲隔著一片茂密的樹林，我們無法知道那些地方發生了什麼。

地面持續劇烈搖晃，以致人幾乎無法站立，更爲要命的是海中噴射出的熔漿，力道不斷變猛，最後竟然如同燃燒彈一樣，朝樹林灑來。眼看就要落到跟前，我一把拉起郭美琪的手，轉頭就向林子深處狂奔。

身後像是落雨一般，沙沙作響，不斷有火焰融化物從頭頂的枝頭四散落下，燒得樹林一片焦味，只要有一塊稍大些的落到身上，那就眞是不死也得掉層皮了。

兩人如同兔子一般狂奔，東躲西藏，一口氣跑了二三里地，頭頂才漸漸不再有東西掉落。

我和郭美琪兩人長舒一口氣，癱坐下來，各自靠到一棵樹上大口喘氣。又過了約莫十幾分鐘，腳下的地底震動才慢慢減緩，周圍恢復成熱帶雨林的靜謐模樣，不過空氣中仍舊充斥著刺鼻的硫黃味。我有些擔憂地說：「看來這海底下有火山啊。」

「不但有火山，而且似乎還是環形火山。剛才周圍冒煙的地方，幾乎各個方向都有。」

我咬著嘴唇，搖搖頭，說：「但願阿發和趙金生兩個已經到了岸上，否則要在水裡的話，恐怕……」說到這裡，我長嘆了一口氣。

「吉人自有天相，你不要太擔心了。」

「重點是杜志發不是個吉人，他是個鳥人。」

郭美琪稍微怔了一下，然後朝我扔過一顆石子，嬌嗔著說道：「這時候你還有心思開玩笑。」

「我不是開玩笑啊，他是無利不早起，要不是因爲這裡有鬼雨法螺，他會來幫我？峽谷裡遇到那什麼魚龍，他跑得比誰都快。我把他當兄弟，他當我錢多人傻，他媽的，這還不叫鳥人？」說到這裡，我有點氣呼呼的。

不過說實話，我嘴上雖然這麼講，但心裡卻還是把他當兄弟，因爲我明白，人都是有私心的，不可能要求別人捨生忘死地幫我，也許自己可以做到，但未必人人都能像我這樣。

「你也別把人想得太壞了，人都是有秉性的，杜志發天生膽小，那也是沒辦法的事。」

「啊，妳還幫他說話？」

「我只問你一句，你希望他還活著嗎？」

這話問到癥結了，我愣了片刻，說：「希望，於公於私都希望，至少到目前爲止，我還認他這個兄弟。」

「那不就結了！我看你這人是刀子嘴，但心裡還是重情重義的。」郭美琪頓了頓，接著問：「現在我們怎麼辦？」

我朝周圍細細看了起來，剛才的沙灘譬如熱帶海濱，讓人感到明亮、溫暖，但林子裡卻暗了下來，且樹木比先前茂密許多，估計這片森林靠近海邊的部分，經常受到剛才這種火山噴發的襲擾，因此稍微稀疏，一旦脫離了熔漿濺射區域，便異於尋常地茂盛起來，且其中似乎有種哀怨之力，繚繞其間。

我說：「海邊暫時還是不要去了，一不小心要是再遇到海底火山爆發就慘了。」

「還找不找他們？」

「找。但已經沒必要去海邊了。如果他們在海邊沒有逃或者沒能逃的話，剛才一場熔漿下來，肯定活不了。如果像我們一樣進了林子，那去海邊也找不到。」我站起身，朝林子裡面看去，「往前走走看吧。」

這時兩人都已經很口渴，但海水不能喝，林子裡還不知道何處才有水源。另外最要命的是，我們沒有鞋，原本潛水穿的是腳蹼，現在只能光腳，幸虧地上的落葉厚實潮濕，並且不是針葉林，否則可就有的受了。

郭美琪說：「小時候有次跟大人上山去打獵，誰知半路我看見一隻兔子，然後就中邪了似的自己追過去。眼看追到了，可兔子又跑遠了一點，就這麼一直追，清醒過來時，已經不知道身在何處了。直到現在回想起來還覺得怕呢！」

「後來呢？」

「我在山上一共迷路了七天，到夜裡就躲在樹上不敢下來，幸好最後被我爸帶人找著了。」

「哇，妳命眞大。看來跟妳一起有好運。山裡有些事情還眞不好講，妳要說那隻兔子是山精鬼怪吧，可也又沒現身什麼的；妳要說不是吧，但怎麼就能讓妳撞邪似的追過去呢？」

我看了看周圍，哪邊都還是一個樣子，嘆了口氣：「我們還是少說點話吧，不知道什麼時候才能找到水呢。」然後蹲了下來，捏了捏地上的落葉，又抬頭看看樹上，「不過似乎剛剛下過雨，妳看地上和樹葉上的水都還沒乾。」

我掏出指北針，定了下方位後，說：「雖然不知道該往哪邊，但得沿著一條直線走，免得來回繞圈子。」我回頭看了看來路，然後轉身說：「就朝這邊吧，遠離海岸。」

走了許久，因爲沒有水喝，所以口乾舌燥，而腳上又沒有鞋穿，水泡沒磨出來，但已經疼得快走不了路。郭美琪停了下來，說：「歇一會兒，歇一會兒。」

這時，我突然看到前方樹叢之間，似乎掩映著什麼東西，便向前走了幾步，看清後指著說：「郭美琪，看，那裡有個棚子。」然後，兩人驚奇地走過去。

來到近處，發現這棚子雖然極其簡易，只是一個用樹枝紮成的頂蓋，斜著固定在樹幹和地面之間，但毫無疑問，是人搭的。這個小小的發現，挺令我們歡欣鼓舞，畢竟從醒來到現在，已經過去了幾個小時，但此處卻是我們發現的第一個與人有關的東西，至少證明，這個地方有人來過，不是什麼與世隔絕的地方。

郭美琪走進棚子，坐了下來，揉著腳說：「這熱帶雨林，怎麼會沒水？」

我搬來一塊大石頭，放在她面前，讓她將腳放上去，「是不是熱帶，是不是雨林，還不知道呢，只是看起來像。妳想想，我們從長江邊潛水，再怎麼也不可能到熱帶啊。」

郭美琪指著我搬過來的石頭，問：「這是什麼意思？」

「走路時間長了，休息時得把腳架高，能減輕疲勞，舒服一點。」說著，我自己也一屁股坐下來，手裡握著一根樹幹做成的拐杖，「林子這麼大，一點動靜也沒用，連條小溪也遇不到，見鬼了。」說完，舔了舔乾裂的嘴唇。

「你說這會不會是簡清明他們搭的棚子？」

「我覺得有可能，看來他們確實沒死。不過，之前那光頭佬說，簡清明下來後還曾經用電臺通過一次話，說再往前無線電就無法通話了，大概就是指這裡。」

我不禁又抬頭望了望天，繼續喃喃道：「這究竟是什麼地方？真在黃泉底下？」看著郭美琪，「可地下又怎麼會有海，怎麼會有森林，還有天空？」

郭美琪搖了搖頭，不知該如何回答我的問題，只是補充道：「別忘了，還有龍守護的鬼雨法螺。」

兩人沉默片刻後，我忽然發現棚子裡的地上鋪著一大塊塑膠布，連忙蹲下扯了出來，哈哈大笑：「有了，有了。我們有水喝了。」

郭美琪愣了一會兒，明白過來：「你是說用塑膠布墊在樹下面，然後搖晃樹枝，讓上面沒乾的雨水往下落，滴在這上面，然後捲起來，就等於採集到水了？」

我笑著點點頭，然後繞著四周轉了一圈，拍著其中一棵樹，說：「就這棵了，美琪，我爬上去搖，妳在下面把塑膠布鋪好。」說完，我活動了一下小腿，便朝上爬去。我從小喜歡在野溝裡游泳，除了捉魚摸蝦，幹的最多的就是上樹掏鳥窩，所以爬樹對我而言，是僅次於游泳的技能。

郭美琪在樹下鋪好塑膠布，然後抬頭等著我。這棵樹很高，枝葉也很茂盛，我忍著腳痛，三兩下爬上去，不一會兒就消失在枝椏樹葉當中。

「好了沒？」郭美琪在下面喊道。

我朝各個枝椏看看，說：「等一下，我得找個可以晃動又不容易斷的地方。」就在這時，我抬頭看見樹的頂端似乎有個鳥窩，心想：「反正也要找吃的，正好去掏下來，眞是天助我也。」於是又朝下喊道：「上面有個鳥窩，我先爬上去掏下來，妳等著。」

「小心點。」郭美琪焦急地喊。

那鳥窩很高，幾乎在這棵極爲茂盛的大樹的最頂層，等我使出渾身解數，爬到那裡時才發現，鳥窩大得驚人，雖然我沒見過老鷹窩什麼模樣，但當時我覺得，即使老鷹窩也不可能有這麼大，四個綠皮帶花紋的蛋躺在中間，我解開腰間的網袋，將四個鳥蛋輕輕收入其內，小心翼翼地跟那只怪螺放在一起，然後繫到腰後。

這時，我撥開眼前的一簇樹枝，將頭探出樹冠，準備從高處觀察下地形，隨之展現在我眼前的景象，眞是令人震撼無比——原來我們所在的這片土地，竟是個島嶼，雖然大到感覺不出，但從高處極目遠眺，卻能依稀辨別出遠處四周的海岸線；整個島嶼被濃密蒼鬱、綿延不絕的森林覆蓋，除了海邊沙灘，全是高低起伏，千變萬化的綠色林濤；而海天交際處的盡頭，則是環形的山川大陸，不過卻幽暗淒厲，用陰山鬼城來形容似乎恰如其分，隱隱的閃電，不斷劈在那些不知多遠的黑色群山中；也就是說，這個島只是海灣中的一片孤立地，海灣之外，才是眞正的幽暗山陸，如同環形，包圍這片海灣，以及這個小島。

後來，我們才知道這個小島，在中國自古以來的名字便叫作——沃焦島，也叫沃焦石，或者沃焦山，因爲整個島嶼其實是一整塊巨岩。之所以得名，是因其處於一座巨大的海底活火山的正上方，這個情況，大家之前已經看到了。

然後還有一點很奇怪，這裡整體光線是海邊最亮，然後越往北就越黑，及至海灣之外的幽暗山陸，便像是黑色油畫中的鬼城一般了。實在搞不明白，爲什麼會出現不同的光線亮度？難道這裡不分白天黑夜嗎？

我縮回身子，開始往下爬，就在這時，四周忽然響起沙沙聲，我連忙停住，側耳傾聽，聲音還在繼續，又過了一會兒，我才意識到，原來下雨了，只是我身在茂密的樹冠之下感覺不到。心裡一樂，朝下面喊去：「郭美琪，下雨了！」

這次，郭美琪沒有回答我。

雨聲更大了，我又喊：「美琪？！」

還是沒有回答。

我開始有些焦躁起來，顧不得會不會碰碎腰後的幾個鳥蛋，以最快速度下了樹，站在棚子前，四處看看，連個鬼影子都看不到。

這下我是眞急了，心裡擔憂她別是被什麼猛獸給直接拖走了。突然，我的後背被什麼東西猛撓一下，嚇得我跳了起來，回頭一看，卻是郭美琪。

「嚇死我了，妳幹嘛去了？」

「我到那邊找了個灌木叢，把雨布鋪上去了，正好可以接點水。」

於是兩人坐到棚子下面躲雨，說是躲雨，其實也躲不了多少，因爲棚頂是漏的，但也有好處，我們湊到漏雨的地方，張嘴喝了些淋下來的雨水，稍減燥渴。我說：「現在回頭想想，我知道爲什麼貓狗豬都不會進黃泉洞，也明白爲什麼那條狗會尿趙金生一褲腳了。」

「爲什麼？」

「因爲黃泉峽谷裡有水獸啊！動物能感覺到危險，人卻沒辦法發現。」頓了一下，我說：「看門狗。」

「什麼？」

我說：「我曾經問麥教授——『你不是說異珠都是由龍守護的嗎？那怎麼還有蛟，還有什麼水獸的？』然後麥教授回答——『異珠不是那麼容易讓人採到的，就好像小偷進人家偷東西，得先進大門，然後値錢的在保險櫃裡。那麼龍就是保險櫃，蛟或者其餘兇猛的水獸，就是大門口看家護院的猛犬了。』所以，在黃泉峽谷遇到的那個怪物，就是麥教授說的看門狗了。」

「嗯，應該是。但這裡這麼大，龍到底在哪？」

「南珠家族世代採珠，既然他們拼了老命來到這裡，那肯定會有龍，也一定有鬼雨異珠，只不過，可能一般人難以想像。」

兩人陷入沉默，過了會兒，我說：「我們得找個別的地方過夜，這裡感覺不保險，而且也沒辦法生火。」

「別的地方？去哪？」

於是我先把在樹頂看到的情況講了一遍，然後說：「另外，我看見往東北方向不遠的地方，有個小土坡，上面似乎有房子。我們不如去那裡？」

「有房子？你不早說？有房子就有人啊，有了人就能知道這是哪裡，說不定還能打聽到簡清明。」

「但我不能肯定一定就是房子，看不清楚。而且，我們得做好簡清明他們一夥人在那裡的準備。」

郭美琪說：「我總感覺哪裡不對勁，這地方怎麼可能有房子？我們是從黃泉下來的，即使要有，也是有龍，有鬼雨法螺才對。」她雙手抱膝，過了一會兒，說：「不管了，我們就去那。」

當她站起身時，腳下踩著的落葉裡，隱隱露出一塊大石頭，我隨意撥開看了看，卻嚇了一跳，那石頭上模模糊糊刻著幾個字——「我能回得去嗎？」

簡簡單單六個字，卻讓兩人渾身冷汗直冒。這塊石頭很大，底部嵌在土裡，上面露出一部分，應該是原本就生在這裡，並非被人搬過來的。如果在上面刻字，那一定是當時住在這個棚子裡的人。也就是說，那個搭棚子的人，在極度迷惑、孤獨與恐懼中，自言自語著在這塊石頭上刻下了這麼六個字——「我能回得去嗎？」

郭美琪指著石頭，說：「這是簡清明刻的？」

我搖搖頭，說：「似乎不像，南珠世家這夥人，爲了鬼雨異珠，連人都敢殺，他們好不容易到了這裡，不達目的不會甘休，怎麼可能說出這話？而且他們既然來了，想必對這裡已經充分瞭解，又怎麼會自問——我能回得去嗎？」

兩人帶著驚恐和震驚，慢慢朝前走，一路上，我反覆思考著這句話到底該如何去理解？如果是某個正常的地方，那麼就不存在回不回得去的問題。之所以說出這句話，只有一個解釋——這裡是怪異之地！那人是誰？這裡到底是什麼鬼地方？簡清明和鬼雨法螺究竟在哪裡？最後要怎麼才能回得去？我快瘋了。

終於到達我所看到的那個小土坡時，我們兩人的腳都已經磨破。昏暗的光線下，伴著雨水沖刷，這座土坡顯得孤孤單單。遠遠看去，坡頂平坦，上面似乎確實有些奇怪建築，我們忐忑不安，又有些緊張，悄悄地爬了上去，出現在眼前的場景，卻令人驚懼不已——整個坡頂，堆滿了各式各樣破舊的船隻，大到如江輪一般，小到漁船、潛水鐘，甚至有很多船隻疊羅漢一樣，疊起五六層。整個山坡，在雨中發出微微號叫，夾雜著船上門窗被風吹動的陣陣嘎吱聲，宛如沉船墳場！

第二十章 航行日誌

在雨水的澆淋下，兩人腳下的傷口生疼，迫使我們從震驚中醒來。郭美琪說：「趕緊先找條船避會兒雨吧，要是腳上傷口發炎就慘了」

我做了個噓的手勢，輕聲說：「小聲點，以防裡面有人。」郭美琪點點頭，我先是貓著腰，將整個沉船墳場幾乎逛了一遍，沒有發現異常，然後回到郭美琪那，於是兩人爬上中間一條大船，船身上有幾個斑駁的繁體字「和盛號」。

進了艙裡，雖然年代久遠，但至少還能擋風遮雨，與先前那個棚子相比，真是天差地別。我們兩人翻箱倒櫃，想尋找一些有用的東西。藉著微弱昏黃的光線，我竟然從一個抽屜裡找到了張泛黃的報紙，湊到窗戶前，只見右上角的邊欄印著繁體字「中華民國二十五年五月六日」，我嘴裡小聲驚呼一下，郭美琪湊了過來，問：「怎麼了？」

「這報紙竟然是一九三六年的。」我不禁抬頭看了看艙內四周，確實不像現在的船，然後我就覺得奇怪了，使勁撓頭，「妳說如果這是沉船的話，怎麼裡面報紙還沒壞？」

郭美琪說：「報紙壞沒壞倒不能證明什麼，沉船被撈上來，放在陰處，裡面的報紙說不定也會陰乾。但重點是，如果是沉船，那麼是誰把它們撈上來並且運到這山坡上的？」

我想了想，點頭說：「有道理。這麼多船，絕對不可能自己飛到坡頂上，肯定是人力運過來的。也就是說，除了搭棚子的那人以外，一定還有別人，並且數量還不少，否則沒法完成這麼大的工程。」

「只不過這些人是好人還是壞人呢？又爲什麼做這脫褲子放屁的事？非得把沉船搞到這裡？」

這時，我又想到了一點，說：「還有，我們是從黃泉峽谷下來的。那麼這些沉船，又是從哪裡來的？總不可能跟我們一樣吧？黃泉洞裡連車都開不進去，更別提船了。」

郭美琪說：「先別管了，反正小心爲上。繼續找找別的。」

最終我們在起居艙裡，不但找到了民國樣式的衣服、鞋子，而且還在餐廳發現了一箱葡萄酒，密封很好，包裝也沒壞，不過上面似乎不是英文，而且字母很潦草，所以我們也不認得是什麼牌子的。

船艉有一扇鐵門，不知裡面是什麼房間，但門上掛了一把大鎖。郭美琪拽了幾下沒拽開，說：「也不知道這裡面裝的是什麼？」

我找了一把凳子，用包著鐵皮的凳角，對準鎖猛砸了數下，哐啷一聲，鎖掉了。

郭美琪在一旁笑著說：「你這手法挺專業的啊！」

我說：「咳，砸東西還有什麼專不專業的？」說著，使勁一拉，門開了。打開手電筒朝裡一照，裡面各式木箱散落一地。我蹲下來，打開腳前一隻木箱的卡扣，掀開一看，只見箱子裡的木托上，卡放著三支步槍。

「我×，這是一屋子軍火啊！」我有些興奮地叫了起來，然後從裡面拿起一杆槍，在手裡來回看看，「這是M1啊。」

郭美琪問：「M1是什麼？」

「美國二戰期間的標配半自動步槍。妳看過《搶救雷恩大兵》嗎？那裡面士兵就是用這種。」說著，我用腳將木箱蓋子翻回去，指著木蓋正面印著的字母——「United States Rifle，Caliber.30，M1」，說：「看見沒？美國點30口徑M1式步槍。」

郭美琪略顯驚訝地看著我，問：「你怎麼這麼了解？」

「嘿嘿，本人外號除了飛魚，還有一個就是——槍王之王，《輕兵器》雜誌一期不落。游泳潛水是我主業，軍事迷就是我的副業，對這些太熟悉了。」說著，我左手持槍，右手從腰間抽出那柄四棱刺：「否則，我怎麼會挑選這麼拉風的兵刃？哈哈！」

接著，我又開始翻其他的箱子，發現竟然還有Mark II手榴彈，以及整箱整箱的子彈，另外配套的維修工具也都一應俱全。

郭美琪越看越奇怪，說：「這應該是艘民國時候的民用輪船，怎麼會運軍火？」

「這有什麼奇怪的？當年國軍徵用民船運輸軍火或者士兵，這太正常了。他們最後從大陸離開時，還曾經徵用民用江輪過海去臺灣呢。」這時，我找到了一把點45手槍，裝滿七發子彈，上了保險之後遞給郭美琪。她不解地問：「給我槍做什麼？」

「防身啊。到現在都不知道這鬼地方是哪裡，我從樹上下來時，沒找到妳，嚇壞我了，以爲被老虎拖走了呢。」我示範了開關保險後，她笨手笨腳接了過去。

之後我們找了幾塊餐布，將彈夾、子彈、手榴彈等盡量多拿了些，全都紮成了包裹，帶在身上，這才暫時離開了軍械室。最後又摸到船長室，竟然翻出一本航行日誌，由於是用鋼筆書寫，且明顯被水浸泡過，字跡已經無法認清，但封皮上的字是鉛印的，航行日誌下面一行的橫線上，清清楚楚打著航線——「南京—南昌」。第一頁是從南京的下關碼頭開始記錄，長江一線下來每站都有，最後到了鄱陽湖一頁時卻是空白，再往後的南昌頁面，自然也無記錄。

我闔上本子，說：「怪了。」

「怎麼了？」

「根據這本航行日誌，這艘和盛號應該是從南京的下關碼頭起航，通過長江，駛向南昌。但沿線所有碼頭都有完善記錄，唯獨到了鄱陽湖後斷了，後面的南昌也沒有。」

「你的意思是，這條船是在鄱陽湖沉掉的？」

我站起身，說：「嗯，應該是在鄱陽湖沉的船。但奇怪就奇怪在這裡，鄱陽湖在江西啊，我們呢，我們是從江蘇泰興的水下峽谷潛到這裡的，兩者距離太遠了，簡直匪夷所思嘛。」

郭美琪說：「如果按照麥教授的理論，倒可以解釋，因爲整個世界的地下水系是相連通的，至少區域性連通。假設我們現在確實是在泰興黃泉峽谷的下面，也就是江蘇地底，那麼鄱陽湖的沉船，說不定也可以通過地下水系，最終漂到這裡。」猶豫了一下，「只是，如果我們在地底，那又沒法解釋這裡的大海、天空、森林……」然後搖搖頭，「實在是超出我的學識範圍了，如果有個地質古生物專家在這裡，說不定能夠弄清楚。」

「我爺爺，我爺爺就是研究地質古生物的，他一定是透過研究長江斷流之謎，推斷或者實際發現了這裡，以及這裡會有鬼雨法螺和龍。」

「可長江斷流，跟這裡又有什麼關係？」

我說：「妳問我，我哪知道，但直覺告訴我，這兩者之間一定有因果關係。」

兩人走出船長室，心裡有些高興，因為這畢竟只是一條船，要是休息一晚，明天把整個山頭那麼多船搜上一遍，還不知道會發現多少好東西呢。只不過，很多東西遺留在船裡，按理來講，如果是沉船的話，應該還有很多屍體也留在裡面，但是從船頭找到船艉，從甲板找到機艙，一具屍體都沒有發現。

來到餐廳艙後，我將腰上的幾個怪異鳥蛋、怪螺，以及找到的葡萄酒放到桌上，準備找東西生火。郭美琪則向艙門處走去，向外觀望，突然一個巨大的黑影撲到艙門口，郭美琪生生被嚇得向後跌坐到地上，三魂嚇掉了兩魂半。

我扭頭一看，也被嚇愣。一隻鳥頭蛇身的怪物，長著四隻粗壯的腳爪，如同龍蛇一般長長的身上，卻披滿了羽毛，兩隻巨大的翅膀收在身側。體形大過艙門，殷紅的雙眼似要射出火焰，尖銳的鳥喙裡，上下長滿倒刺。而那顆鳥頭仔細看起來卻又如同迅猛龍一般恐怖。

就在這一瞬間，怪物便躥將進來，頭和利爪直直朝郭美琪伸去。我連忙飛身往前猛撲，將完全嚇傻的郭美琪連拉帶拽到旁邊，躲過這一擊。

蛇形鳥怪由於體形太大，頭和上半身雖伸進了船艙，但後半身和翅膀卻卡在門外，此時進退不得。我抄起桌上的M1步槍，轉身便射，同時喊道：「打啊！」

郭美琪如夢初醒，慌慌張張拔出我給她的那支點45，抬手射去。誰知連扣幾下扳機都不響，我大喊：「開保險。」人在慌亂中，越著急越不行，郭美琪本就毫無槍械經驗，雖然我剛剛教過，但她此時卻甚至連保險在哪裡都找不到。

而艙門處的怪物，吃了我的幾顆子彈，看起來不但無關痛癢，反而愈加激發了其狂性，不要說艙門，連整堵鋼鐵牆壁都已經變形，似乎要被整個掀翻。

眼看怪物的身子又挺進了不少，我一看不對勁，忙拽著郭美琪朝裡艙跑，兩人前腳剛踏進裡艙，怪物後腳就完全躥進了餐廳艙，發狂般朝我倆追來。

我連忙轉身關中間的鐵門插銷，哪知怪物速度奇快，此時已經到了門後，向裡亂撞。我和郭美琪使出全身力氣，抵住鐵門，但門根本合不攏，插銷也就插不上。兩人沒挨得住第二下，便被直接撞飛，摔到幾排床架中間。

這大概是間船員休息室，幾排鐵床全都跟船體固定在一起，很是堅固。蛇形鳥怪直直衝來，我們只得繞著床架，極快速地移動、躲閃、周旋。

郭美琪一個不小心摔倒在地，怪物瞬間就緊跟著搶到她身旁，眼看只消一爪子下去，她可能就凶多吉少，我情急之下，忽然想到一個主意，於是直直站到怪物身後，舉槍連續射擊，並大喊大叫，想吸引牠的注意力。

這招果然有效，怪物被子彈激怒，立刻轉頭，我不顧一切沿原路朝餐廳艙跑過去，怪物一個撲騰，躍到走道，跟在後面狂追。到了餐廳艙，我撲到桌旁，一把提起裝鳥蛋的網袋，然後撞破艙門對面的窗戶玻璃，飛身躍出。

那怪物跟了過來，但無奈窗戶太小，比之艙門要小了一半以上，此時只露出一隻既像鳥又像恐龍的腦袋，以及長長的脖子。

我站在船舷上，左手提著裝有鳥蛋的網袋，然後轉身直面窗戶，那怪物拼命伸著脖子，朝鳥蛋瘋了似的狂叫，我隨即右手扔掉M1步槍，轉而從腰間拽出一顆手榴彈，跪到甲板上將網袋放下，而後左手拔掉插銷，右手握著手榴彈，便朝那怪物正張大的嘴裡直直扔了進去，隨後抓起網袋，拼了命地朝船頭狂奔。

不一會兒，身後響起一聲爆炸聲，接著有些許碎肉掉落到我身上。這時我才停住腳步，轉過身去，看著被炸出一個窟窿的餐廳艙，長長吁了一口氣。

第二十一章 孽鏡臺

如果沒有推斷錯，這隻怪物，應該就是先前我掏的鳥窩的主人，牠是來找鳥蛋的。天知道牠怎麼能跟到這裡。郭美琪驚魂未定，投入我的懷中許久。我靜靜摟著她，感受著她的心跳和氣息，一時之間，有種幸福的甜蜜蕩漾胸中。

一旁生著的火，是我用鉗子將子彈頭夾開，倒出其中的火藥引燃的。船上可以燒的東西很多，原本除了鳥蛋以外，沒有其他吃的，現在好了，那隻怪鳥雖然胸口脖子處被炸得粉碎，但其餘部分還在，正好烤著吃。

我們用雨水沖洗完傷口，換上找到的衣服、鞋子，將自己的在火堆旁烘乾，怪鳥肉被烤得冒出油脂，看起來不錯，另外還有在船上找到的那箱葡萄酒。兩人坐在火旁，情愫暗生，水乳交融，渾然忘卻了身在何處。

許久之後，外屋忽然傳來一陣輕柔的歌聲。我不禁心中一驚，立刻坐起來側耳傾聽。歌聲還在繼續，婉轉空靈，並且這個聲音似乎既熟悉又陌生。

見郭美琪正甜美地睡在一旁，我便沒有喊她，自己穿好衣服，皺著眉頭，滿腹狐疑地走出去，來到外間。卻看見一個年輕女子，背對著我，一邊哼著歌，一邊在餐廳艙的桌椅間緩緩走動。

我驚恐至極，嚇得倒退幾步，貼靠在牆上，問道：「妳是誰？」

年輕女子轉過身，臉上露出一對熟悉的酒窩，朝我淺笑著柔聲道：「楊宣，你還好嗎？」

盯著那秀麗的臉龐，我無法相信自己的眼睛，她竟然是曾與我相處四年的前女友——陳霜。

我用力揉了揉眼睛，又掐了自己一把，能感覺到疼，不是在夢中：「妳……妳怎麼會在這裡？」

陳霜朝我款款走來，說：「我知道自己錯了，想來陪你。」說著，伸出手撫向我的前額。

我擋開，朝旁邊讓了幾步，靠在桌子上，說：「當時畢業不過才一個月，妳就簡簡單單的一聲分手，然後便電話不接，訊息不回，最後乾脆換了號碼，人間消失，要跟我老死不相往來。妳知道我那時的苦嗎？妳知道當時妳是我的唯一嗎？四年的感情，最後抵不過兩地分開一個月，連分辯一句話的機會都不給我！」

我情緒激動起來，轉身捏住她的雙肩，「愛情對妳根本就是兒戲！妳心裡根本就沒我！現在爲什麼還要來？爲什麼？良心發現了？啊？還是現在回頭想想，才覺得還是我好？」

大概自從分手後，從來不曾有機會將這些話親口對她說出來，而我當初又用情極深，此刻情緒接近失控，眼中湧出淚來，在艙裡來回踱著步子，繼續說：「陳霜，我告訴妳，有些錯誤無法彌補，我現在有自己的感情、自己的生活，妳已經把我的生活毀了一次，還想再一次來把我現在的生活毀了？妳錯了。錯過的終將永遠錯過，我不需要靠妳來證明什麼！不是有了妳，我才有意義；不是有了妳，我才能證明自己的價值。有妳或沒妳，我都將會取得我應有的成就，做成我應有的事業；有妳或沒妳，我都會擁有我應得的地位；有妳或沒妳，我都還是我——楊宣，我不會因爲妳而改變。如果妳現在後悔，只是爲妳曾經的錯誤付出的代價。」

陳霜現出哀怨的眼神，似乎萬念俱灰，輕輕將我臉上的淚水拭去，然後把頭靠在我的胸口，幽幽地說：「我知道這是老天在懲罰我，但是，眞的不可能了嗎？」

我說：「錯過的終將錯過，否則誰會珍惜眼前的人？」

艙裡沉寂了片刻，這時忽然寒光一閃，陳霜手上忽然多出一把匕首，劈手就刺了過來，我死死捏住她的手腕，但不知一副嬌柔的身軀哪裡來的那麼大勁，陳霜竟然將我死死壓住，眼看刀尖離我越來越近，情急之下，我抽出右手，迅速拔出腰間的四稜刺，橫向刺了過去，正好插在她拿刀的手掌心。匕首掉落到地上，噹啷一聲，但當我再朝她看去時，陳霜卻變成了郭美琪，她此刻捂著自己的手掌，疼得蜷縮成一團。

我看看自己手裡的四稜刺，又看看地上的匕首，拼命揉了揉眼睛，地上躺著的，確實是郭美琪，疼痛呻吟聲也確是她發出的，陳霜不見了蹤影。這下我頓時慌了，什麼也顧不上，連忙將郭美琪扶起靠在牆上，用刀子從衣服上割下一條布，幫她包紮。

許久，郭美琪才漸漸止住了呻吟，臉色也由蒼白稍微回了一絲血色。我有些不知所措，不知該從何說起，誰知郭美琪卻先開了口，斷斷續續道：「對不起，我……我剛才快崩潰了。」

「妳怎麼了？怎麼會拿著匕首？」我問道。

「你還記得我跟你說，小時候在山上迷路了七天嗎？每天夜裡嚇得只敢躲在樹上？」

「記得，在棚子裡時說的。」

「那時候我才九歲，一個九歲的小孩，在山上一個人過了七天，走了七天，怎麼轉都轉不出去，真的，那種感覺沒辦法形容。沒有一個人陪你說話，山裡死一樣寂靜。我想爸媽，想家人，哭到最後眼睛都睜不開。到了夜裡，四周漆黑一片，一個小孩子那麼絕望，困在迷宮一樣，走到腳底滿是水泡，卻仍在原地打轉，對於小孩子而言，那種崩潰、恐懼、絕望，你能想像並體會得到嗎？」

我想了想，點點頭，說：「應該是很害怕的，我在公園有時候看到小孩子哭著找媽媽，都覺得可憐，但那種感覺可能抵不上妳當時的零頭。」

「沒人能眞正體會到我那時的感受。那次事情，讓我留下了陰影。我經常會做夢，夢裡會出現一個小孩子，孤零零地在山裡，一個人，走啊走啊走啊，接著便會出現那隻兔子。剛才，我又看到那隻山精一樣的兔子，我想喊，牠卻慢慢變成一隻惡魔，捂住我的嘴，所以，我摸到了匕首，然後刺了出去……」

聽到這，我後背涼氣直躥。我剛才看到了陳霜，與此同時，郭美琪卻看到了兔子，兩人雖然不是在夢裡，卻在一個同步的眞實幻覺中。接著我把剛才我所見到的情形跟郭美琪講了，她同樣也覺得有些不可思議。

好一陣沉默過後，我說：「美琪，這個地方不能再待下去了，一定有詭，能誘發人產生幻覺。這次算我們命大，要是再來一次，說不定就掛了。」

郭美琪點點頭，說：「只是我這手，如果沒有消炎藥的話，一旦開始發燒，恐怕撐不了幾天。」

我嘆了口氣，心中充滿愧疚，說：「美琪，妳福大命大不會有事的，在林子裡一個人七天都沒事，這次也一定不會有事。」郭美琪點點頭，費力地爬起來。我將幾袋東西合到一處，在外面包了層塑膠布，綁成包裹，綁到身上，扶著郭美琪下了船。

外面的雨停了，天色依舊昏暗，兩人走到坡頂中央，我最後一次環顧四周，卻瞥見正北面的幾艘船中間，立著一塊高大的石碑，之前上來時，由於只顧找船躲雨，沒看到。我心裡很奇怪，這裡竟然有人立石碑？說不定上面寫了這是哪裡呢！

於是兩人走到石碑前，卻見白森森的碑面上，刻了幾個黑色大字——孽鏡臺前無好人！配合著周圍滿坡的沉船，像極了墳地前立的墓碑。這一切，讓我們驚呆了。「孽鏡臺前無好人」？這算什麼意思？也就是說，這座小土坡叫孽鏡臺？這個沉船墳場叫孽鏡臺？另外，又是誰立的石碑？

雖然有太多詭異的未解之謎，但有一點卻能肯定，那便是一定有很多人生活在此處，但似乎不在林子裡。想弄清楚這是哪，簡清明在哪，龍和鬼雨法螺在哪，最後如何回去，那就非得找出這些解答不可。

帶著滿腦的疑問和驚魂未定，我與郭美琪下了坡，來到林地，心有餘悸地回望了一眼這處沉船墳場，或者按石碑上的說法——孽鏡臺。而後頭也不回地走入密林。

當置身於一大片未知區域中，確定一個中心點，然後以此爲標的物，才不容易重複勘探。所以我們按原路返回，來到原先的小棚子。

郭美琪的手又開始流血，我們不得不先停下來，看著棚子裡石頭上的那幾個字：「我能回得去嗎？」我的心開始有些顫抖，這幾個字，化爲一個聲音，反覆出現在耳邊。

郭美琪半躺著，說：「林子裡沒有乾燥的地方，所以根本沒辦法生火。如果這裡確實有人，那他們肯定在北面，海那邊的陸地或者山裡。」

我看著已經被血滲透的布條，說：「我明白，等妳血止住了，我們就往北走，看能不能有辦法找到船。」其實說這話時，我自己心裡很沒底。船？這裡似乎只有孽鏡臺上的那些沉船。

就這樣，我們走走停停，剩下的怪鳥肉早吃完了，手裡雖然有槍，但打獵不是那麼好打的。在船上遇到了一次怪物之後，我甚至打心眼裡希望不要再遇到任何野獸。而郭美琪手心的血，斷斷續續，不知流了多久，最終雖然完全止住了，但傷口也已經迅速化膿發炎。

更要命的是，這裡眞的不分晝夜，永遠是一樣的光線，所以連走了多久、還是走了幾天，都無從分辨。另外，這裡降雨極多，兩次降雨之間的間隔，不會超過三個小時。對人而言，沒水喝乾旱是種折磨，但雨水多了也很痛苦，雖然腳上有了鞋，但因爲長期浸泡在雨水中，最後兩人的腳掌幾乎全都泡爛。

我們唯一的希望就是能盡快穿過這片森林，運氣好碰到生活在此處的居民，那些將沉船拉上孽鏡臺、那些立下石碑的人，遇上他們，或許還有救；又或者能夠到達北面的海邊，發現碼頭，發現船。否則，無處避雨、無法生火、沒有食物、沒有藥物，一定十死無生。

一次靠著樹幹休息時，我無意中掀開一處落葉，發現下面的土壤上，有許多奇怪的甲蟲，雖然極其可怕，但人飢餓起來，連觀音土都吃，所以這種甲蟲就成了我們除了雨水以外，僅有的食物來源。

第二十二章 遭遇戰

人有時越怕什麼就越來什麼，郭美琪的手，眞如她最初擔心的，因爲感染引起了發燒。無論我如何鼓勵，如何想辦法讓她抱有希望，說再堅持一陣子就能出林子了，就會遇到人救我們了，最終，她還是燒到無法繼續前進，整個人神志不清，斜靠著一棵樹癱了下去。

該死的雨又開始下了起來，我使勁用手拍打著郭美琪的臉頰，想讓她醒過來，但徒勞無功。我明白，如果不在極短的時間裡找到消炎藥，她可能再也不會醒過來。瞬間，強烈的愧疚感湧上心頭，我抬頭仰天發狂般地大喊，淚水跟雨水混合交織到一起。

這時，忽然從四周傳來一陣窸窸窣窣聲，還有灌木搖動的聲音，我驚得身上飛起一層雞皮疙瘩，連忙轉身，握緊手中的槍，屏住呼吸，凝神細看後，發現確實是有東西，但那些從周圍過來的東西，卻不是衝著我們而來。我把已經接近昏迷的郭美琪扶到一棵樹下坐好，而後自己提著步槍，悄悄跟了上去。

潛伏到一塊巨石後，探出頭來見到的景象，讓我倒吸一口涼氣！灌木叢盡頭的空地上，一壯一瘦兩個人正背靠背站在中間，他們的四周半圓弧內，出現了七八隻超大的蜈蚣模樣的怪物，每條都比人長，約有三公尺，扁平超寬的身體覆蓋著金黃色的硬甲，火紅的圓頭上，一對大如鐮刀般的鰐牙不停摩擦著，發出令人戰慄的聲響。

我再細細一瞧，那兩人竟然是——杜志發和趙金生！此時他們面對突然出現的這麼多恐怖巨蟲，驚得幾乎窒息，握著匕首的手臂不停顫抖。如果只是一條，說不定還有生還的希望，此刻被七八條同時包圍，十幾二十對鋒利鰐牙，昂頭揮舞著朝向兩個肉靶子，看著眼前這一切，杜志發和趙金生的眼中，明顯露出絕望。

我悄悄在石頭後面看著，牙齒不住打顫，卻又不敢大聲呼吸。這時，其中一條最大的怪蟲扭頭朝左右發出幾聲怪吱，餘下的巨型蜈蚣，紛紛翹起觸鬚，摩擦著鰐牙，便朝前疾速擁來。

我的心跳到嗓子眼，緊咬牙關，瞄著打頭的怪物便開了槍，登時那怪蟲就腦漿迸出，仰翻在地。我哪裡敢停，趁剩下的幾條被槍聲稍微震住之際，連續開火，足足打光了五個滿彈的彈匣，那些怪蟲紛紛被打得如同篩子，橫七豎八仰翻在杜志發和趙金生周圍，內臟體液濺了他們滿臉。

看見怪蟲全部被滅，我從灌木叢的石頭後鑽了出來，杜趙兩人見了我，先是一驚，而後驚喜地喊了起來。杜志發捧著我的臉，說：「宣哥，你還沒死？！」

趙金生將匕首插到腰間，說：「我他媽以為自己死定了。」然後過來緊緊擁抱著我，「兄弟欠你兩條命。」

就在我簡單說了一下自己的情況，準備將他們帶往不遠處郭美琪躺著的那棵樹時。從剛才怪蟲過來的方向，突然又響起了同樣的窸窣聲，轉眼的工夫，七八條，十幾條，越來越多，最後密密麻麻的金甲鐮刀巨型蜈蚣，將我們四周圍得水泄不通。

趙金生重新抽出匕首，看著怪蟲，說：「完了，剛才只是打頭陣的，這才是主要部隊。」

杜志發兩腿直打顫，聲音都變了調，說：「宣⋯⋯宣哥，你還有多少子彈？」

「快光了，這麼多肯定打不完。」

「那怎麼⋯⋯怎麼辦？」杜志發問。

還沒來得及回答，四條怪蟲就衝了上來，我開槍打翻兩條，但另有兩條分別撲向杜志發和趙金生。趙金生畢竟是練家子，死死抵住怪蟲下顎的同時，由下往上，一匕首刺穿巨型蜈蚣的腦袋。杜志發則被撲倒在地，雙手護住顏面，那怪蟲揮舞著鋼鐵齶牙就咬了上去。

我見狀一手持槍，另一手抽出四棱刺，從側面反身反手刺出，直透蟲甲，四棱刺的尖頭穿了過去，與杜志發的臉相距不足一公分。

此時，剩下的群蟲躁動起來，昂首磨牙，吱吱如潮水般開始進攻，我們三人看著面前的景象，驚得不知所措，心知任何抵抗都已徒勞。在這最後一刻，我卻下意識地朝旁邊郭美琪的方向看了一眼，眼前浮現出她的模樣。

眼看金、紅、黑三色混合的怪蟲潮水已經近在咫尺，從眼前兩側卻突然躥出兩股巨大的火焰，交叉噴向蟲群，緊跟著無數的怪蟲似乎油桶被引燃一樣，劈啪作響，瞬間燒了起來。接著，密集的槍聲響起，怪蟲死翻在地無數，那奇怪的火焰再次從兩側出現，噴向剩餘蟲群。

而我、趙金生、杜志發三人，則趁勢將近前的幾條巨型蜈蚣解決。在機槍與火焰的毀滅性攻擊下，怪蟲群的進攻陡然化解，四散逃竄而去，不一會兒眼前便只剩下燒焦泛著惡臭的蟲屍。

接著五個男人從四周叢林裡鑽了出來，其中兩人身上背著火焰噴射器，其餘三人手裡舉著輕機槍。我瞪大眼睛看著他們，驚呆在原地，手裡還握著那把四棱刺。

一個中年男人走到我面前，蹲下身用手捏住離我最近的一條巨型蜈蚣的觸鬚，將蟲子的頭部拎起，查看了一番後，站起身，指著那些怪蟲，說話速度很快，如同機關槍般對我說：「知道這些是什麼嗎？遠古蜈蚣蟲，出現於石炭紀，二疊紀時期滅絕，距今三億年。你們運氣實在好得不得了，如果沒有碰上我們，你們現在已經被大卸八塊了。不過不用謝，在這裡多一個人，多分保險。」

直到此時我還沒能緩過來，咽了幾口唾沫，想說什麼沒說出來，只能盯著這個男人，透過眼神表達我的感激之情——男人中等個頭，髮際線很高，換句話說，可能有地中海型禿頭乃至禿整頭的風險；四十多歲，既不苗條也不壯，給人一種在大學裡爲了拼職稱而奮鬥的中年講師的形象。

杜志發雙腿已經全軟，爬了幾次才站了起來，問：「你們是誰？」

中年男人笑了一下，說：「不先說謝謝，反倒查起戶口來了？」

這時我心裡隱約泛出疑惑，說：「難道你是簡清明？」

「簡清明？」中年男人啐了一口，「那個王八蛋。」

見他這麼說，我心裡立刻放了心，說：「老哥，還有幾位，多謝多謝，要不是你們，恐怕我們幾個已經去了。」

那人狐疑著上下打量了我一番，問：「你怎麼會知道簡清明？」

趙金生說：「我們是來抓他的。」

這時我想到郭美琪，連忙說：「老哥，我們還有個朋友受了傷，現在傷口化膿發炎，已經暈了過去，就在旁邊，能不能幫我們救救她？」

中年男人考慮了片刻，說：「帶路。」

我連忙領著他們來到不遠處郭美琪休息的地方，此時她已完全昏迷，倒在樹下不省人事。那人蹲到郭美琪身邊，摸摸她額頭，接著顯然看到了她手上的傷口，仔細檢查一番，然後轉頭對著他們其中一人打了個響指，說：「草藥。」

我左手邊一人便走了過來，從挎包裡掏出一團東西，遞了過去，中年男人蹲在地上，抬頭看看我，說：「趕緊來幫忙啊，愣著幹嘛？」

我反應過來，連忙蹲下，解開郭美琪傷口上包紮的布條，露出已經化膿糜爛的手心。這人先用隨身水壺裡的水將傷口清洗一遍，然後從那包東西裡挑出一些已經切碎成漿的紫黑色植物根莖，抹到郭美琪手心，用新布墊住，繼續幫手背上藥，最後全部包紮起來。

看著他麻利地幹完，我說：「實在太感謝你了。不過如果沒有消炎藥，恐怕……」

「這裡沒有消炎藥，一切西藥都沒有。憑我的經驗，可以負責任地告訴你，這種植物有很好的消炎作用，如果沒辦法救回來，那就算立刻給她打青黴素，也沒用。」說話速度仍舊很快，這似乎是他的一個特色。

聽他這麼說，我心裡對郭美琪的擔憂稍微減輕一點，然後忙問：「老哥，你們是什麼人？這是什麼地方？」指著甏翻在地的幾條大蟲，「距今三億年的蟲子，又怎麼會在這裡出現？」

這人向後抓了抓本就不多的頭髮，說：「第一個推測此處存在的人已經不在人世；我們五個和簡清明他們十個，是第一批實際發現此處的人；而你們四個，算是世界上第二批過來的。」

我問：「你們是和簡清明一起下來的？」

「是。但我是被逼的，他們抓了我。」

趙金生問：「那簡清明在哪裡？」

「他們已經去了對岸的陸地。」

杜志發問：「對岸？什麼對岸？」

我說：「這裡只是一個島，真正的陸地，在海那邊。你和趙金生怎麼到這的？」

杜志發說：「從沙灘上走過來的。趙金生說得穿過林子才可能遇到人，所以到了這裡，卻招惹了那些怪蟲，幸好遇到了你們。」

中年男人說：「我們恰好在附近，聽到了槍聲，就趕了過來，正好遇上。」

我看了看他們的裝備，甚至還有火焰噴射器，問道：「你們的裝備怎麼這麼好？我的槍是從一艘沉船上撿的，你們也是從那裡找到的嗎？」

「不是，是從潛水艇上帶下來的。」

我們三人幾乎不約而同地驚訝道：「潛水艇？」

「是啊，潛水艇，不過是微型的，每艘載員十人，一共兩艘下來的，我們幾個一艘，簡清明他們一艘。」

杜志發驚喜著說：「在哪？」

這時，一個小夥子扔過來兩雙靴子，因爲杜趙兩人到此刻還是光著腳。

中年男人說：「在海邊，不過柴油已經被簡清明他們全都抽走了，開不了。因爲他們潛水艇的油不夠返航，所以到了這後，就把我們的油和藥品全都帶走了，而每艘微型潛艇只夠裝十個人，所以將我們五個扔在了島上。」

我皺著眉，有些想不明白，問：「你們不是從黃泉洞裡下來的嗎？怎麼可能有微型潛艇？根本運不進去啊。即使運進去，那豈不搞得人盡皆知了？還有，你說你是被簡清明逼著下來的，這些，到底怎麼回事？」

那人嘆了口氣，說：「我有個老師，他在研究長江斷流時，推斷出這裡應該存在一個人所不知的空間，也就是我們現在身處的地方。他還預測，這個空間裡會有許多地表世界已經消亡的上古物種，以及龍和鬼雨法螺。這個研究成果，他只跟我提過，並且明確了勘察計畫，就是泰興長江段，並重點關注黃泉洞。但不知爲何，可能他所在的研究所裡有人洩密，南珠世家的簡清明一夥人得到了消息，就找到了我的這位老師。不過他老人家到死都沒講，但簡清明卻透過老師的手機記錄，發現幾乎全是與我的通話，所以找到了我。」說到這裡他又是一聲嘆息，「我沒有那種風骨，比不上老師，所以我帶他們來了。」

我越聽越激動，說：「你說的這位老師，是不是叫楊子衿？」

那人吃驚地看著我，問：「你怎麼知道？」

「他是我爺爺。我就是因爲爺爺的死，才一直追蹤到這裡。」

「你……你是楊宣？」

我點點頭，繼續問：「那微型潛水艇是怎麼回事？」

「簡清明兵分兩路，一路人馬透過龍牙號，在長江江面進行勘測，一路人馬進了黃泉洞水下勘測。在發現了黃泉峽谷之後，覺得靠人潛水進去實在過於危險，於是在黃泉的另一側，也就是長江的底部，進行水底工程作業，掘開了江底的沙礫石層，使得黃泉與長江直接連通。」

趙金生在一旁抱著粗壯的雙臂，說：「看來我們在洞裡時的推測是對的，黃泉上半層的水全都以地下水的形式，透過那段沙礫石層，匯入了長江。」

杜志發問：「龍牙號？龍牙號是什麼？」

「就是他們在長江的勘測船，對外宣稱是考察船，裝備十分精良，底艙可開合。兩條微型潛水艇，就是從龍牙號底艙暗中下水，然後通過江底掘開的缺口，進入黃泉，最終通過黃泉峽谷，到了這裡。不過簡清明這人極爲陰險，他在事前便已想到，此行微型潛水艇的柴油可能不夠返航，因此特意讓我們也一併下來，權當是帶著一艇備用柴油。一到這裡上岸後，趁我們不備便繳了我們的械，將柴油與藥品全都帶走，只是艇裡的裝備帶不了，只能留下。」說到這裡，他問：「你們是怎麼來的？」

我說：「潛水進來的。」

中年男人朝另外幾人對視了一下，然後說：「×，你們也太強了。這都敢？」

我想了想，問：「這麼說來，我們確實是在地底了？黃泉下面？但我曾到過一個土坡，坡頂全是沉船，上面還立了一塊大石碑，上面刻著——孽鏡臺前無好人。如果這裡是在地底，那怎麼會有人立下石碑，並把沉船全都拉到坡頂上去呢？」

「此事說來極為複雜，我們慢慢講。」這個人指揮其餘幾人搭起似乎是自製的極為簡易的帳篷，像個塑膠屋頂，擋住頭頂的風雨；也開始在地上挖無煙灶，生火燒水，並在周圍設好警戒線和暗哨。

我看著這一切，心頭莫名有些激動，似乎從原始人時代回歸了人類社會。

眾人靠火坐了下來，他遞給我們幾根看起來很像雪茄的東西。我嚇了一跳，接下後看見他自己叼了一支，然後拿起一根燒著火的木柴，斜著腦袋點上，抽了起來。

我有點難以置信，問：「這是什麼？」

「雪茄啊！你不認識嗎？」

「但這裡哪來的雪茄？」

那人看了看四周，指著其中一簇植物，說：「那就是紅花煙草。」然後又抬頭找了一會兒，指著一根掛有很多暗色葉子的枝條，「這裡有一種鳥，很喜歡啄紅花煙葉，經常將煙葉子帶到樹枝上，掛在那裡，時間長了，就被晾成這種暗色模樣。你手裡拿的，就是我用這些被掛在樹枝上天然晾成的煙葉捲起來自製的雪茄。抽一口，就會發現雖然味道截然不同，但口感簡直比Cohiba（古巴雪茄中的知名品牌）還要好！」

我們三個將信將疑地點上，這時，一旁的郭美琪竟然動了幾下，然後睜開了眼睛，看著周圍，顯然吃驚不小。我樂壞了，看她驚奇的樣子，我將剛才發生的事講了一遍。郭美琪不可思議地搖著頭，那人從鍋裡舀了些開水倒在一個瓶子裡，遞過來，說：「多喝些水，再持續上幾天藥，妳應該不會有大事的。」

我感謝再三，郭美琪捧著水瓶，我又給她披了條這人遞過來的毯子。他吐了口菸，定了定神，說：「剛才你講的那座滿是沉船的坡頭，我們也去過，石碑上刻著——孽鏡臺前無好人，而傳說中的陰曹地府裡，也有一座孽鏡臺，並且上面刻的就是這句話。」

杜志發說：「你是說，這裡是陰曹地府？」

「肯定不是陰曹地府，這些石碑也好，沉船也好，肯定是人弄的，但不是我們。那就說明，這個地方，在我們到來之前，就已經有人存在和生活了。」

第二十三章 圖靈

「地下有人生活？」趙金生不可思議地問道。

「是啊，這有什麼奇怪！我們現在不就在這裡嗎？我都在這活了快兩個月了。」

「火焰噴射器幹嘛用的？」杜志發問。

「殺龍用的囉。這還是我提議的呢，我早就推測到這裡的物種，普遍體內含油量較高。比方黃泉水下的那些發光綠藻，你們如果用顯微鏡觀察，就會知道，那些微藻簡直就是油葫蘆，含油量比油菜籽高十幾倍。再比如剛才的那些遠古蜈蚣蟲，用火焰噴射器殺起來，一個燒一個，跟火燒連營似的。所以我猜如果有龍，肯定也是這樣。」

我覺得好奇，問：「老哥，你究竟是做什麼的？爲什麼對這些東西這麼了解？是我爺爺的學生？可是您這年紀，似乎比學生要大很多吧？」

「這就說來話長了，我叫梁丕，原先是在大學裡研究地質古生物的。」

郭美琪慢慢恢復了些精神，問：「涼皮？陝西涼皮？」

「梁啓超的梁，上『不』下『一』、曹丕的丕。另外，我的外號也不叫涼皮，道上的朋友喊我——圖靈。」

猛一聽到「道上」這詞，似乎立刻聯想到高大兇惡的綠林好漢，但是眼前的梁丕，只是一副知識分子、研究員的模樣，頭髮還快要謝頂，與道上還眞聯繫不起來。唯獨說話速度很快，另外眼神裡透著十二分的精明。

我說：「丕這個字，似乎很少有人當名字啊。也就只聽說過曹丕了。」

梁丕嘆了口氣，說：「告訴你們也無妨，反正現在大家同坐一條船。

「其實我本名叫梁大紅，談戀愛時，我信誓旦旦承諾我老婆，結婚時一定買彩色電視給她，結果只買了個收音機，那時候是一九八七年。後來我說，五年內一定分到單位的樓房，結果五年後還是住在單位的雅房宿舍裡，每天早上跟人排隊擠廁所；過了兩年我就說分不到算了，三年內我們自己到外頭去買間房，不求人。

「但你們也知道，做學問搞研究能有幾個錢！所以一直到一九九七年，我們還是住在雅房宿舍裡。再後來我說，沒錢歸沒錢，我們感情融洽，比人家幸福也可以啊，所以承諾每天由我接送小孩，每週陪她逛一次街，每個月陪她看一場電影。結果那年因爲處於我研究的關鍵階段，所以搞得我三天兩頭忘了帶孩子，更別說逛街、看電影了！最後我說，算了算了，沒錢沒時間，但我一定在學術上事業上取得成就，年底一定有研究成果，到時候我就是享譽全球的生物學家。結果到年底時，上面告訴我，我的題目被砍掉了，因爲沒有價值。

「終於我老婆實在受不了了，跟我離了婚，孩子歸她，臨走前甩我一巴掌，留下四個字——言行不一！

「我一點也不怪我老婆，回想這麼多年，我他媽確實是個渾蛋，所以我發誓，不但要把以前的承諾全都兌現，而且要加倍補償他們母子。爲了牢記我老婆留下的四個字——言行不一，並且警醒自己，所以我把名字改了，叫梁丕！丕嘛，就是言行『不一』的意思。然後發狠辭了職，從一九九七年做到現在已經六年了。」

梁丕這一大通說下來，我很佩服他的口才，儘管覺得挺囉唆，想直奔主題，但人家救了你，又是去找簡清明、從這裡出去回去的嚮導，你總不能不讓他說吧。

杜志發倒是聽得一頭熱，等他講完，忙問：「你當時研究什麼題目啊？怎麼會被砍掉呢？」

「我的研究方向是——生物學中，以達爾文進化論無法解釋的斷層現象的存在論證，暨以分期突變論，全面取代進化論的適配性研究及應用分析。」

我和杜志發兩人面面相覷，幾乎同時說：「聽不懂。」

梁丕聳了聳肩：「簡單來說就是，進化論是錯的。這個世界上的生物是一批批突然出現的，而不是慢慢逐步進化出來的。好比你們玩網路遊戲，每一次版本更新，下載補丁包升級後，程式都會修改、刪除一些原有怪物，增加一些新怪物。這些新增的怪物，就是我所說的突變產生的；而所謂分期，指的就是每一次的版本升級；所謂斷層現象，就是指在生物學考古上，無法發現新怪物與舊怪物之間的過渡品種。有些人說，考古沒發現過渡品種的化石，並不代表就一定不存在，但我深信，所謂的過渡品種是不存在的，這就是我致力去證明的。」

我倒是聽懂了，但心想這老哥八成是被離婚給刺激瘋了，還是讓他少瞎扯，趕緊講些正經的，於是笑著說：「大哥，你這理論也太超前了，怪不得要被砍掉。但是，你跟我爺爺，實際上是什麼關係呢？」

梁丕絲毫不受我的話題引導，仍堅定地說：「自然界是一個超級系統程式，經過無數次補丁包，增刪修改地圖和物種，最終升級成現在的世界版本。我知道你們不會相信，不過這也沒什麼，反正在一九九七年時，我的題目已經被砍，研究經費當然也沒有了，然後我老婆又跟我離了婚。年底時，我辭了職，從此走上現在的這個行當。」說完這段話，他才回答我的問題，「你爺爺是我在大學時的老師，但畢業後我們並不在一起工作。一年多前，他告訴我這個關於長江斷流的研究。」

「我爺爺認可你的題目？」

梁丕兩手一攤，說：「楊教授也不認同我的題目，他覺得我是瞎胡鬧。」

我朝杜志發和趙金生笑笑，然後回頭說：「既然我爺爺不認可你的題目，那他爲什麼會聯繫你呢？」

「雖然長江斷流跟我的題目無關，但長江斷流關乎地質、古生物，而且最關鍵的是，我的團隊在實地勘察測繪方面的功底與技術，是國內數一數二的。另外，他雖然不認可我的題目，但很欣賞我，儘管畢業後不跟他一起工作，但這麼多年來一直都有聯繫。最重要的是，這次的長江斷流研究，在楊教授看來，可能會揭開地下世界的冰山一角，特別是有可能解開龍和異珠的神祕面紗，所以他想祕密進行，不想讓業內人士知曉，所以必須找個值得信任的人選。最終，找到了我。」

杜志發問：「大哥，你說你的團隊的什麼玩意的技術很厲害，你到底是幹嘛的？」

梁丕瞥了一眼我仍舊掛在腰間的那只怪螺，似乎毫不驚訝，說：「簡清明他們是採珠的游蜂、貝商的撈螺人，但我不是幹這個的。我的客戶包括——游蜂、貝商、考察隊、盜墓者、考古隊、海盜、走私犯……一切需要『標的地點和路線』服務的行業，我是他們的上游供應商。全中國，乃至放眼全球，一切下落不明的標的，只要你想去尋找，我都可以爲你提供其所在地點和到達路線。不管你從事的是哪行哪業，我只負責提供地點和路線，好比地圖商店，入行這麼多年，道上的朋友給我個外號——圖靈，所以我的公司也叫作——圖靈諮詢。」稍微頓了一下，然後梁丕模仿電視上打廣告時的口氣：「找不到地方，來問圖靈！」

杜志發以一種既難以置信，又相當滑稽的表情盯著他看，那神態似乎在說：「你他媽太瘋狂了吧？！」

趙金生說：「你剛才說游蜂？這個似乎很耳熟。」

郭美琪在一旁披著毯子說：「游蜂營嘛，南珠王簡雲漢是清朝游蜂營的都統。」

梁丕說：「那時管採珠的叫游蜂，現在很少有人知道這個叫法了，除了簡清明他們這些世代做這個的，一般人沒人這麼喊。不過簡清明是個瘋子，他想創建一支游蜂營，重現他祖宗南珠王的輝煌。」

我喃喃地念了一遍：「游蜂？這名字確實有點意思。在水裡游的蜜蜂？」

梁丕說：「蜜蜂尋花採蜜，恰如他們尋水採珠，同時採珠又是潛水游泳，所以便叫游蜂。不過不是所有採珠人都可稱爲游蜂，只有透過相水術，在各地尋找符合條件的各種水域，潛入其中尋採異珠的，才能稱游蜂。尋常下水，按部就班採普通珍珠的，只能叫採珠人，人工養殖珍珠興起後，叫作珍珠潛水夫，算不得游蜂一族。」

郭美琪說：「聽說簡清明他們南珠王世家，從人工養殖珍珠興起後，就離開了中國？」

「嗯，是的。因爲珍珠的價值主要在珠寶市場，而國際頂級的珠寶市場，基本上都在歐美，所以南珠世家移民到了美國，不過因爲受到美國本土一派採珠家族的打壓，不太立得住腳，於是將大本營安在香港。」

我說：「美國也有採珠家族？」

「何止美國！全世界主要的採珠勢力有三個，日本的板倉家族、美國的維文家族、中國的南珠世家。板倉家族做得比較大，除了採珠外，還有別的行當；美國的維文家族，最初源於英國，十九世紀才到美國。除此以外，還有很多，但大部分在人工養殖珍珠興起後，都銷聲匿跡了。」

我想起麥教授說過這三家，但沒有提到具體名稱，不過卻說這三家都掌握了貝類毒素提取技術，便問：「他們都會使用貝類毒素？」

梁丕努努嘴，說：「貝類毒素提取並不是什麼太困難的技術，我也會。比如有種海螺叫作織紋螺，根本用不著提取，就能讓人中毒。用一些稀有的有毒貝螺，可以輕易萃取出毒素，最厲害的是從無毒貝螺中，提取出有毒物質，因爲極其罕見，且致命原理跟毒藥不同，所以很少會被檢測出來，或者說根本無法檢測。有時在中毒期間，如果去看醫生，再怎麼化驗，都只是感冒症狀，最後死亡，也是感冒引起的併發症，你怎麼查？」

說到這裡，他長嘆一口氣，「楊教授就是被他們這麼滅口的呀，直接導致心肌梗塞。」然後又盯著我看，「不過你確實很聰明，竟然能想到這點，並且最終查到這。」

郭美琪看著自己的手，問：「孽鏡臺到底爲什麼會讓人產生幻覺？」

「因爲坡下的礦石，會散發一種射線，對腦神經產生干擾，勾發出每個人心裡最爲恐懼，或者最無法釋懷的悲痛之事，並且多人之間會互生幻覺。我們本來一共八個人，找到沉船墳場後，想看看有沒有剩餘的柴油，結果不知不覺中便有了幻覺，互相殘殺，死了三個。於是我們剩下的人趕緊跑回林子裡，搭了個棚子。」

郭美琪驚訝地說：「原來那個棚子是你們搭的，那石頭上的『我能回得去嗎？』也是你刻的了？」

梁不笑笑，點頭說：「沒錯。」然後站起身，朝前走了幾步，看著遠處說：「這片地下大海，與黃泉峽谷的底部相連通，兩者之間的路線，就如同英文的字母J。而且這裡的空間非常之大，據我估計，足有江蘇、山東、河南、安徽四省加起來的面積大小，也處於這四省之下，而我們現在的位置在江蘇下面。」

我問：「你說你和我爺爺是因爲研究長江斷流，才推測到這裡存在的，但我不明白，這裡與長江斷流有什麼聯繫？」

「你們是從峽谷下潛的，最後卻從海裡被沖上來，這說明這片大海與黃泉峽谷是相通的。並且這片地下大海的含鹽度非常高，高到驚人，你們被沖進來之後，基本是沒辦法被淹死的，跟死海似的。原因是海底大面積的活火山使得海水溫度很高，蒸發相當強，所以你在海邊時海水沖刷在身上都是溫暖的；而海裡蒸發的水，最後全都因為壓力強度，轉到島上林地，包括西北面的陸地山川，形成降雨了，所以這裡的降雨基本上不停，兩次降雨之間隔不了幾個小時。」

我恍然大悟，醍醐灌頂般說：「我明白了，這片地底海水鹽分異常高，又與黃泉淡水相連，最終連通長江，所以長江淡水自然形成倒流現象，朝黃泉峽谷而去，流進這片海。這就是為何黃泉底部的水會與上半層的水形成逆流和分層現象，最終都統統被峽谷吸進來的原因，根子原來在地底鹽海上。」

梁丕說：「基本上正確。隨著海裡水分的蒸發，地底鹽海的鹽度是不斷上升的，長江淡水流進來的速度也會逐漸加快，當到達一個臨界值時，就會形成江水大倒灌現象，天文巨量的江水會灌入這片幾乎成為鹽鹼的地下海，進而在長江表面形成斷流現象，直至地下海的鹽分降低到正常範圍，長江才會重新浩浩東流。到達臨界值的過程非常漫長，所以歷史上一共只有兩次斷流記錄。」

杜志發聽得下巴都快掉了，問：「那為什麼我們被沖上海灘後，沒有得減壓病？」

第二十四章 望氣術

梁丕說：「因爲無壓可減，到哪裡得減壓病？黃泉峽谷的深度爲一千公尺，也就是水壓一百個大氣壓，你們這時如果突然上浮到地表海面，也就是從一百個大氣壓，瞬間變爲了一個大氣壓，那麼百分百會得減壓病死掉，但你們到的是地下海的表面，那裡的氣壓與峽谷底部沒有區別，幾乎也是一百個大氣壓，所以你們所承受的壓力強度沒有改變，得什麼減壓病呢？」

然後他在地上用樹枝畫了個字母Ｊ，說：「Ｊ的頭部是江底，垂直部分是峽谷的深度，而彎鉤的鉤的位置，就是地下海的海平面位置，其海表壓力強度與峽谷底部幾乎是一樣的。這裡的地下空間，壓力強度最大的部分就是海邊，越往北面，壓力強度會逐漸減小，海裡蒸發的水分也是逐漸往北移動的，不停降雨。」

趙金生搖著頭，難以置信地說：「飽和潛水的世界紀錄是七〇一公尺，但我們這次竟然潛了一千公尺？」

我笑著說：「趙金生，你確實很厲害嘛！一般人，就算是潛水夫對這些可能都沒有這麼清楚瞭解。不過既然說到這個，你別忘了，理論上生物可以承受一二〇～一九〇個絕對大氣壓，也就是還可以再深一倍，到兩千公尺都可能。」然後我轉頭朝向梁丕說：「簡清明的這兩條微型潛水艇也夠厲害，能到這麼深。」

「他是花了血本了，從荷蘭訂製的微型潛艇，最大深度可以到一千五百公尺。十座，每艘兩百萬美元。」

杜志發喊了起來：「我×，光兩艘微型潛艇就花了四百萬美金，這人夠狠。」

梁丕繼續說：「我知道你們還有很多疑問，比如，這裡為什麼有光線？據我推測，這個空間的穹頂，是一層可發光的礦石，也就是我們常說的冷光源，跟太陽、火等熱光源完全不同，當然也可能是高氣壓導致空氣電解而發光。另外比如這些從幾億年前，到目前二十一世紀，各種各樣的生物怎麼都會在這裡出現？因為這裡應該早在有生物出現之前，就已經形成了，並且與外界相對獨立，地表有的生物，這裡也會有，而且沒有經過地表的變化，也就是沒有發生過地質史上的五次生物大滅絕事件。

「而黃泉峽谷中，生存著始新世時期的龍王鯨，距今三千九百萬年的物種，想必你們一定是碰上了，否則也不會掉到這裡來。不過你們竟然沒被吃掉，眞的是福大命大，所以我覺得你們的出現，一定是福星！」

杜志發叫了起來：「那玩意叫龍王鯨？差點咬碎我的屁股！」

梁丕說：「龍王鯨生活於海水中，黃泉的鹽分太低，地下海中的鹽分又太高，黃泉峽谷中的鹽分對於龍王鯨是最適宜的，所以龍王鯨不會進入黃泉、長江，或者地下海，只在峽谷中生存。而你腰上的那只怪螺，屬於法螺類型，是不會出現在淡水裡的，你應該是在峽谷中發現牠的，因爲黃泉峽谷中，其實是鹹水。」

這時雨停了，我走出帳篷，抬頭望瞭望天，皺眉說：「高氣壓能導致空氣電離？還有這種說法？」

梁丕也走了出來，說：「空氣電離通常是受射線、電磁場、輻射等作用而產生，我們假設是因爲構成穹頂的礦石所帶有的射線，那麼高氣壓的海邊穹頂處，因電離而產生的螢光效應就會比低氣壓的西北方向要強，所以海邊最亮，越往北是越黑的。而白雲其實只不過是地下海水分蒸發形成的雨霧與穹頂某種微塵顆粒、無機物等的結合體罷了。」

杜志發在裡面說：「你就是個科學狂人啊！」

「我只是個研究地質古生物的，這些只不過是我的合理推測罷了，跟什麼科學狂人沾不上邊。我倒是更希望你們能記住這句話——找不到地方，來問圖靈！」

因爲這人太能侃，所以我不得不想法子讓他只挑最緊要的講，否則還不知他能天南海北侃到哪裡去，於是只能引導著說：「那究竟是什麼人造的沉船墳場？目的呢？沉船上又爲何一具屍體都沒有？最重要的，怎麼找到簡清明，然後怎麼從這出去？」

梁不從口袋裡掏出幾個果子，遞給我一個，扔給杜志發一個，然後自己猛咬一口，嚼了幾下嚥進肚後，說：「難道你們看見孽鏡臺幾個字，就沒有一點感覺？」

我朝杜志發看了一眼，兩人搖搖頭。

梁不邊吃邊說：「傳說中陰曹地府一共有十個閻王，稱作十殿閻君。其中第一殿的閻羅原本是包拯，但因爲經常私放一些冤死或者陽壽未盡的亡魂返回陽間，所以被貶到第五殿。後來第一殿的閻羅叫作秦廣王，專司夭壽生死，統管幽冥吉凶；第二殿的閻羅叫作楚江王，司掌活大地獄，又名剝衣亭寒冰地獄；第三殿，宋帝王，司掌黑繩大地獄……以此類推，直到第十殿。

「其中在第一殿裡，有座孽鏡臺，臺高一丈、鏡大十圍，向東懸掛，上有橫匾寫七字——孽鏡臺前無好人！但凡在陽間作惡多端的惡鬼，他生平所犯罪孽，就如同電影紀錄片一樣，展現在孽鏡之中、自己面前，然後秦廣王便以此爲依據，將你定罪發配下一獄！」

說到這裡，梁丕一雙眼睛瞄了瞄我們，說：「所以，你們想一想，民間傳說中關於十殿閻君的這描述，是不是跟沉船墳場發生的現象很是貼切？」

杜志發聲音顫巍巍地，再次說：「難道我們幾個人已經在陰曹地府了？這裡眞是地獄？」

梁丕咳了一聲，說：「你膽子不要這麼小好不好？剛才我都說了——肯定不是陰曹地府，石碑也好，沉船也好，一定是人弄的。那些一直在這裡生存和生活的人，他們根據陰曹地府的傳說，建造了這個地下世界。沉船墳場只是那個孽鏡臺，而我們現在所處的小島，應該就是沃焦島，或者按照傳說中的名稱，叫作沃焦石、沃焦山。」

我皺眉問：「沃焦石？這是什麼？」

「傳說中，除了第一殿是在沃焦石外、正西的黃泉黑路上；以及最後第十殿，是在沃焦石外，正東方，面對五濁世界；剩下來的八座閻殿都是圍繞沃焦石分布。也即沃焦石是陰曹地府的中心點。而沃焦石之所以得名，是因其處於地獄火焰之上。你們想想，我們腳下的這個島，四周海底火山經常爆發，不就跟沃焦石一樣嗎？如果那些人眞的是按照陰曹地府的格局來建造這裡的話，那麼黃泉峽谷，便算是第一殿；這個島，就是沃焦石；其餘八座閻王殿則應該在海那邊的陸地黑山上，並且陸地是圍繞著沃焦島的，即環形大陸。」

說到這裡，梁丕面朝東方伸出手臂，「如果最終要出去的話，只可能是通過正東方的第十殿，過奈河橋，出地獄，回到地表世界。」

我有些被震撼到了，說：「不可思議，這裡的環境，竟然能和傳說中的陰曹地府對應起來。」

梁丕斜著眼，說：「未必，說不定你本末倒置了，不是這裡的環境能和陰曹地府對應，而是或許有人到過這裡，或者這裡有人曾經出去過，將這裡的情況傳到地上，傳到我們的世界，於是漸漸變成了陰曹地府的傳說。誰知道呢！」

杜志發撓著腦袋，說：「到底這地底下生活的是些什麼人？這麼閒，還造出個陰曹地府？」梁丕搖搖頭，看著遠方，說：「不知道，我很想到那邊的陸地去看看，究竟是些什麼人。咳，可惜啊，被他娘的扔到這裡了。」

趙金生問：「你們不是說去了什麼沉船墳場嗎？那最後找到柴油沒有？」

「沒有，要是找到的話，我們怎麼會還困在島上？早就開微型潛艇去那邊了。」梁丕回頭朝我們看看，「但如果那樣，也就遇不到你們了。」

杜志發說：「游啊。你不是說這片地下海，比死海鹽分還高，淹不死人嗎？那就游過去吧。」

「小兄弟，你先弄清楚那裡離這有多遠再說吧。游過去，游死你啊！」

郭美琪問：「那能不能造個木筏，上面儲備一些食物？」

梁丕答道：「這個可以，我考慮過。但得先摸清海底火山的爆發規律才行，別剛到半路，被地下熔漿噴出來燒死了。」

我說：「那簡清明他們開著微型潛水艇，沒遇到火山爆發？」

「好人不長命，壞人活千年。簡清明個狗×的，運氣就是好，開走的時候沒遇著火山爆發，而且他甚至連這個島周圍有海底火山，並會週期性爆發都不知道，就這麼大搖大擺開走了，眞他媽沒話說。」

我苦笑道：「不知者無畏。」

「是這話，我們知道有火山了，現在當然不敢。不過據我兩個月的觀測，似乎每個月只有一次。我們可以現在就做筏子，等下次火山噴完之後，就下海走人。」

趙金生問：「你的潛艇沒被火山燒壞？」

「沒有，停在一處彎區，那裡至少到目前爲止，下面還沒有噴出來過熔漿。水溫雖高，但燒不壞鋼鐵，只是唯獨沒油，愁死我了。」

「那簡清明怎麼知道去哪找龍和鬼雨法螺呢？」我問道。

「他們南珠王世家的人會望氣術，以前找剛由蛟化爲的龍時，這幫人就是透過相水術、地理堪輿，以及望氣術提前鎖定。」

郭美琪朝我看看，說：「這個麥教授也講過。」我點頭嗯了一聲。

梁丕接著說：「所以到了這裡後，簡清明一下子便認定了方位。我猜，他是朝東邊第十殿的位置去了。」說著，梁丕瞇起眼睛，聲音輕了下來，「如果沒猜錯的話，想必這條龍的巢穴，應該就是第十殿。」

我渾身打了個冷顫，說：「你剛才說第十殿就是出去的地方，現在又說龍的巢穴就是第十殿。那意思就是，龍穴是連通地表世界的通道？除了來時黃泉峽谷以外的，另一條出去的路？」

梁丕說：「黃泉峽谷水流太急，潛艇下來容易，上去幾乎不可能。如果還有出去的路，那麼一定是在第十殿，有極大可能就在龍穴。當然，這一切都是我的推斷，是建立在孽鏡臺，以及此處沃焦島基礎上的。另外還有一點依據，就是簡清明根本沒提過如何回去的問題，想必他心裡應該很清楚怎麼回去，唯一的解釋就是，他們游蜂又號稱屠龍者，對於龍應該有不少瞭解，說不定知道龍是鎮守地下與地表兩個世界之間通道的神獸。」

到此時，我們心中的疑惑大部分都得到了解答，眾人沉默了許久，各自想著各自的心事。最後我問：「老哥，你給這個地方取名字了嗎？要不然提起來不方便。況且你又是第一個實際發現的人。」

梁丕笑了笑，說：「其實這個成就應該給你爺爺，不過他已經不在了。我看這裡既然跟陰曹地府那麼像，就叫十獄閻殿吧。」

「怎麼講？」

「傳說十座閻王殿，每殿都有一個大地獄，一共是十個地獄，所以叫『十獄閻殿』。」

第二十五章 鬼卒

這時一個小夥子過來灌開水，揭開鍋蓋，杜志發看了一眼後說：「怎麼這麼久還沒開？」

小夥子笑笑說：「你可別忘了這裡的氣壓有多高，想看水沸騰，慢慢等吧。」

此後，我們便在林子裡每天打獵、儲備食物、砍樹紮筏子，等著下個月火山的噴發，看到底是不是符合規律，以確定出海時間。郭美琪則養傷，不知是那種草藥有著極強的療傷作用，還是在這個高壓原始的特殊環境中，人體本身恢復的速度很快，她手上的傷口短短五天之內，便已經全部癒合，痂掉了後，一點傷疤都看不出來，連印子都沒有，並且手靈活如初，我心裡這才鬆了一口氣。

然後也弄清楚了，這些日子裡，我和郭美琪一直賴以為生的那種蟲子，叫作白堊甲，顧名思義，是最早出現于白堊紀的一種甲蟲。現在回想起來，閉眼皺眉逼著自己，將那種甲蟲活生生放進嘴裡，一咬之下，腔汁噴滿口的感覺，實在糟糕透頂，至於是什麼味道，已經記不太清了。

而梁丕也帶我們見識到了林子深處，隱藏著的各類危險物種（我和郭美琪從海岸進入森林的外層，之後一直拼命往裡走，到梁丕發現我們的這裡，才算是剛剛到達森林深處的周邊，就遇到遠古蜈蚣蟲了），最令人震驚的要算「蛇髮藤」——本質是一種樹，卻長著蛇形的枝條，遠遠看去就像是一棵樹的各個枝條上攀滿、掛滿了蛇，並且蛇身與蛇身相連，蛇頭還在不斷昂起扭動，人或動物如果不小心碰到枝條或者樹幹，立刻就會有無數藤蔓枝條迅速伸過來，死死纏住你，勒住你，從你的九竅中鑽進鑽出，那情況當眞恐怖至極。

基本說來，五代十二紀的物種，幾乎都有。

唯獨一點令梁丕費解不已——林子中除了先前被我遇到的那種天上飛的鳥蛇怪外，陸地上卻從來沒有出現過活的大型史前動物，比如恐龍、劍齒虎、恐豬……但是，梁丕卻偶爾能發現這些大型史前動物的屍骨。注意是骨頭，而非化石，也就是說它們死去的時間，並沒有那麼久，至少還沒久到能成爲化石。那它們是怎麼死的呢？爲何獨獨這些大型史前動物死了？眞是很奇怪的事啊！

砍樹紮木筏的任務，由趙金生跟四個小夥子負責。那四人本是簡清明的手下，但因爲簡清明搶了他們微型潛艇上剩下的柴油，將他們和梁丕一起扔在島上，因此個個都恨得咬牙切齒，自然轉變爲梁丕一夥。另外，梁丕這人雖然看起來眞的很一般，就是個落魄大學中年教師的模樣，但天文地理無所不通，尤其本就是研究地質古生物的，在十獄閻殿這個地底環境裡遊刃有餘，所以大家也都心服口服。

其餘四人則繼續探索沃焦島，這天，我們在造木筏處東南邊不遠的地方，發現了一片奇怪的小湖。水爲草綠色，很鮮嫩翠豔的一種淺草綠，而不是常見湖泊的那種墨綠色，看起來讓人覺得是某種飲料。湖面漂浮著一層稀疏的藻類，但這藻類不像是浮萍，彷彿是被人切成碎末的藻類植物，再撒到水裡來的一樣。

梁丕蹲下來，用手試了下水，回頭說：「怪了，這水是溫的。」

杜志發一聽，立刻開始脫衣服，我問：「你這是準備幹嘛？」

「我×，宣哥，沒聽見老梁說水是溫的嗎？那肯定是溫泉啊，火山多發處，那可是極品溫泉，能治病的。不下去泡一泡，虧了。」

郭美琪哧地一笑，看著他說：「你是不是八百年沒洗過澡啊？見了水就想往裡跳。」

梁丕忙伸手說：「等等，這水有點奇怪。」

「怎麼？不是溫泉？」杜志發提著褲子問。

「是倒是，但重點是水不對。」梁丕站起身，托著下巴咂咂嘴，「這顏色怎麼看怎麼不對勁。」

然後他又用手撈起一把水藻，「看這水藻，明顯是被切過的呀，都是些碎末。」

我朝湖邊走了幾步，說：「該不會是你說的那種鳥，叼來的草扔到水裡的了吧？」

「不像。」

郭美琪說：「如果真是切過的，而且還不是鳥，那肯定就是人囉。」

杜志發光著背，不甘心地提著背心，說：「什麼鳥人閒成這樣，把水藻切碎了還扔水裡，這不是脫褲子放屁嘛，真他媽掃興。」

梁丕笑著走了過來，拍了拍他的肩膀，說：「塞翁失馬焉知非福，說不定人家這是救了你一命呢。或許這水你一下去就會出事呢。」這時，營地方向升起了炊煙，梁不回頭望了望，說：「走吧，該吃飯了。」

於是我們轉身爬上湖岸，沿著高地往回走。身側不遠處就是大海，這時我看著遠方，停住了腳步。

郭美琪問：「怎麼了？」

我用手指著海面，說：「那邊似乎有些黑點。」

梁丕也停了下來，順著我指的方向，掏出望遠鏡看了起來，我見他一直在調焦，並且左右橫向來回看了許久，知道肯定是有什麼東西，便問：「老哥，是什麼？」

郭美琪在一旁用手搭著涼棚，向遠處眺望，說：「好像是船吧。」

「船？嘿，來人啦！哈哈。」杜志發笑了起來。

我卻沒杜志發那麼開心，這裡可是地底，即使來人，鬼知道來的會是什麼人，於是扭頭繼續問梁丕：「是船嗎？」

梁丕默不作聲，眉頭緊鎖，將望遠鏡遞給我。我拿起後迅速望去，只見平靜無垠的海面上，出現黑壓壓約莫十幾艘船，每條都是鐵甲武裝，做成尖刺狀、骷髏狀，而船上站著的船員，個個都是虎背熊腰、健碩無比，身著厚實恐怖的皮鎧，但臉的下半部卻統統帶著骷髏骨頭一般的面具，只有上半部的臉露在外面，乍一看，就像是半肉半骷髏的食人惡魔一般。見到這般景象，我懵了，放下望遠鏡。

杜志發在一旁還嬉皮笑臉，問：「怎麼樣？宣哥。」

我將望遠鏡傳給郭美琪，杜志發最後一個看完，沉默許久後，愣愣地看著我們三個，問：「這……這什麼意思？」

梁丕突然想起什麼來，說：「你們趕緊回去叫他們把火滅了，要不然這些人看到煙，會找過去的。我留在這裡繼續觀察，你們到營地準備好槍彈等我。」

於是三人開始飛奔，到了營地後，我立刻捧起一盆水澆熄篝火。

趙金生問：「出什麼事了？」

我說：「大家趕緊將槍彈準備到位，海面上來了十幾艘船，全裝著人，長相打扮很恐怖。老梁現在還在海邊觀察，我們得隨時做好準備，以防萬一。」

趙金生拿起槍，臂上的肌肉遒勁，嫺熟麻利地卸下彈夾，查看子彈，再裝上、上膛。又從地上的包裡掏出一疊滿倉的彈夾，一個個塞進身上的子彈袋。

杜志發慌了神，那把手槍，先是哆哆嗦嗦地壓子彈壓了半天，幾次子彈都掉到地上，最後好不容易壓完，塞進槍托底座後，拉槍機上膛又拉了幾次，總算全部弄完，拿槍的右手不斷抖著，他走了過來，說：「我們就在這？」

郭美琪說：「還能去哪？說不定那些人不會來這裡的。」

「萬一他們在船上看到了剛才的炊煙呢？」杜志發擔憂道。

趙金生湊了過來，說：「這附近有個山洞，如果需要的話，我們可以進去避一避。」

我皺眉想了想，說：「這附近沒山洞啊？！」

「前幾天我們砍樹時剛發現的，從這裡往西一二里路就到。」

我點點頭，說：「等老梁回來，到時你帶路。」

「嗯。」

這時，遠遠看見梁丕鬼頭鬼腦地鑽回了營地，杜志發趕緊問：「什麼情況？」

梁丕蹲下來，輕聲說：「那幫人上岸後，徑直去了剛才那片湖，然後好多人抬著水桶，桶裡裝滿了水藻，往那湖裡倒。」

我問：「他們到底在幹什麼？」

「鬼知道啊。沉船墳場八成就是他們弄的。你們先別出聲，我再去看看。」

梁丕這句話剛說完，杜志發站起身的時候，手不小心一抖，砰的一聲，槍走火了，他自己被嚇得蹦了起來，槍聲在林子裡回聲都傳出好遠。

大家都驚呆了，屏住呼吸，一會兒的工夫，就聽到附近響起哇哇亂叫的聲音，然後就有人影躥了過來，緊跟著嗖嗖嗖幾支箭射到營地，一個小夥子直接被命中喉頭，倒了下去。

梁丕大喊一聲：「跑啊！」

趙金生站起來，朝著對面人影就是一梭子子彈，然後吼道：「跟我來。」轉身帶路朝西邊跑去。營地裡的東西，除了各人隨身攜帶的槍支，其他全部落在了那裡。

耳邊不斷有羽箭飛過，除了最開始倒地的一人，另外又有跑在最後的一個被射中。杜志發自己闖的禍，但他卻跑得賊快，要不是不認識路，估計這小子猴子一樣亂竄，能跑到趙金生前頭去。

七個人奪命狂奔，但後面那些骷髏頭一樣的強壯野蠻人卻窮追不捨，一口氣跑下八九百公尺的山路，似乎看不到後面那些鬼卒的影子了，但大家哪裡敢停。最後終於來到一個黑幽幽的山洞，眾人頭也不回地便鑽了進去，但我卻在那之前踩到一塊滑石，狠狠摔了一跤，一人落在後面。

郭美琪在洞口沖我大喊：「楊宣，快進來啊。」

梁丕見我好像跌懵了，急得也喊道：「別磨蹭了，快來！」

我晃晃腦袋，爬起來，朝洞口跑去。

洞裡盤曲錯綜，只走了幾十步路後，便再也瞧不見洞口的光景。剛進來時雖然昏暗，但畢竟多少還是有些光線，算不上全黑。但往洞裡繼續前進了不遠之後，就接近伸手不見五指的程度。

後面沒有什麼聲音，想來那群鬼卒已經被甩掉。大家稍微鬆了一口氣，但不敢往回走出洞，停在原地又怕被那些人找到洞口追進來，所以只能慢慢摸索著，繼續前行。這時，杜志發破口罵道：「這幫狗×的，都是些什麼玩意，一個招呼都不打，就拿箭射人，還有沒有王法了？」

郭美琪說：「都是你惹的禍，還好意思講。」

梁丕說：「這裡是地底，至少一千公尺以下，你跟一群生活在史前環境中的人講王法？呵呵。」

杜志發說：「休息一下吧，老梁。」

我說：「萬一被人追上來怎麼辦？還是往前繼續走走看吧。」其餘人也都贊同。

洞裡的道雖曲折，卻沒有岔路，所以即便無光，卻仍舊能夠摸著石壁前行。走了很久後，前方逐漸開始現出幽光，我們感到有些興奮，加快了速度，再走一陣子後，眼前變成像是裝了夜螢燈的甬道，只不過是整個石壁發光，而非某處光源。

梁丕驚喜地摸著甬道的石壁，甚至用指甲摳了摳，用拳頭砸了砸，說：「這絕對是一種地表世界不存在的新礦石種類，可以自行成爲冷光源，說不定構成十獄閻殿穹頂的，也是類似的礦石種。」

杜志發搖搖頭，無精打采地說：「老哥，這都到什麼時候了，你還爲新發現一種礦石興奮哪？這礦石再神奇，能把那群鬼卒給變不見嗎？」

梁丕似乎根本沒聽見，只是自顧自地說：「可惜身上沒有工具，要是能撬一塊下來，帶回去，那就好了！」

我忽然聽見了什麼動靜，連忙讓他們別說話，側耳傾聽了片刻說：「哪裡有點水聲。」

杜志發抬頭聽了一下，說：「是啊，好像是前面的聲音，像是河水流動嘩啦啦的。」

幾人心裡帶著疑惑，繼續前進，因爲從這裡開始有了光線，所以我們的速度可以比較快。果然越往前走，水流的聲音越爲明顯，到最後，路斷了，出現在我們眼前的是一個洞口，而洞口之外，是萬丈懸崖！一道瀑布從洞口上方不知道多高的地方開始沖下，經過洞口，繼續朝懸崖底部落去，也就是說，我們眼前的洞口，就像是水簾洞，其位置剛好在一面巨大懸崖的中間。

梁丕抱著洞口一塊凸出來的岩石，小心翼翼探頭朝外看了看，然後渾身濕透地退回來，抹著滿臉的水，問：「我們剛才有沒有經過岔路？」

我想了想，說：「沒有，一路上都沒有岔路，直接走到這裡的。包括剛開始沒有光線的地方，我們不也是分兩路沿著兩邊的石壁，慢慢向前摸索的嗎？兩邊的人都沒有摸到過岔路啊！而後面的螢光甬道，更不會看錯。如果有岔路，不可能七個人沒一個看到吧？」

看著梁丕滿臉驚愕奇怪的表情，我問：「老哥，外面情況怎麼樣？」

梁丕說：「洞外就是懸崖峭壁，一道瀑布飛流直下，什麼路也沒有了！」

杜志發一聽急了，二話不說也跑到洞口，抱住那塊大石頭，探著身子朝外看去，許久後才濕漉漉地回來，說：「宣哥，前面真沒路了！」

我們幾個也都走過去，朝外打探了一番，當然看到的一樣，瀑布湍急的流水，全都沖向懸崖下面無盡的深淵。

杜志發急得團團轉，說：「這可怎麼辦？退不敢退，進又無路可進。如果那些人追過來，我們就是死路一條。」然後他轉向趙金生說：「你怎麼把我們帶到個死胡同？」

梁丕倒是一屁股坐了下來，說：「死胡同？如果不是進這個死胡同，恐怕我們早就全掛了。剛才要是繼續跑，你們還跑得動？」

話雖如此，但陷入僵局卻是實情。無奈之下，七人最後都坐了下來，聽著洞外嘩啦啦的水聲，心情沮喪到了極點，每個人都在心裡祈禱，求老天爺讓那幫人別找進洞來。

但有時卻是越擔心什麼，什麼就越會發生，正如那時候擔心郭美琪的手心傷口會發炎，結果眞發炎了，幸虧遇到梁丕，才撿回一條命。

此時，沒過多久，後面眞就響起了腳步聲，也看到了火把亮光。

大家都驚得站了起來，衝著外頭舉著手裡的槍，但眾人卻都知曉，槍雖厲害，但子彈是有限的，而且此時七人所在的地方是片狹窄的空地，根本沒有任何東西掩護，而對方卻有石壁遮擋。所以結局可能只有兩種——要麼被人俘虜，要麼被人用弓箭射成篩子。

梁丕在我身邊，卻用極爲平靜的聲音，突然問我：「楊宣，你相信命嗎？」我簡直不敢相信自己的耳朵，梁丕這人在這種情況下竟然會問我這個。

見我沒回答，他繼續說：「我告訴你，我不信。」

趙金生在一旁聽見梁丕在這嘰嘰歪歪，是眞急了，不顧情面地罵道：「後面的人就要過來了，你他媽的要麼閉上嘴，要麼想個法子出去。」

梁丕並未理會趙金生，而是轉身朝前走到洞口，然後回頭，在嘈雜的嘩嘩水聲中，竭力衝著我們大喊：「要出去只有一條路——從這跳下去！」

我轉身，看著他已經被瀑布濺濕的頭髮和肩膀，喊道：「你瘋了！？」

梁丕根本不爲所動，站在洞口，一手攀住那塊突出的岩石，在騰起的水霧中，繼續用力喊道：「我不會將自己的命運交到那幫人手裡。我也絕不會讓自己就這麼死在這裡。」他咬著腮幫子，頓了頓，最後用盡全力喊道：「我的命運，我自己選擇！」說完，朝洞外縱身一躍，消失在眾人面前。

梁丕的這一舉動，讓我們剩下的六人全都目瞪口呆，幾乎就在梁丕跳下懸崖的同時，那些帶著可怕的半臉骷髏面具的鬼卒，出現在我們的對面，個個面目猙獰，高大魁梧，並搭弓引箭對向我們。

我腦子裡電光石火般閃著是否該開一陣子槍，然後轉身跟著梁丕跳下去的想法，在這千鈞一髮之際，我原本挺著輕機槍朝前，此時猛然彎腰將槍放到地上，然後舉起雙手投降，因爲我放不下郭美琪，我不想一個人跳下去。

其餘幾人吃驚地看著我，在被鬼卒包圍的情況下，最後也都慢慢放下了槍。這些怪異的傢伙，沒有說一句話，但也沒有射箭，只見對面走上來一個人，掉轉手裡的刀，用刀把朝我頭部猛擊一下，我兩眼一黑，昏了過去。

第二十六章 十獄閻殿

再次醒來時，我們六個置身於先前在望遠鏡中看到的那些鐵甲怪船上，但每個人的手和腳都被捆得結結實實，而最開始在營地被弓箭射死的兩人，此時竟被扔在我們面前的甲板上。杜志發醒來，看到跟他幾乎是臉貼臉、面對面的死屍時，嚇得尖叫起來。

這時走來一個鬼卒，仍然是戴著半臉面具，照著杜志發一腳便踹過去，說：「給老子閉嘴。」

這話一說，我登時愣住了，心想：「他們竟然跟我們說一樣的話！」

這簡直是太令人匪夷所思了，郭美琪緊挨著我，這時也低聲說：「他們講中文？！」

等那鬼卒走開後，我說：「這倒奇怪了，他們生活在這片地底世界，卻跟我們講一樣的話。」

杜志發掙扎著挪到我們旁邊，盯著那具屍體，說：「他們為什麼要把死人也搬上船？」

郭美琪說：「我突然想起來，沉船墳場的船上，沒有一具死屍。難道，都被他們帶走了？」

趙金生啐了一口，說：「這他媽都是些什麼怪物？」

「鬼卒囉。你沒見他們刻的碑上寫著孽鏡臺嗎？老梁猜得沒錯，這幫人是按照陰曹地府來建造這裡的，那他們自己當然就是地獄中的鬼卒。」

杜志發這時稍微回過了些神，搖著頭說：「老梁啊老梁，咳，從那麼高的地方跳下去，八成粉身碎骨了。對了，宣哥，你為什麼繳槍投降了？」

我沒好氣地回道：「那你為什麼繳槍了？」

「你領頭站在第一個，你都放下槍了，那我就跟著放囉。」

我說：「這幫鬼卒不想殺我們，否則在洞裡時，一露面肯定射箭了。既然跟我們對峙，那肯定不會殺我們，而且開槍也抵擋不了多久，與其開槍逼得他們射箭，最後我們死在那裡，倒不如這樣。」

趙金生說：「未必不會殺我們吧。說不定要活捉，把我們當成唐僧肉，放到蒸籠裡給活蒸了。」

「閉上你的烏鴉嘴。」杜志發說。

船開出去很遠後，海面上突然開始洶湧起來，我們幾個直起身朝外看，遠遠望見沃焦島四周又開始火山噴發，一幅地獄火焰的場景。而鬼卒們的幾條船，此時已經離開得夠遠。

郭美琪說：「幸虧我們沒有自己造船，這海底火山的噴發，並不是像梁丕預測的一個月一次，這才過多久，就又爆發了。」

我皺著眉頭說：「你們不覺得奇怪嗎？這些人剛上島，只是去了一趟那個怪湖，然後就離開了。現在一離開，沃焦島就開始火山爆發。」我咂咂嘴，「似乎，似乎他們是算準了火山要爆發才過來的。」

杜志發說：「這什麼意思？」

我說：「我的直覺是，就是因爲那片湖。老梁不是說湖裡的微藻是這些人倒進去的嗎？但爲什麼要這麼做，倒這些微藻爲什麼要趕在火山爆發前，我就不懂了。」

不知道駛了多久，也沒有白天黑夜可供參考，鬼卒船隊緩緩開進了一處V形港灣後，我們被趕下了船，在幾名高大強壯的鬼卒看守下，上岸朝內陸走去。

從踏進山地區域的那一刻起，就彷彿進入了眞正的無間煉獄，這些山石漆黑堅礪，雖然沒有樹木做掩映，但山體起伏連綿不絕，光線更是暗了一級，六個人，加上從船上下來的鬼卒看守，就如同幾隻在山嶺間爬行的螞蟻。

很明顯，這裡就是當時我在沃焦島爬到那棵樹頂時，遠遠望見的海那邊的陸地陰山。

幾個看守騎著一種極爲怪異的動物，大小如馬，頭卻像是駱駝的變異恐怖版本。我們每兩人被繩子拴在一起，跟在其中一名看守後面，拖拽著朝前走。

杜志發衝著前面大喊：「你們要帶我們去哪？」

前面的鬼卒這次竟然回了話，說：「很快就知道了。」

一路上經常會有山坳形成的水塘，且水質清純透徹，只是裡面無魚。整個山區似乎毫無生命跡象，當我們六個被拖拽得踉踉蹌蹌、精疲力竭，幾乎再也邁不動步伐時，眾人踏上了一個山頭，放眼前望——整整一座山體上，布滿無數大大小小的洞窟，透出幽冥鬼火，而自山腰開始，便有數條鬼雄的石質階梯，從四面通向上部的黑暗宮殿。在紫黑色天空的背景映襯下，這座閻殿顯得陰森、恐怖卻又宏偉，甚至從中隱隱傳出令人膽寒的淒厲尖叫和滾滾悶雷之聲。

先前說話的那個鬼卒，再次開口：「這是三殿閻王的黑繩大地獄，你們在此會受倒吊、挖眼、刮骨之刑。」我們聽了倒吸一口涼氣，同時覺得這些人是不是瘋了？

沒等我們言語，鬼卒再次拉著我們前行，穿過兩座山間的山門，來到了這座谷中的鬼城——第三獄。本以爲可以有一點喘息的機會，誰知緊跟著而來的是，我們一行六人，被綁在了山谷中心、閻殿之前空地上立著的木杆上。

這時我想到杜志發罵趙金生烏鴉嘴，現在看來，趙金生確實他媽的是烏鴉嘴，照這麼下去，還眞有可能被當成唐僧肉給放進蒸籠裡活蒸了。

蜂窩般的巢穴中，開始陸續走出一些鬼卒，這些人倒沒有戴半臉骷髏面具，穿著打扮說不清是哪國風格，但整體給人的感覺就是勇士裝扮。而且這些鬼卒長得跟我們幾乎一模一樣，是實實在在的人類模樣，並且還是亞洲人種。只不過他們的臉上，塗抹著一些黑色、紅色的油彩，更加顯得驍勇駭人。

杜志發徒勞掙扎了一番，驚恐地說：「他們想對我們做什麼？不會眞的挖眼、刮骨，然後再轉到下一獄吧？」

周圍亂糟糟一片，鬼卒們嘰裡呱啦。

郭美琪問：「他們在講什麼？爲什麼光綁著我們，不動手呢？」

我側耳傾聽了片刻，說：「他們似乎在等什麼人過來。還說什麼十獄閻殿就要開張了，我們是東嶽大帝先收進來的幾個亡魂，以後還會有大批亡魂到來。」

郭美琪說：「東嶽大帝？東嶽大帝不就是黃泉村閻王廟裡主祀的那個神嗎？」

趙金生罵道：「這幫人在地下待的時間太長，都待得腦袋壞掉了吧？說我們幾個大活人是亡魂？還眞把自己這裡當成陰曹地府了？」

杜志發說：「老趙，趕緊跟他們說說，就說我們不是鬼魂，我們是活人呀！」

趙金生說：「別他媽喊我老趙。你自己難道沒嘴，要我喊？」過了會兒，他扯起脖子喊起來：

「誰他娘的是管事的？放了我們，我們是地上的活人！我們不是死人，不是鬼魂。放了我們。」

這幾句話如果是在地上喊出來，被人聽到，肯定會被認爲是瘋子和廢話，誰沒事會把活人當鬼魂，這還用得著你自己去強調嗎？我猜沒人會蠢到指著大活人說——這幾個是閻王爺新收的鬼魂！當時我在一旁聽趙金生喊著這些話，只覺得十分無力，簡直是天下第一號不可思議的蠢事，另一方面卻也眞的心驚膽戰，因爲如果置身那個被鬼卒包圍的山谷，你就會感受到，他們眞的相信這裡就是陰曹地府，他們是替閻王幹活的鬼卒。他們是鬼卒，而我們是亡魂，並對此充滿了一種狂熱的偏執，似乎這群人就是靠著這麼一種信念，才能在地底活到今天。

這種瘋狂、偏執的情緒，是我們六個人都能明確感受到的。

趙金生喊了許久，但是周圍沒有一個鬼卒搭理我們，他們只是用一雙雙血窟窿似的眼睛，盯著你、打量著你，同時露出一種期待已久的渴望，就像是屠夫正一邊磨刀霍霍，一邊迫不及待地望向豬羊，讓人不寒而慄。

過了一會兒，我和其餘幾人也開始喊了起來：「我們不是鬼魂，我們是活人！」

不過毫無作用，我的四肢軀幹已經被綁得由痛轉麻，再由麻變涼，最後幾乎沒有感覺。這時，人群中間分開一條道，整個山谷也瞬間安靜了下來。

十個衣著服飾明顯不同的鬼卒，通過人群中讓出來的道，走到我們正對面，坐到已經擺好的幾張椅子上，那感覺就跟他們十個是部落酋長似的。

看到這裡，我突然想明白了一點——十獄閻殿，其實應該就是在這個地底世界中，圍繞沃焦石的環形陸地上，分散的十個部落，每個部落的首領被稱爲閻王，而其餘人則自認爲是鬼卒。

這些人因爲某種原因，偏執地相信自己所在的這片地方就是陰曹地府，並且確實是按照傳說中地獄的布局，重新建造。而我們這些被他們抓到的活人，或者那些沉船上的死屍等，在他們眼中，就是十殿閻王的上司——東嶽大帝，替他們收進來的亡魂，而鬼卒和閻王殿，自然就是收拾管理亡魂的。

至於這些人，到底是什麼原因導致他們擁有如此怪異的信念和自我認識？爲什麼他們會喊著地獄重開？爲什麼他們能知道我們地表世界傳說中陰曹地府的布局？他們爲什麼竟然說著跟我們一樣的語言？

還都是謎團。

想到這裡，我再次衝著他們幾個說：「你們弄錯了，我們不是什麼亡魂，我們和你們一樣，都是人，大活人！你們別再裝神弄鬼了！」

這次令我們出乎意料的是，當中一名部落酋長（按照我當時的猜測，應該是十個閻王中的一個），竟然咧了咧他恐怖扭曲的嘴角，答話道：「到陰間的人，有幾個是明白自己已經死了的？因爲他還記得前世所有的事情，他還能看到周圍的一切，他還能行走，他還能說話，所以沒有一個死了的人會認爲自己已經死了。就好像喝醉酒的人，不會承認自己醉了；更像是已經瘋了的人，永遠不會知道自己瘋了！」

另一個閻王手裡捧著一杯血紅的酒，說：「你們不相信自己現在已經是鬼，那你們相信我們是鬼嗎？」

趙金生說：「鬼才信你們！」

那人哈哈笑了起來，說：「看來閻王殿重開的預言，就快要成眞了。你們就是第一批進來的亡魂！當然了，我們也是亡魂，但我們是鬼卒，是閻王，是專門管你們的。」

杜志發不可思議地聽著這些話，然後扭頭小聲對郭美琪說：「Maggie姐，我們不會眞的是已經死了吧？當時從黃泉峽谷下來時，我們可都是昏過去了。而且我還被龍王鯨咬到了，之前我沒仔細想過，現在聽他們這麼一說，回想起來，說不定我們現在眞是鬼魂。」

郭美琪說：「你是被龍王鯨咬了，但梁丕、簡清明他們可是乘微型潛艇下來的。難道他們也是鬼魂？怎麼可能？」

我喊道：「你們不是鬼！你們是瘋子，眞正的瘋子，永遠不知道自己正活在虛假的世界裡。」

那閻王站起身，朝四周舉了下手，整個山谷立刻變得鴉雀無聲，只聽他說：「自從東嶽大帝頒令，命我等修建這十獄閻殿，至今已有六百多年。我們在這陰曹地府中，也已經等待了六百多年。今天，這幾個亡魂就是徵兆，不久，聖帝將至，閻殿重開！」

鬼卒們歡呼起來，紛紛不停高喊：「聖帝將至，閻殿重開！聖帝將至，閻殿重開！」

我們六人不可思議地環顧著眼前這群瘋子，等到歡呼聲平息之後，我急中生智，試探著說了一句，卻是以十分堅定的口吻：「我們就是東嶽大帝派來的，你們抓錯人了！」

對面幾人聽了，互相看了看，那神色有些詫異，但同時也分明帶著懷疑。不過，爲首的一個閻王，走近幾步，指著我說：「你倒說說，東嶽大帝派你們來做什麼？」

我朝郭美琪等幾人看了一眼，他們都吃驚地盯著我，不知我想幹什麼，其實我自己都不曉得該說什麼。情急之下只得一咬牙，說：「爲了這裡的龍！」

那十個閻王這回更是面面相覷，似乎比剛才更爲驚訝了一些，見他們這副表情，我知道誤打誤撞之下，龍這個方向想必是對的。大閻王斜眼朝我們看著，滿腹狐疑，說：「龍？難道是爲了東嶽大帝的坐騎黑龍而來？」

杜志發也聽出來有戲，沒等我說話，連忙搶著說：「是啊，是啊，就是黑龍。東嶽大帝讓我們來向那黑龍，拿一顆珠子回去。」

「眞的嗎？」那首領低聲問道。

杜志發眼珠子骨碌碌一轉，咽著唾沫說：「眞的，眞的。」

那人大喝一聲，說：「到了閻王殿還不老實。東嶽大帝服青袍，戴蒼碧七稱之冠，佩通陽太明之印，乘青龍！你們聽清了，是青龍！剛才我故意騙你們說是黑龍，沒想到你們自己就入了套，哼，眞是不知好歹。」

先前手裡捧著酒杯的閻王，說：「聖帝所乘青龍，便在我第十殿山后的奈河深淵之中，憑你們幾個，恐怕剛上奈河橋，就會被青龍給吞了。」

爲首的閻王喊道：「來人哪，按照規矩，第三殿抓的人便交由第三殿處置——處挖眼、刮骨之刑！帶到殿裡去，行刑！」

不由我們分說，旁邊早衝上來幾人，將我們解開繩索之後，朝面前那座陰森鬼雄的閻王殿押去。順著臺階而上，進入大殿，一把黑色王座高高置於正中臺階上。殿內各種行刑工具，一字排開，我們幾人嚇得膽戰心驚，誰要說看到這些不怕，那是睜眼說瞎話，我當時心臟狂跳像是要從嘴裡出來。竟然就這麼死了，實在是做夢都沒想到，會無冤無仇地死在一群瘋子、變態手中。

杜志發被第一個拉上去，一名鬼卒用尖刀唰地劃開他的衣服，露出他精瘦的上半身，那場景像是古代的凌遲，只不過他們這是刮骨，也就是用刀劃破皮肉，露出骨頭。阿發整個人完全被嚇傻了，連動彈都動彈不了，胯下滴答滴答，尿了一地。

不過我們下面的五個人見狀，沒有一個笑得出來。

三閻王坐在王座上，喊了一聲：「行刑！」

那力士便握刀走向前去，眼看白光一閃，就要進去，杜志發伸著脖子死命號叫起來。這時，忽然從外面傳來一聲巨響，幾秒鐘後跟著又是幾聲，整個大殿跟著晃動起來，幅度相當劇烈，如同地震，我們幾個也被震得東倒西歪。

殿外跑進一人，慌張報告道：「閻王，油池炸了。」話音剛落，又是一陣巨大的晃動，似乎連這座宮殿也要震塌一般。

三閻王站起身，對旁邊幾名鬼卒說：「你們跟著過去看看。」最後只剩他自己和負責行刑的一人留在殿中。就在這時，大殿忽然響起槍聲，準備對杜志動刀子的那人，捂著胸口，癱倒在地。

閻王吃驚地指著從外面閃進來的一人，吼道：「你是什麼人？」

那人說：「鍾馗。」

「鍾馗是什麼人？」

「捉你的。」那人說完，抬手就是一槍，三閻王應聲撲倒。那人走到我們面前，眾人一看，竟然是梁丕！

杜志發此時還沒緩過神，瞪著死魚一樣的眼睛，低頭看了看自己，嚇得整個面部肌肉都扭曲了，幾遍看下來，發現自己還沒被刀子插進去。

趙金生激動道：「老梁？！你……你……」

我的天，眞是梁丕。他跳崖之後不但沒死，而且竟然到了海這邊的陸地，並且溜到殿裡來，救了我們，這簡直沒辦法解釋得通！而瞬間我腦海中冒出個念頭，剛才鬼卒們口中說的什麼油池炸了，一定也是梁丕做的。

梁丕一手持刀，快速將我們幾人手上的繩子割斷，一邊說：「閒話少說。」然後卸下身上背的一個黑色長背包，扔到地上，拉開拉鍊，裡面全是長短槍，「每人拿好槍彈，跟我衝出去。」

一行七人溜了出去，來到殿外居高臨下一看，外面像被搗了的馬蜂窩，亂作一團。閻王殿所在這座山的西北角，此時仍舊不斷發出巨響，由裡向外噴出火焰，活像是被炸掉的軍火庫。而我們的腳下，也一直在間歇性地晃動。

由於大部分鬼卒都在救火，所以梁丕領著我們從人少的一邊下去，路上偶爾遇到幾個，都被輕鬆解決。我們溜下山腳而後向北，來到山背面，接著又翻上一個山頭。直到此時，七人才站在山頂喘了口氣。

眼前那座小山，原本只是西北角爆炸，此時忽然蔓延，火焰從各個洞穴中往外躥去，再接著是數聲震天的超級巨響，整座山的頂部全部塌陷，立在山頂的巨大宏偉的閻王殿轟然倒塌。我們幾個雖然此時已經離遠，但還是被那爆炸的威力震得心驚肉跳。

我問：「老梁，這是你弄的？」

「是啊，除了我還能有誰？」

趙金生問：「我聽那人報告說，是油池炸了。這裡還有什麼油池？」

梁不帶著我們繼續走，卻答非所問，說：「知道我怎麼過海的嗎？」

我們都搖搖頭，他說：「我開潛艇過來的，只差那麼一點點就要被火山噴到。」這時我想了起來，鬼卒的船開了不知多久後，確實我們看到了沃焦島周圍的海底火山再次噴發。

郭美琪奇怪地問：「你不是說潛艇沒油了嗎？」

「是啊，我跳崖之後，嘿嘿，沒死。然後就琢磨，這幫鬼卒到底去那湖裡做什麼？然後就一個人重新回到了那片怪湖，此時你們已經被抓走了，船也開走了。但是令人吃驚的事情發生了，那湖水的溫度開始升高，我們去的時候，還只是溫暖，而等我再回到那裡時，卻已經開始翻滾。原本翠綠色的湖水，此時開始上下分層，上半部全變爲了透明的油黃色，只有下面還是綠色。看到這，我突然就明白了爲什麼那些鬼卒要朝湖裡面倒微藻。」

趙金生說：「我還是沒聽懂。」

「微藻柴油聽說過沒？」

我說：「生物柴油倒是聽說過，微藻柴油？不知道。」

「微藻柴油是生物柴油的一種，先前杜志發問我們為什麼要帶火焰噴射器時，我怎麼說的？」

我們朝杜志發望去，他搖了搖頭，說：「我忘了。」

「我當時說，是殺龍用的，並且還說我早就推測到這裡的物種，普遍體內含油量較高。比方黃泉水下的那些發光綠藻，你們如果用顯微鏡觀察，就會知道，那些微藻簡直就是油葫蘆，含油量比油菜籽高十幾倍。再比如那些遠古巨型蜈蚣蟲，用火焰噴射器殺起來很快，一個燒一個，跟火燒連營似的。所以我猜如果有龍，肯定也是這樣。」

他這一講，我恍然大悟，說：「你的意思是，那些微藻的含油量特別高，可以煉油？」

梁丕一聳肩，說：「這個不是我的發明，現在國際上微藻煉油早已經不是什麼祕密。那片怪湖底部肯定是與火山地熱相關，就是個天然的煉油器，鬼卒們往裡面投放微藻以及一些催化物，經過一陣子反應，就可以自然提煉出微藻柴油。」

郭美琪說：「你就是用那種柴油，發動潛艇過來的？」

「是啊，這油品質好得很，燃燒充分、抗爆性強、閃點高、潤滑性又好，簡直超高品質。不光是我，這裡的鬼卒也都是用那個油，他們掌握了火山規律，每次火山噴發之前過去加藻，平時再過去取油運回陸地，儲存起來。剛才我燒掉的，就是他們存放微藻柴油的油池。」

趙金生問：「你是怎麼知道油池在哪裡的？」

「咳，有槍還對付不了這幫人？他們停在港灣的船上留了幾個人，我抓了兩個，一個帶路去閻殿，還有一個綁在潛艇裡。」梁不停下步子，回頭看著我們，「不過這幫鬼卒還是很聰明，他們將油池建在西北山腳的地下，並且用那些沉船上的油罐一桶桶裝好。但他們卻犯了一個致命錯誤，在取回微藻柴油的同時，他們還在火山口取回大量硫黃塊，硫黃不但堆積在油池附近，而且每個洞穴裡都有，他們似乎將硫黃塊全部粉碎成硫黃粉，做藥用，大概這裡的環境讓他們極易滋生某種病痛，需要硫黃粉的治療。又或者他們有食用生硫黃的習慣。微藻柴油庫的燃燒，引發了硫黃粉塵爆炸，最後所有洞穴都幾乎被爆了。」

杜志發驚訝道：「硫黃還能吃？」

「當然能吃，食用生硫黃不但可以治病，還能夠增加飲食、強壯身體，有利於肌肉的增長。所以那些鬼卒，雖然跟我們一樣是亞洲人，但塊頭肌肉比黑人還要健壯。」

這時，我們已來到海邊，遠遠看見一艘約十幾公尺長、鯊魚皮顏色的潛艇，半露在水面上。我說：「老梁，這看起來可不像什麼微型潛艇啊！酷得很嘛。」

梁不說：「雙排十座，但微型肯定算微型啦，簡清明特地從荷蘭訂做的。其實最厲害的還不是這艘潛艇，而是他們的母船——龍牙號。」

杜志發問：「母船？什麼叫母船？」

郭美琪說：「就是潛艇可以放在母船的底部船艙，透過母船運到目標水域，然後開艙，潛艇直接從水下駛出。我說得對嗎？」

梁丕點點頭，說：「完全正確。簡清明的這兩艘微型潛艇，都是透過母船龍牙號開到泰興江面，然後通過挖掘開的隧道，進入黃泉的。」

我說：「簡清明這麼大能耐？」

梁丕看了看四周，說：「他能耐可大了，不但有錢有人，還有膽。在長江下面挖通黃泉時，直接自己鑿沉了兩艘船，然後以撈船掩人耳目開挖的。」

第二十七章 奈河龍穴

我搖搖頭，嘆了口氣，說：「為了一顆異珠，他就敢花這麼大代價？不要說不把別人的命當命，連他自己的命我看都豁出去了。」

梁丕笑了笑，說：「楊宣，你還年輕。這個世界上，成功總是與代價成正比的。你看一個人在電視上風風光光接受採訪，但誰又知道，他付出了多少呢？可能他付出的十分之一，都是一般人所無法忍受的。」

杜志發說：「哎，我說老梁，你怎麼替簡清明說起話來了？他可是把你扔到島上，還殺了楊宣的爺爺，你的老師。」

「這個仇，楊宣不報，我也會報。但我剛才只不過是就事論事而已。」

郭美琪說：「只是我覺得很奇怪，這些鬼卒如果一直是生活在地底，又怎麼會說跟我們一樣的語言？」

梁丕回頭朝潛艇看了看，歪了一下腦袋，說：「這個你們可以去問問被我抓的那個人，不過我已經弄清楚了，世界上的一切都是有聯繫的。」

趙金生說：「什麼意思？」

「他們這些鬼卒，全是當年張士誠的後代。」

「什麼？張士誠？就是被常遇春和徐達，逼進黃泉洞裡的那兩萬人馬？」我驚訝地問。

「沒錯，就是這樣。」梁丕對著僅剩的兩個手下，說：「你們去潛艇上拿點吃的下來。」然後面向我們，「我們得先填飽肚子，之後再去找簡清明算帳。」微微晃了晃頭，「如果他們還在這裡的話。」

郭美琪問：「怪不得最後民間傳說那兩萬人馬憑空消失了，原來到了這裡。只不過，他們……他們是怎麼知道可以過來的呢？」

梁丕說：「我猜，他們並不知道，但他們被逼得走投無路。出黃泉洞必死無疑，朱元璋的大軍早把洞口外面圍得水泄不通，但退又無路可退。所以，他們做出了與我一樣的選擇，不顧將命運交到別人手裡。」

我想了想，說：「他們全都投河了？」

「是的，你們還記得洞裡最深處的那個天然石橋嗎？高高地架在潭水之上？」

郭美琪說：「記得，我們後來就是從那石橋下面潛進黃泉的，想來那裡離黃泉峽谷的谷口很近。」

梁丕說：「是了，我的腦海中反覆閃現出一幕，那兩萬人馬，一隊隊站到石橋之上，投入黃泉，在他們看來，落到朱元璋手裡，還不如自己結束生命。決定自己如何死，大概是人最無奈的權利吧。」

「但他們沒有想到的是，冥冥之中自有天意，一部分人卻被黃泉表面以下的水流捲進了峽谷，然後沖到了這裡？」我不由自主地推測道。

梁丕點點頭，說：「也許吧，但說不定還有另外一種可能，張士誠的軍中有高人發現了黃泉水底的古怪，畢竟那麼多人困在洞裡，總會拼盡全力尋找每一個可能出去的地方。另外，也許他們在退守黃泉洞之前，就已經知道水底的祕密。所以最後才能變戲法般消失。」

趙金生問：「這些東西你是怎麼知道的？那個被你俘虜的鬼卒說的？」

「不是，他們自己都不知道自己的來歷。」說著，梁丕從懷裡掏出一個東西，遞給我們，「這是我跳崖之後，出來時從水底無意中摸到的。」

這是一枚古錢，上面寫著「天佑通寶」四個字，背面則銘刻著「一」字。梁丕說：「這天佑通寶是張士誠時期鑄造的錢幣，卻出現在十獄閻殿。再結合當地關於黃泉洞張士誠那消失的兩萬人馬的傳說，所以我做了這個推斷。」

那兩人此時從艇裡取了食物和淡水出來，都是這些日子我們在營地準備好的。我問：「這些東西都是你從營地裡搬進潛艇的？」

「是啊，我回去了一趟，發現他們幾乎都沒動營地裡的東西，就只想抓人。」

郭美琪不解地問：「這些人爲什麼那麼固執地認爲自己是閻王和鬼卒呢？而自己的祖先是從地表下來的，祖先是張士誠的人馬，這些重要的東西卻反而都沒傳下來？」

梁丕叉起一塊肉，在火上烤了起來，說：「妳認爲對這些人而言，祖先是誰很重要嗎？妳錯了，在這裡，最重要的不是祖先是誰，而是怎麼才能活下去。手無寸鐵的這麼一群可憐人，在史前的環境中要活下來，這太困難了，而且最可怕的一件事是什麼，你們知道嗎？」他朝我們幾個看了看，接著說：「最可怕的是人失去希望，失去信仰。你們想一想，如果你們不是爲了追簡清明而來，而是無意中到了這麼一個地方，長久下來，會不會崩潰？面對惡劣的幾近原始的環境，會不會失去希望？」

我悟出了什麼，說：「你是說，他們的祖先，編造出了鬼卒、閻王，還有諸如重建十獄閻殿、閻殿重開等一系列的謊言，帶給他們的後人希望和信仰，好在這裡頑強地生活下去？」

「我猜很有可能，說不定到最後，連他們祖先自己都相信自己的話了。不是有句笑話嗎？騙人的最高境界，就是連自己都被自己騙了。何況，他們在精神上確實需要這樣的一個東西。反倒是記住自己的祖先是誰，對他們在這裡生存，沒有任何好處。」

說到這裡他站起身，朝沃焦島的方向看去，「我猜，在那些人最初到達十獄閻殿這裡時，沃焦島上應該全是史前動物，包括這裡也是，楊宣遇到過龍王鯨、鳥蛇怪、史前蜈蚣蟲，但是他們遇到的更多。我現在明白了，之所以沃焦島上沒有史前動物的化石，只有白骨，是因爲那些動物都是被這些人獵殺的。」長長嘆了口氣，「人要活著，有時眞的很艱難哪。」用一種很奇特的眼神看著我，「能好好活著，就是種幸福，眞的。」

大家就在海邊吃完，因爲就緊挨著潛水艇，所以也不十分擔心再遇到那些鬼卒。之後，大家上了潛艇，梁丕幾乎沒有下潛，而是以半水中半水面的方式行進，在那個鬼卒俘虜的指引下，朝正東方的第十殿方向駛去。

如果說整個陸地的色彩是暗黑色的話，第十殿所在位置則成了舊黃色，而且第十殿並不在那塊環形陸地上，與傳說中「沃焦石外，正東方」的描述幾乎一致，唯有「面對五濁世界」的表述，暫時尚未觀察到，而梁丕猜測，所謂的面對五濁世界，就是指第十殿的龍穴，連通地表世界。

我對於整個十獄閻殿與民間關於陰曹地府的傳說的高度吻合，一直很費解，雖然十個地獄的分布是鬼卒的人工選址，但沃焦島呢？孽鏡臺呢？包括單獨位於東方的第十殿，以及一條在此匯入地下大海的內河——奈河。甚至連奈河中的青龍，也與掌管十殿閻王的東嶽大帝的坐騎相吻合。有時讓人分不清到底是鬼卒按照傳說重建了此處，還是因爲此處的情景，被人流傳到了地表世界，衍生了傳說。

潛艇從大海直接駛入奈河，我想像中的奈河大約應該只是像條運河一般，可眼前的奈河，卻如同錢塘江水，浩浩蕩蕩。過了很久，潛艇暫時上浮，遠遠看到前方的河面出現一座石橋，我清楚地從望遠鏡中看到，橋身中間刻著三個字「奈河橋」。

杜志發開玩笑說：「還差一個孟婆，在橋邊擺個攤子賣湯，那就絕了。」

郭美琪說：「不是說過了奈河橋，喝了孟婆湯，鬼魂便可出了陰曹地府，重新投胎做人了嗎？」

梁丕說：「那也得你活著時有功德，做好事善事，才有資格過這個奈河橋，重新做人，否則留在地獄裡就出不來了。能做人不容易啊，咱們還是該珍惜。」

杜志發說：「哎喲，我的梁教授還悟出人生道理了。有本事你在第三殿那裡別放火啊。」

「你個臭小子，我救了你們，你還消遣我。你以爲我想那樣？還不是被逼的。止惡就是揚善，我那是救人！」

杜志發哈哈笑了起來，說：「別緊張嘛，開個玩笑，看來你還眞相信這套。都說救人一命勝造七級浮屠，雖然我不懂浮屠是什麼，但我們這六個人被你救下來，你這就造了四十二級浮屠了。回去之後，可得請我們吃一頓。」

趙金生笑得險些岔氣，說：「你這話怎麼聽著有點不對勁啊，說著說著，這道理就歪了，但還歪得挺自然。」

這時，那鬼卒說：「到了這裡，就沒有鬼卒敢再往前進一步了。因爲奈河橋東面，是龍之禁地。」梁不暫時沒有答話，探出身子朝四周看了片刻後，說：「你可以走了。」

那鬼卒似乎有點不敢相信，結結巴巴地說：「我，讓我走？」

「你如果不想走也可以，把你拿去餵龍，去嗎？」梁不呵呵笑了起來，用刀割斷鬼卒手上的繩子。那人嚇得連滾帶爬，翻出潛艇跳進水裡，沒命地朝奈河西岸遊去，不一會兒上了岸，消失在山岩中。

杜志發說：「就這麼放他走了？」

梁不問：「那你還想怎麼辦？他跟我們無冤無仇，免費帶路到這裡。再留下不但沒用，還是個累贅。」

我看著外面一片平靜，不無擔憂地問：「老梁，簡清明他們會不會已經把龍打掉了？走人了？」

梁丕看了看手錶上的日期，說：「應該不會，這條青龍居於奈河深淵中，要屠龍，必將其引出。否則在水裡，恐怕即便出動核潛艇，要拿下牠也不容易。但你得知道，龍是不會輕易出水的，不是隨隨便便用些牛羊栓到河邊，牠就會出來。吃牛羊動物的頂多是蛟，而龍是不吃食物的。」

郭美琪說：「確實如此，龍靠吸收能量生存。」

「是的，龍靠自然界的能量生存，這也是眞龍爲何要守護異珠的原因。」

我說：「異珠是自然能量的凝結？」

梁丕說：「嗯，異珠不但是自然能量的凝結，還是整個自然能量傳輸網的關鍵節點。這個是龍研究領域專家們的共識。所以你爺爺的想法才會確定爲，透過古貝類來追蹤龍的分布。楊教授表面上宣稱是研究史前古貝類在中國的分布，其實潛臺詞就是——龍在中國的分布。」

杜志發說：「既然龍很難被引出水，那簡清明他們要怎麼屠龍？」

「正是因爲這個難題，所以我說南珠世家這幫人，現在一定還在奈河橋東面。」梁丕指著那個鬼卒，「也就是他剛才說的龍之禁地。因爲，他們得等龍出水。」

趙金生奇道：「等龍出水？你的意思是，龍很難被引出來，但是會自己主動出水？」

梁丕說：「嗯，沒錯。你們聽說過『二月二，龍抬頭』這句話嗎？」

郭美琪說：「二月二，龍抬頭，不是中國民間傳統的青龍節嗎？這跟龍出水有什麼關係？」

梁丕嘴角帶著笑容，說：「我越研究就越發現，不管民間傳說也好，還是風俗習慣也好，背後往往都有文章，只不過流傳到今天，只剩下表面的文字或者慶祝形式，最初的起源卻往往被遺忘。就比如這個『二月二，龍抬頭』，其實龍眞的會在二月二出水。」

我們猛一聽之下，都有些錯愕。趙金生說：「就算二月二龍會出水，但現在早過二月了，農曆都快到八月了。」

梁丕說：「一年之中，在沒有外部干擾的情況下，龍會出水兩次，第一次就是二月二，但除此之外，還有一次。知道嗎？」

我們都搖搖頭，表示不知。

梁丕掃視了我們一眼，片刻後噗哧笑了起來，說：「拜託你們對民俗能不能稍微有點研究，『二月二，龍抬頭』都已經告訴你們了，還有一個日子，你們竟然不知道？」

梁丕一屁股坐到駕駛座上，嘆了口氣，說：「咳，也難怪，你們當初連看到孽鏡臺三個字都猜不到這裡的分布與陰曹地府傳說的聯繫。現在猜不到下一個龍出水的日子，也在情理之中。」他轉過身來，稍微頓了片刻後說：「八月二，龍收尾。」

我們驚訝地重複道：「八月二，龍收尾？」

「是啊，一個抬頭，一個收尾。龍一年之中，就只有這兩天會出水。所以二月二雖然過了，但明天就是八月二，簡清明他們算好了日子，提前下來，就是在等這一天。」

杜志發說：「難道除了這兩天，龍死都不會出來？」

「你聽清楚，我剛才說的是，如果沒有外部干擾，那麼就只有這兩天。但牠如果自己心情不好，或者有別的特殊情況，那龍要出來，誰也攔不住。爲什麼人會說——神龍見首不見尾？那意思就是，要想讓龍出水現世，是很困難的。龍就像是一位隱世修煉的高人，沒有特殊情況，不會出現。而且龍是眞隱士，可不是那些故意躲在終南山中，其實是爲了博出名，讓人請他們出山的假隱士。」

趙金生有些不信，帶著懷疑的口吻說：「龍是隱士？」

「龍是眞隱士，龍的一生都在修煉。無角的螭龍爲最基本種類，螭龍修煉成獨角的蛟龍；獨角的蛟龍再修煉爲雙角的虯龍。螭龍和蛟龍都不算眞正的龍，只有從虯龍開始才算步入眞正的龍的行列。虯龍繼續修煉，長出翅膀後就成爲應龍；應龍再往上，雙翅消失後，才成龍王！由螭化蛟很容易，但由蛟化虯，就是一個很重要的坎了，大部分蛟都是卡在這個階段，過不去。」

我問：「那這些各種等級的龍，到底是以什麼來區分的呢？我不是說形態上，我的意思是，是什麼內在的原因，會導致牠們的這種……這種變化？」

梁丕詭祕地笑著說：「一切都與能量有關。螭龍的能量等級最低，在異珠構成的能量體系網中處於最低等級，隨著在這個網中，不斷吸收自然能量，到達一定等級，就會長出一隻角，化爲蛟龍。蛟龍的自身能量繼續升高，到達一定等級後，就會再生出一角，變爲雙角，成爲虬龍，就此步入眞龍的行列。從眞龍開始，就不依賴自然界的食物了，而是單純憑藉吸收自然能量生存。如此這般，繼續往上，直至成爲龍王！所以，一切都與能量有關。」

郭美琪問：「那奈河深淵中的這條青龍，應該屬於什麼等級？」

梁丕努了努嘴，說：「我不知道，但按照鬼雨法螺，也就是鬼雨珠在異珠能量網中的位置，肯定是由眞龍護衛的，由此推斷的話，那麼就是虬龍、應龍、龍王，三者中的一種。我們就取中間的吧——應龍。」

杜志發眼睛都聽直了，說：「應龍？我×，帶翅膀的？」

我說：「現在想來，黃泉峽谷裡的龍王鯨，還眞的只是龍的看門狗。」

郭美琪嘆服道：「這個十獄閻殿的地理環境，眞是精巧無比。入口是黃泉峽谷，是往下的，你可以進來，但沒辦法從那裡出去，然後這個入口裡是看門狗——龍王鯨。現在咱們到了第十殿，如果老梁的推斷沒錯的話，龍穴中可以通向地表世界，也就是十獄閻殿的出口，而出口中，又是最厲害的眞龍鎭守著異珠。」她轉頭看向我，「有時候人們嘆服大自然的鬼斧神工，眞的，這一切實在沒法讓人不佩服。」

梁丕點上一根他的自製十獄閻殿牌雪茄，說：「大自然是最爲精密的系統，遠勝過一切人工製造，我們覺得電腦已經十分精密，但與自然界這個系統相比，什麼都不是。不要說我們人的大腦，就算是狗腦，你有本事用電腦來模擬一個試試，不可能的。」

杜志發說：「那我們現在怎麼辦？」

趙金生緊跟著說：「那還用問，等明天簡清明他們殺龍的時候，趁其不備，抓起來啊。」

杜志發急了，說：「喂，趙金生，你是我喊來的，我喊你來是撈鬼雨法螺的，抓什麼人哪。老梁，你說呢？」

梁丕思考了一會兒，說：「我有個兩全之策。咱們也用不著去抓簡清明，我們可以拿簡清明當槍使，他帶著手下一幫人屠龍的時候，咱們就到龍穴裡把鬼雨異珠採走，然後直接拍屁股走人，留他們在這裡跟龍火拼。最好的結果是，龍也死了，簡清明也死了，我們帶著珠子走了。哈哈！你們說這個辦法如何？」

杜志發兩眼冒出精光，喊道：「好辦法，太妙了。我說老梁，你簡直他媽的就是人才啊！當年研究所把你題目砍了開除出去，真是虧大了。」

「我不是被開除的好嗎？我是自己辭職的。」梁丕看向我，問：「你們說呢？」

我說：「這方法好是好，可我總覺得哪裡有些不妥。對了，我們還不知道龍穴在哪裡呢。」

「這個不用擔心。」梁丕打開一個開關，操作臺上的一個類似聲納的面板上便顯示出地形情況，似乎是在不斷向外掃描，「這個是全地形探測器，我們只要順著奈河走，就會發現水底的裂縫、峽谷、洞穴等。」

趙金生問：「可這不會找錯嗎？」

「龍穴可不是蛇洞，很大的，而且也不是狡兔三窟。只會有一個入口，如果這都能找錯，我也別混了。」

梁丕又問郭美琪：「你說呢？」

郭美琪望向我，說：「我聽楊宣的，不過最好能夠看到鬼雨珠，畢竟奇貝異螺和異珠，是我到中國來跟著麥教授學習的原因。」

趙金生抱著雙臂，靠在椅背上，說：「反正我不同意直接溜走，那也太丟人了。」然後衝著我說：「楊宣，簡清明可是謀害了你爺爺的人，你能就這麼走了？你跟杜志發可不一樣，他小子就是衝著錢來的，你可是為報仇來的。不把簡清明抓回去，你對得起你爺爺嗎？」

這下可真是讓我進退維谷了，我說：「我當然想抓簡清明，可重點是，我即使抓了他，把他送到警察局，但我們也沒證據啊。」

趙金生大手一擺，說：「哎，這話你可錯了。正義有時會遲到，但遲早會到。壞人不是不報，只是時候未到。我們把簡清明抓住，誰說沒證據了？江底通往黃泉的口子，是他偷偷挖的吧？這兩艘潛艇是他的吧？龍牙號是他的吧？這些事，一個都跑不掉，送到警察局，這些問題一五一十他都得交代清楚，一交代，那你爺爺的事情還跑得了嗎？」

杜志發剛準備插嘴，趙金生手又是一擺，說：「你先別插話，等我說完。」然後扭頭對著我，繼續說：「但是，我們如果把他們扔在這裡，雖然他們只是沒了異珠，鬼雨珠被我們搶走了，對吧？可萬一他們屠了龍呢？他最後不還是能從這裡離開嗎？充其量只是讓他損失點錢罷了。但他們卻沒有受到法律的制裁，這不等於是讓壞人逍遙法外嗎？你爺爺的一條命，難道只是讓他賠點錢就算了？」

一大通說完後，趙金生對杜志發說：「你有什麼話，講吧。」

杜志發頭一縮，道：「是，你們都是正義使者，就我一個人愛財，行了吧？現在的問題不是抓不抓簡清明，而是需不需要。如果有龍收拾他，他自己送上龍的門口找死，那我們再去，不但多此一舉，反而說不定連累自身。兄弟，那可是龍啊，不像打隻野雞那麼簡單，能從龍穴裡採到鬼雨異珠，然後逃走，保條小命，已經很不簡單了。還跟著簡清明摻和。他是個瘋子，不要命的瘋子，你們沒聽老梁說過嗎？要比狠，我們比不過他的。」

一大通話說完，杜志發衝著我，問：「宣哥，你自己到底什麼想法？」

我左思右想、舉棋不定，最後做了人生中最艱難的決定之一，緩緩說：「我同意趙金生的意見。」

這句話一說，艙裡安靜了下來。好半天之後，杜志發站了起來，叉著腰，說：「好，我承認我他媽是個王八蛋，不夠兄弟，只想著錢。但我不像你們個個是少爺公主，衣食無憂，就知道衝動亂來。現在我把話挑明了，殺龍，我是絕對不會跟著去的，有這麼好的機會，讓簡清明當活靶子將龍引開，我要是不直接去巢穴裡採珠，那他媽是傻子！你們三個是聖人，好，那我和老梁走，這珠子，我採定了。」

郭美琪說：「難道先抓簡清明，然後再採珠，不行嗎？」

杜志發說：「你能保證殺得了龍嗎？要是殺不了龍，那麼趁簡清明引開龍時，就是採珠唯一的機會！」

梁丕盯著我們幾個，不動聲色地加了一句：「如果殺不了龍，那麼趁簡清明引開龍時，也是我們唯一逃出生天的機會。否則，就永遠別想回到地表世界了。」

第二十八章 意外

艇艙裡陷入可怕的寂靜，許久後，我對郭美琪說：「妳跟著他們走吧，我和趙金生留下。」

郭美琪問：「那你們回不去怎麼辦？」

我朝趙金生笑笑，說：「抓不到簡清明，我就算帶著鬼雨珠活著回去也沒有意義；抓住簡清明，那他們不還有一艘潛艇嗎？到時候咱們大搖大擺回去。」

趙金生很義氣地說：「不是我不愛錢，老子就他媽是爲了錢來的。但君子愛財、取之有道，你說爲了錢，眼睜睜看著壞人不管，那這錢我寧可不要。」

杜志發罵道：「你他媽就是個神經病。你不跟著我也好，老子採了珠子，正好歸我和老梁，你別想分一個子兒。」

趙金生砰的一拳打了過來，正中杜志發嘴角。跟著整個人就衝了上來，攥起鐵拳便朝杜志發的臉上往死裡招呼。

我連忙拉住他，說：「嘿，嘿，別激動。」

趙金生氣得直喘氣，指著說：「這種小人，你還拿他當兄弟，還護著他？」

「他愛說什麼就讓他說好了，道不同不相爲謀，反正從開始，他就一直說是爲採珠而來。至少比那些滿嘴仁義道德、一肚子男盜女娼的僞君子好多了。」

趙金生啐了一口，說：「是啊，眞小人嘛。」

杜志發爬了起來，抹抹嘴角的血跡，突然就從腰裡掏出把手槍，頂著趙金生的太陽穴，說：「我他媽小人，是啊，我他媽就是小人！怎麼樣？」看樣子，確實是被趙金生打急了。

杜志發繼續吼道：「你給老子滾下去，給老子滾！」這時郭美琪準備偷偷摸手槍，杜志發立刻又用槍指著郭美琪，說：「別動，別逼我開槍。楊宣、趙金生，你們兩個不是要抓簡清明嗎？好啊，你們現在就下去。」

我一時氣得氣血翻滾、牙關顫抖，上前一步，直接捏住杜志發的槍，對準我的額頭，說：「你他媽要眞想開槍現在就開。我是要下去，但不是被人用槍逼著。」說完，一把奪過他的手槍，盛怒之下揮出一拳，直接將他打得向後坐倒在地，然後轉身開始收拾包裹。

杜志發先是呆在那裡，突然間卻又哭了起來，說：「宣哥，我……我不知道這是怎麼了。」

我心中怒氣未消，看見他現在又變成那副懦夫樣，立刻火冒三丈，轉身死死抓住他的雙肩，說：「哭什麼？你說你想採珠，我說你去採好了，我從來都沒有阻止過你，因為你的家境不好，你需要錢。我不能把我的事情，強加在你的頭上。但你記住一點，追求自己的目標，永遠沒錯，但如果因此失去理智，你就是魔頭，你就跟簡清明沒有區別！你不幫我沒關係，人人都有私心，我還會當你是兄弟，我只會怪我自己沒有照顧好你，但我唯一想告誡你的是——千萬千萬不要作惡。」

杜志發可能當時確實是被趙金生打得腦袋短路了，才一時做出那樣的舉動。就像一個懦夫，被逼急了，終於爆發了一次，但其懦弱的本性又支撐不了這種行為太久，尤其是剛出頭，就被更狠的人壓住了一樣。聽我說了這番話後，他哭得更是稀里嘩啦。

我一邊收拾東西，一邊對杜志發說：「要幹就幹，別他媽沒種。」及至和趙金生兩人都整理完，便準備出艇。

「等等。」郭美琪走了過來，「我跟你們走。」

「Maggie，這次真的太危險了，你……」

「不要再說了，我已經決定了。要不是你，我在海邊時就已經死了……不管去哪裡，我陪你。」

我見她執意如此，也只好點頭同意。

梁丕探出艙外，指著遠處說：「你們看那裡！」順著他手指的方向，能看到禁地的東部邊緣處，聳立著一座直插雲霄的山峰，與一般的獨山不同，那座山非常寬大厚實，從正面看略顯扁平。

郭美琪問：「你是說我們該去那裡？」

「我突然想通了，其實根本不需要探測什麼龍穴在哪裡，因爲只要找到出口的位置，那一定就是龍穴。而出口一定是通向地表的，那麼必然會存在一個類似黃泉峽谷的地方。站在這裡看來，應該就是高山、天柱、天壁。所以幾乎毫無疑問，應該就是在那裡。這條奈河，會通向那座山的山底洞穴，就是龍穴入口；而整座山，應該是空心的，裡面全是水，通向地表某處江河湖海的水底。」說著，他縮回身子到駕駛座，「都先坐下，讓我再送你們一程。」

梁丕駕著微型潛艇，再次潛入水下，向前通過奈河橋之後，又繼續向前走了一段，最後停了下來，說：「不能再往前了，簡清明他們一定就在山底洞穴的附近候著。所以，暫時告別，希望能夠再見！」

杜志發默不作聲地呆坐在潛艇裡，我、郭美琪、趙金生三人帶著裝備下了船，開始小心翼翼朝天柱前進。而梁丕的潛水艇則悄悄沉進了水裡，消失在奈河之中。

眼看離天柱山越來越近，我們停住了腳步，在一處土坡的背面休息整頓。我爬到坡頂，在幾株低矮的灌木叢中匍匐下來，掏出望遠鏡觀察。

奈河在一旁漸漸流淌，蜿蜒著奔向天柱山，如果真的有龍穴，我想一定是在水底，就是水流盡頭的山腳底部，奈河水面以下。這裡的植被既不像沃焦島上那樣茂密，但也不完全是荒原，類似丘陵地帶，一眼望去，盡是山坡，但除了通天的天柱山以外，全是低矮的土包，上面長著灌木叢，偶爾有一兩棵造型奇特的大樹。

過了一會兒，我忽然發現在左前方不遠處的河面上，有艘潛艇半浮在水面，就跟梁丕的那艘一模一樣。於是連忙爬下坡去，將這個消息告訴兩人。

郭美琪聽了，問：「看到他們人了嗎？」

我說：「沒，只有潛艇在那邊，艙蓋也開著，唯獨沒見著人。」

趙金生看了下手錶，說：「時間快到了，他們一定在前面某個山坡腳下準備火力呢。」

郭美琪喃喃地說：「八月二，龍收尾。也不知道這說法到底準不準。」

我說：「簡清明整個家族做這行當都四五代了，這個應該錯不了。」

「但他們可沒屠過真龍，以前南珠世家、採珠人屠的都是由蛟剛剛化成的龍，按照梁丕的說法，那只是虯龍，而且是剛變的，能量不足。現在這條，說不定可是應龍。」

趙金生說：「萬一是龍王呢？！」

我聽他這麼講，趕緊止住，說：「別這樣，兄弟。你這嘴比較厲害，上次說鬼卒未必不會殺我們，結果，真的差點被當成唐僧肉放到蒸籠裡給活蒸。應龍都已經夠頭疼了，萬一又被你說中，是條龍王，那不慘了？」

三人正說話間，忽然背後響起拉槍機的啰嗒聲，接著一個聲音說道：「就算是龍王，那也得殺。」

我們驚得轉頭一看，四個人已經站在我們身後，旁邊更有五六個人舉著槍，半包圍著走了過來。一個五十多歲的男人，身材高大，卻瘦削精幹。刀劈斧鑿般的臉部輪廓，雖然堅毅，但透著鷹隼般的狠毒，額頭已經布滿皺紋。他一襲黑色突擊戰術服；左胸上佩戴著一枚胸章，上面是一隻長腳怪蜂的圖案；右側大腿上綁著外掛式快拔槍袋，裡面插了一把手槍，緩緩走到我們面前，雙手背在身後，說：「雖然我不認識你們，但憑我的推測，你們應該是爲楊子衿的事情追到這裡的。」

他的兩個手下走上前來，奪去我們的武器。這個男人打量了下我們三人，然後走到我的面前，說：「你，應該是楊子衿的孫子，對嗎？」

我在迅速觀察這人的同時，心裡想著對策，剛看了他大腿上的手槍一眼，卻聽見他說：「不要想要花樣，想搶我的手槍，根本不可能。」他一下子猜中我的想法，我很震驚，同時也驚嘆於他觀察力之敏銳，不過短短幾句話的工夫，我已經了解到，面前這人的實力之強，確非一般人可比。

於是我周旋道：「你是簡清明？」

那人笑了一下，但他那張臉，即使笑起來，也讓人微微覺得有些可怕。他說：「我是簡清明，南珠王世家第四代傳人，游蜂營第四任都統。」

趙金生罵道：「游蜂營，游你媽×啊，你還以爲是在清朝呢！」旁邊一個持槍的手下，走上前來，舉手剛要砸趙金生，被簡清明制止。

簡清明竟然毫不生氣，反而笑道：「我祖南珠王，乃慈禧敕封，並特意組建游蜂營，令我祖任都統，天下水師，我祖憑珠牒，皆可調運。現在雖然並非清朝，但我重建游蜂營，又有何不可？」

我朝他的這些手下看了一圈，說：「有幾個臭錢，隨便雇幾個人，發點裝備，就成游蜂營了？還自任都統，特別有成就感，是吧？」

郭美琪附和著我說：「乾脆讓他自任美國總統好了。」

「我的實力，並不基於你們的認可。再過幾個小時，等我殺了這條龍，採了鬼雨珠，你便會明白，游蜂營一統天下的時代，即將來臨。我會成爲世界上第一個靠異珠號令天下的採珠人！」說著，他稍稍湊向我的耳邊，「而你，會見證這一切。」然後又直起身，繼續背手踱起步子，「本來我想讓你們三個能夠有個好死，但既然你們這麼嘴硬，那我得讓你們爲自己的狂妄，付出一點代價。」

簡清明對旁邊兩名手下說：「按住這個女的。」

兩名黑衣人立刻夾住郭美琪的胳膊，簡清明走上前去，從包裡掏出一支針管，裡面裝著紅色的液體。

我大喊起來：「姓簡的，你要幹什麼？」說著，便要往前衝，但被他的手下牢牢抓住。

簡清明沒有回答我，只是微微轉頭，用側臉對著我奸詐地笑了一下，接著便將針頭插入郭美琪的脖子，然後一口氣推光裡面的藥水。

沒等郭美琪有什麼反應，簡清明便說：「綁到山腳下的奈河邊，另外，讓她背上ＳＡＤＭ。」

那兩名黑衣人便將郭美琪朝河邊拖去。我焦急地繼續掙扎，但被他們一槍托砸在腹部，簡清明揪住我的領子拉起我，凶性畢露道：「我要讓你嘗嘗親眼看著自己的女人在自己面前送死的滋味，這就是狂妄的代價。」

隨後，我跟趙金生兩人也被押到山腳河邊的一座土坡之後，透過望遠鏡，恰好能看到河邊的景象。而此處，已經被簡清明他們布置成一個作戰場，單兵攜帶的火焰噴射器已經被手下的人穿在身上，埋伏到隱密處。另外肩扛式反坦克導彈等，也是應有盡有。

但我最爲擔心的是郭美琪身上的那個背包狀物體，也就是簡清明口中的ＳＡＤＭ。

時間一分一秒過去，所有人都隱匿到位，唯獨剩下郭美琪一個人被綁在山腳下的河邊，背後背著那個該死又異常沉重的SADM。

簡清明看了下手錶後，對我說：「知道那個背包裡是什麼嗎？SADM，special atomic demolition munition，簡單說就是微型核彈。那個背包只有一百三十多斤重，但威力卻相當於一千噸的TNT。本來我還在想，讓誰去當這個活靶子才好，你們的出現，讓我解決了這個難題。」說著，呵呵呵地笑了起來，掏出一個遙控器，「只要那條龍，先吞掉你的美人，然後我按下這個按鈕。嘭……一切全都解決了，哈哈哈……」然後他將遙控器遞到我的面前，「要不這個按鈕由你來操控？」

我難以置信地看著這個瘋子，說：「不要讓我活著，否則我一定殺了你。」

簡清明說：「如你所願，等那個妞死了，屠完龍，採到珠，讓你目睹我號令天下之後，我會讓你死的。而且到時候，死的人就多了，豈止你一個？」

趙金生說：「你想用鬼雨珠做什麼？」

「做什麼？有了鬼雨珠，便能操縱天氣，無論是狂風暴雨、還是颶風閃電，都是我說了算。但在讓世人因此妥協之前，你得先讓他們嘗嘗厲害，不是嗎？所以我說，可能有很多無辜的人會犧牲，這些全都是因為世界上有太多像你們這樣的狂妄之徒，如果從一開始就能信服我，我也不會做出這些事情。」

「你他媽就是個瘋子。」我說。

「瘋子也好，神經病也好，現在誰也阻止不了我了。游蜂營將會永載史冊。」

趙金生看著眼前的這一切，問道：「你們是偷渡來中國的吧？」

簡清明說：「我的龍牙號可有正規手續，從東海直接開進長江的，只不過誰也沒想到，龍牙號的底艙裡有兩條微型潛艇，而潛艇裡裝滿了這些傢伙。」

趙金生哼了一聲：「我勸你不要自我感覺太好，要想人不知，除非己莫爲。」說著，忽然抽出原本被手銬銬得緊緊的雙手，一個標準的擒拿動作，左手將簡清明手中的遙控器奪過，順勢扼住其脖子，右手則拔出他大腿上的手槍，抵著簡清明的太陽穴，這兩個動作流暢無比，又迅捷異常，驚得我目瞪口呆。轉眼之間，形勢便產生了一百八十度的轉變，簡清明變爲了我們手中的人質。

「你想幹什麼？」簡清明問。

趙金生說：「你說警察想幹什麼？抓賊囉。」

我驚得結巴起來：「你是，警察？」趙金生朝我笑了一下，然後對旁邊的黑衣人說：「把他的手銬打開。」

沒什麼動靜，他左手緊扼簡清明脖子的同時，抬起右手用槍托砸了一下簡清明的額頭，登時讓他血流滿面，「快讓他們解開手銬。」

誰知簡清明毫無反應，任由鮮血流下，卻說：「我這輩子被人用槍指著頭的次數，多得我自己都記不清。你以為靠一把槍，就能讓我順從？你根本就不了解我，你根本不知道自己面對的是什麼樣一個人，你怎麼贏？」

趙金生大概也確實是頭一次遇見這樣的，真急了，對著簡清明的小肚腿就是一槍，吼道：「解開手銬！」

簡清明雙腿顫抖著，竟然又站了起來，大口大口喘著粗氣，緊咬牙關，說：「你可以殺了我，但你們自己也就死定了，周圍都是我的人。他們殺了你們和龍後，會把鬼雨珠帶回美國，那裡還有我的兒子，南珠王家族還會繼續，游蜂營會永遠縱橫四海。你以為你現在占據優勢，錯了，這個世界上，沒人可以強迫我。」

這時，又有他的兩名手下從後面圍上來，加上我旁邊的黑衣人，一共是四個游蜂營的人，舉著半自動步槍，將我們圍在中間。

趙金生是真沒辦法了，任誰都沒想到遇上這麼個不要命的頭。假如趙金生要是真開槍殺了他，頂多是拉上一個墊背陪死的，然後就正如簡清明所言，我們幾個會被輕鬆解決，毫無疑問；但如果不殺簡清明，那脅迫他還有什麼用？此時當真是進退維谷。

就在這遲疑的一瞬間，簡清明陡然右手上舉，一把握住趙金生拿槍的手腕，推到頭上，同時，左手肘部後擊，然後右手抓著趙金生的手腕劃過一個半弧，沒受傷的左腿向後橫掃，順著趙金生向前摔倒的架勢，左膝頂到其右後背的肩胛骨處，一個反關節，又將槍奪回。旁邊幾個手下見狀，一擁而上，將趙金生死死壓在地上。

趙金生突然開銬奪槍，亮出自己的警察身分；簡清明瘋子般的言語；還有這時的逆襲，狀況在瞬息之間幾經反轉如同雲霄飛車一般。

這時，簡清明瘸著腿，走到重新被繩子綁緊的趙金生面前，語氣仍然平靜：「我希望你記住一句話——靠槍，永遠征服不了別人。什麼時候征服了別人的心，什麼時候你才是真的贏家。」

就在這時，對講機裡響起聲音：「頭馬呼叫都統，大批人員正在通過奈河橋，身分不明。頭馬呼叫都統，大批人員正在通過奈河橋，身分不明，完畢。」

儘管我不明白他們說的頭馬是什麼，但從那人報告奈河橋的情況來看，我猜應該是簡清明設置在那附近的隱密觀察哨位，一號哨位。

同時我也明白了，爲什麼我們會莫名其妙就被簡清明帶著人包抄。從最開始被人搶車，到後來在黃泉洞險些被光頭佬捉住，再到這次在龍之禁地被他逮個正著，樁樁件件都說明，這人做事實在是步步考慮周詳，排兵布陣嚴絲合縫，有攻必有守，有進必有留，實在是個可怕的對手。

簡清明神情詫異地拿起對講機，說：「大批人員？是些什麼人？」

「人數眾多，體型彪悍，但沒有槍支，目測約有一千上下，攜帶刀劍、弓弩。完畢。」

可以看出簡清明急了，拖著瘸腿踱著步子，嘴裡說：「這到底是些什麼鬼？」

簡清明這夥人，從黃泉峽谷下來之後，便透過家傳的望氣術，直接開著潛艇，來到了最東面的龍之禁地。而之所以叫禁地，是因為鬼卒們知道這裡是龍出沒的地方，所以根本不敢進來。也就是說，游蜂營這幫人，從進入十獄閻殿起到現在，就根本不知道鬼卒的存在。這就是為什麼簡清明在聽到潛伏哨報告情況後，百思不得其解的原因。

而我和趙金生，兩人對視一眼，便都明白，這一定是從最靠近這裡的第十殿過來的鬼卒。龍之禁地是單獨的一片陸地，或者叫島嶼，與第十殿之間被一條奈河隔開，之間靠著一座奈河橋相連。

一般情況下，鬼卒肯定不會通過奈河橋，進入龍之禁地，但為什麼這個時候，竟然會有一千多人，持著他們的兵器，過橋向東，來到這裡。我一時之間倒也沒能想明白。

一個手下問：「都統，現在怎麼辦？」

簡清明皺眉凝思片刻，然後似乎悟出什麼一般：「大意了，大意了。我早該想到，既然那裡有座橋，肯定是有人建造的，那這裡一定是會有人的。」

旁邊那人說：「但就算早想到有人，那跟現在比，也沒有什麼區別啊。他們該來不還是會來嗎？」

「我們可以早些將橋炸掉啊。讓這裡成為一片孤島，不就行了嗎？」簡清明說。

另一人問：「要不要開火？」

「先別急，先別急，讓我想想。」簡清明似乎忘記了自己的腿傷，雖然臉色有些發白，但還是全神貫注想著，片刻後看著趙金生，對手下說：「那些人到這裡來，一定是有原因的，說不定就跟這幾個人有關係。你們把他先遠遠地扔到前面去，看看那幫人的反應。」

這話一說，我心裡急了，因為我這時才想到，梁丕炸了第三殿，救出了我們，鬼卒豈能善罷甘休？把趙金生扔出去，簡直就是扔塊肉給狗啊。但他們是怎麼知道到這裡來找人的呢？猛地我突然想到一個人，先前給我們帶路的那個鬼卒，梁丕放了他，一定是他，跑到了鄰近的第十殿部落，立刻通知了那裡的閻王，一定是。

幾個黑衣人拉著趙金生就往外走，他回頭望了我一眼，說：「兄弟，再會。」

情急之下，我立刻說：「等等，我有辦法。」

簡清明立刻揮手示意手下稍停，然後一邊包紮著腿上的傷口，一邊說：「什麼辦法？」

「那些人叫鬼卒，住在對面的陸地和陰山裡，是元末時期張士誠起義軍的後裔，在黃泉洞裡投河自盡，卻沒想到老天不讓他們死，很多人被沖到了這裡。」

「說點有用的，他們為什麼來？」簡清明齜牙綁著止血帶。

因爲我不確定他們是否知道梁丕的潛艇，還是只是在我們三人上岸之後，才發現我們的。既然他從來沒提起過潛艇的事情，所以我也就不提梁丕和杜志發，只說：「因爲我們三個在那邊被他們抓住了，逃出來時炸了他們的宮殿。逃到這裡來時，恰好又被一個鬼卒知道，所以他們現在帶人過來，是想抓我們回去報復。」

那個黑衣人說：「都統，眞被您猜對了。我這就把他們兩個扔出去，那些鬼抓到他們之後，自然就會退了。」

「別著急，聽他把話說完。」簡清明轉頭朝向我，問：「你說你有辦法，說說。」

「這些人腦袋是不正常的，他們認爲自己並不是人，而是鬼卒，是被派到這裡來重建陰曹地府的，他們在等著什麼地獄重開。所以只要是被他們發現外面的人，他們都會認爲是新進來的亡魂。換句話來說，只要不是他們的人，都得死。如果把我們扔出去的話，且不論少一個郭美琪他們會不會甘休，他們只要見到我和趙金生是被綁著的，那麼一定會猜到這裡還會有其他人，而且現在他們人多勢眾，絕對會分散開來繼續搜尋，你們是沒有辦法阻止的。」

簡清明望著我，沉默了片刻後，說：「沒了？呵呵，你這不是辦法，是拐彎抹角讓我不要把你們扔給鬼卒。」包紮完後，他站起來，緩緩走了兩步，「知道我是怎麼想的嗎？對於別人的意見，我首先判斷的不是意見本身，而是提意見的這個人怎麼樣。如果這人被我判斷爲人才，那麼他的意見我會根據實際情況，對的接受、錯的摒棄；如果這人被我判斷為是個平庸之輩，甚至是個失敗者，那麼，你猜這時我會怎麼樣？」呵呵笑了兩聲，「我還是會認眞聽他講，但最後會反向執行。所以現在，我倒覺得很有必要將你們扔給那些鬼卒。」他指著趙金生，「至少先把他扔出去看看情況。」衝著他的手下喊，「拉出去，扔到二號坡下面，過來的必經路上。」

於是兩個黑衣人拖著趙金生繼續朝前走，一會兒便消失在山坡後面。

從奈河橋到這裡，還有段距離，如果徒步行走的話，大約需要個把小時，那還是在直接朝這裡前進的情況下。大約半個小時之後，對講機響起：「二馬呼叫都統，鬼卒已經發現包子，完畢。」

我的心提了起來。簡清明問：「殺了嗎？」

「沒有，但是鬼卒部隊正在分散，開始縱向搜尋，完畢。」

我聽到後，說：「你瞧，我沒騙你吧。現在好了，他們不但要找全我們三個人，還得找到你們才會甘休。」

不過簡清明的話，卻出乎我的意料，他繼續對著對講機說：「頭馬，二馬，聽到依次回答。」

「頭馬在。」

「二馬收到。」

「你們兩個現在開始向三號坡撤退，碰頭後，集中火力攻擊鬼卒先頭。一旦吸引其注意後，繼續朝四號坡撤退，直至最後撤到大本營，目的是將鬼卒大部引到這裡。明白，回答。」

「頭馬明白。」

「二馬明白。」

下完命令後，簡清明抬起手腕，看了看錶，然後按下了計時按鈕。

我瞧他那副不可一世的模樣，心裡就火大，故意說：「你一共也就指揮九個人，搞得跟人家司令一樣，是不是很有成就感啊？！」見他不理睬，我繼續說：「把鬼卒直接引到這裡，你是不是找死？想死告訴我，我幫你嘛，何必要鬼卒呢？」

「哼。」簡清明冷笑一聲，「你要是能懂，我剛才就聽你的了。從二號坡到這裡，大約需要四十分鐘，如果我預料沒錯的話，奈河裡的龍，將會在五十分鐘後出水。也就是說，只要我們能在這裡頂住十分鐘，甚至如果運氣夠好的話，能夠一分鐘都不差，那麼就可以讓龍來收拾他們，一千多人，哼哼，遇到龍，夠拖上一陣子了。」

我有點驚訝，說：「如果那麼多人在河邊的話，龍就不會以郭美琪爲目標，所以你將ＳＡＤＭ綁在她身上就沒用，還不如先放她回來。」

簡清明輕輕說：「她不是沒用，只是現在暫時對龍可能沒有那麼大的用處了，但鬼卒見到她，一定會去抓，要抓她就會帶走ＳＡＤＭ，到時我再根據情況引爆，一千人，大概大部分都會飛上天。」

到這個時候，我算是真有些領教了簡清明的厲害之處了。這人的思維極爲敏銳，而且能夠根據具體情況，改變計畫，並善於盡可能的讓舊計畫爲新計畫所用，而且膽量驚人。將一千多人，活生生引向包括自己在內僅有的十個人，雖說是槍支對刀劍，但即便如此，這種膽量也是相當驚人的。

我想了想，說：「你又說要靠鬼卒拖住龍，又說要用SADM對付鬼卒，這不是自相矛盾嗎？」

「計畫趕不上變化，一切情況都要做好準備。如果到時果真如我所料，能夠讓鬼卒當靶子，拖住龍的話，那我根本不會動一槍一彈，直接就開我的潛艇到龍穴採珠，然後拍屁股走人，大功告成，管他最後龍和鬼卒誰生誰死。」

我心裡暗暗罵道：「這個鳥人，賊精賊精的，想法跟梁丕一模一樣。」

簡清明繼續說：「如果情況不那麼樂觀，我們沒能及時下水，而又最後偏偏被鬼卒們包圍的話，那就用SADM對付他們。兵無常勢，水無常形；運用之妙，存乎一心。世界上哪有一定能成的東西？但不管哪種情況，你的小美人背著炸藥包綁在那裡，都是必須的。」

我搖頭低聲罵了一句，說：「不過你還有一種情況沒有考慮到，那就是龍真吞了SADM，被炸死了，可鬼卒等到龍被炸死時才到，那麼你就既沒有SADM，也沒有龍，來對付那一千多的鬼卒。」

簡清明邪笑著說：「你說得很對，但我既然敢把他們往這裡引，就說明我不會允許這種情況發生。人不管做任何決定，都會遇到類似的抉擇。但身爲一個領袖，得善於迅速定下決心。患得患失，前怕狼、後怕虎，那可不行。」

第二十九章 逃出生天

時間過去差不多半個小時，果然兩名黑衣人從南邊撤了回來，喘著氣來到簡清明身邊，說：

「都統，鬼卒大部隊已經過來了，差不多還有五分鐘左右。」

簡清明舉起望遠鏡，觀察了片刻說，說：「這幫人都是吃什麼東西的，這麼人高馬大。」

「他們吃生硫黃。」我在一旁說。

「生硫黃？」簡清明搖搖頭，「硫黃大熱有大毒，怎麼可能生用？一群傻子。還戴著半臉骷髏頭，裝神弄鬼。」

我看著被綁在河邊的郭美琪，心急如焚，只消再過幾分鐘，鬼卒們到了這裡後，就會看見她，並將她抓走。可我絞盡腦汁也想不到什麼解救的辦法。

本以爲簡清明要讓人準備開火，誰知他拿起對講機，稍微愣了片刻後說：「所有人，沒有我的命令，不得開火。所有人，沒有我的命令，不得開火。」然後再次看錶，低聲道：「他們的速度比我預計得要快。」

我說：「傻了吧？你們有槍是不假，但禁不住人家人多啊，一擁而上把你們滅了，花不了十分鐘，等撤走時說不定龍才出水呢。」

簡清明朝我走來，說：「你說得沒錯，所以現在我要帶你出去。」接著，兩名黑衣人押著我，跟在簡清明後面，三人朝外走去，來到郭美琪的旁邊，望著鬼卒過來的方向靜靜等著。

郭美琪見我們過來，哭著喊道：「楊宣，楊宣。」

我說：「別怕，Maggie。不會有事的，我會救你的。」不過天知道，我該怎麼救她。

郭美琪眼裡含著淚花，點了點頭，嘴裡答應著。

五分鐘後，鬼卒部隊漸漸出現了，前幾排騎著那種頭部像是變異駱駝一樣的馬，後面的則是步行，遠遠看去黑壓壓一片，體形彪悍，再加上都戴著骷髏面具，像極了從地獄裡而來的軍團。

簡清明看著，笑道：「嗯，這馬不錯，夠霸氣。改天再到這裡弄幾匹回去，那也能大賺一筆了。」說完，將我推到最前頭。

鬼卒人馬在行進到距我們五十公尺遠時，響起號角聲，整個千餘人的隊伍停住。恐馬們在前頭不住打著響鼻，另有弓弩手在兩側搭弓引弩，隨時準備射箭。接著有十幾個人，騎著恐馬，慢慢走了過來，到近前才停住下馬。打頭的一人，我認了出來，正是那天在第三殿的山谷中，十個閻王中的一個，手裡端著酒杯的那人。而根據龍之禁地這裡毗鄰第十殿來推測，此人應該就是第十殿的閻王。

十閻王開口說：「你們是什麼人？爲什麼要將這幾個亡魂綁起來，送給我們？」

簡清明說了一句出人意料的話：「我們是鬼差，東嶽大帝派我們來，巡視你們重建的陰曹地府。這幾個亡魂，從你們手裡溜走，但被我們發現了，所以替你們抓了起來。」

我心裡狂罵簡清明不已，這個王八蛋，知道跟這群鬼卒根本沒法正常溝通，因爲來自完全不同的兩個世界，於是將我告訴他的情況，稍微改裝了一下，順著鬼卒的思路，想狠狠騙他們一次。而最終目的，就是要拖延時間，直到龍從奈河中出來，而這個時間不會很久。

我心想，即使老子死了，也不能叫你簡清明得逞，於是喊了起來：「閻王，他是騙你的，他跟我們一樣，都是從外面過來的。」

對面的聽了，互相看了看，那神色似乎竟有些驚訝，小聲嘀咕商議起來。

我急道：「你們他媽的眞是腦袋有病啊！吃硫黃吃壞了吧你們。大家都是人，一模一樣的人，哪有什麼鬼？我看你們見鬼去吧！」

其實後來我再回想這件事時，才理清了思路。鬼這個詞在我們看來是代表陰間的魂靈這種意思，但在他們看來，並不是這樣，而是代表除了他們十個部落以外的人員，或者來自十獄閻殿以外地方的人，這個層面的意思占比更大。而且正是因爲他們不知道這些外人是從哪裡進來的，所以才將他們看作不同於鬼卒的人，並用亡魂這個詞來代表。所以儘管雙方的語言一樣，甚至詞彙也一樣，但在特定詞語的理解上，是分屬兩個完全不同的文化體系的，在各自眼中的含義是不一樣的，你覺得他們簡直是不可理喻，他們其實也覺得我們無法理解。

而簡清明雖然是個心狠手辣的大惡人，但有時你不得不佩服他與常人不同的思維模式，比如他在聽了我對於十獄閻殿鬼卒的簡單介紹後，立刻就明白，對於這些人，不要試圖說服他們，而是應該順著他們的意思，順著他們的理解，去狠狠騙他們。

簡清明一看有了效果，繼續大聲說道：「你們這麼多鬼卒，竟然被這幾個亡魂弄得團團轉，那陰曹地府要等到什麼時候才能重開？」

當中那首領耐不住了，快速朝前走了幾步，指著簡清明說道：「空口無憑，誰知道你們到底是亡魂還是東嶽大帝派來的鬼差？」

簡清明笑了笑，說：「你們很快就會知道。」他朝後面指了指郭美琪，「那個女的，偷了東嶽大帝的寶物，就是她身上背的東西。很快東嶽大帝就會現身，你們都能看到。」

十閻王疑惑地說：「眞的？」

「我們就在這裡，跑不掉的。一會兒如果東嶽大帝不現身，你們就殺了我們。」

有個鬼卒手下問：「東嶽大帝現身十獄閻殿，爲的是什麼？」

簡清明輕輕說出四個字：「地獄重開。」

這下好了，這些鬼卒聽了立刻議論起來，嘀咕中又聽見他們談到什麼「聖帝將至，閻殿重開。」

恰在此時，河水開始晃動起來，就像是水桶裡被搖晃的水，不斷溢向岸邊。緊接著，傳來一陣低沉雄渾的龍嘯之音，在整個奈河兩岸激盪。從水面波濤的最中心處，猛地升騰出一條巨龍的上半身，片片鐵甲般的青鱗抖動，帶起無數水花，接著一對巨大的龍翅展開，簡直遮天蔽日，岸邊光線頓時黑了下來。這一幕徹底驚呆了所有人，尤其是鬼卒那一千多人的隊伍，幾乎全部呆若木雞，驚恐地看著高高在上的龍頭。

簡清明卻一副幸災樂禍的模樣，看著對面登時大亂的隊伍，輕聲說了一句：「一群傻子。」然後帶著兩名手下，悄悄向旁邊的山坡撤去。

那條龍遍體青鱗，雙眼火紅，背部兩隻翅膀，正屬於梁丕口中所說的僅次於龍王級別的應龍。龍眼的目光朝岸邊掃來，僅僅稍作停頓，便衝著鬼卒黑壓壓的隊伍伸出脖子，猛地朝前尖嘯一聲，身上的青色鱗甲全部倒立，龍頭上的鬚髮皆張，駭人至極。

不等鬼卒們逃散，整條龍身便完全出水，躥向鬼卒隊伍的中心位置，那情形像極了一條衝進雞群裡的狼，雙方完全不是同一個等級的。

這時候，簡清明一夥人已經撤退到土坡後面，而鬼卒又四下逃竄，於是我趁機朝郭美琪跑去。但最要命的是，我的雙手被手銬銬在後面，此時來到郭美琪身邊，完全是乾著急，沒有任何辦法。

就在這一片混亂當中，我看到原本被拴在一匹馬後面的趙金生，忽然抽出旁邊一名鬼卒的腰刀，乾脆俐落地斬斷將自己拴在馬上的繩子。掙脫開後，他朝我和郭美琪這邊衝來。

鬼卒部隊因爲對於青龍的出現完全沒有準備，因此才會大潰退。但他們畢竟驍勇彪悍，此時也開始零星地有了些許反擊。只是面對龐然巨獸一樣的青龍，那些弓弩的襲擊簡直連搔癢都算不上，而有些被攔住去路，或被青龍追上的，只好硬生生憑藉刀劍抵抗，卻如同以卵擊石，青龍幾乎是踩螞蟻一般，橫衝直撞。

趙金生來到我們身邊，先是以最快的速度，卸下了郭美琪身上背著的SADM，接著竟然從腰間的皮帶裡抽出一根髮夾，就是那種最普通最老式的黑色的像根針一樣的髮夾，將髮夾掰開，一頭伸進手銬的鎖孔裡先是扭了一下，折出一個小彎曲，然後又換了個方向朝鎖孔伸去，只是一轉，就跟鑰匙一樣將我的手銬打開了。前後不會超過十秒鐘，一般人用鑰匙也就是這個速度了。

我神奇地看著他，說：「趙金生，你太厲害了。」

趙金生低著頭，似乎在尋找簡清明的方向，說：「這都是我在警校練的東西，沒什麼技術可言。我們趕緊撤到山坡後面。」

但人跟人的運氣還眞不一樣，簡清明逃走的時候，青龍連看都沒看見他；但我、郭美琪和趙金生按照同樣的線路撤退時，青龍扭頭看到了空曠地帶的我們，竟然撇下身邊那麼多的鬼卒不管，直直朝我們衝了過來，簡直令人百思不得其解。幸虧這個時候，青龍離我們還有相當的距離，時不時還有些鬼卒在射箭，替我們製造了一部分時間。

當時往南邊是青龍和鬼卒，去了就是死路一條；往西邊就是奈河，過不去；往北邊，就是天柱山，根本上不去。唯有一條生路，就是東邊的兩座土坡，是簡清明設置的口袋狀火力陣地。幾乎沒得選擇，我們追著簡清明的方向而去。當我們跑到土坡之間的關口時，青龍剛好追到最開始郭美琪被綁的河邊處，SADM被我們解開後，扔在這裡。也就是此時的SADM背包，正好位於青龍的龍身腹下。

只聽到一聲轟天巨響，腳下的土地都震動了足有五六秒的時間，我們回頭一看，那顆微型核彈SADM瞬間爆炸，強大的衝擊波襲來，雖然其殺傷半徑只有八百公尺，而我們一路狂奔之下，早已遠遠跑出那個範圍，但我、郭美琪和趙金生，仍舊被超強的熱浪掀起，重重摔到地上。

而那條青龍，處於炸彈的核心位置，正是ＳＡＤＭ威力最爲恐怖驚人的地方，如同一棵被龍捲風刮起的樹般，被炸到半空中，然後狠狠摔進了奈河裡。同時，靠近北側約占三分之一的鬼卒，因爲處於炸彈的殺傷半徑之內，也都被火焰所吞噬。

禁地裡沉默了下來，似乎只有爆炸後的火浪。所有人的目光，都集中在青龍落水的地方，但是五六秒鐘後，青龍從水下重又騰出，怒張雙翅，直接飛到離岸邊最近的一座山頭，正是簡清明當時重兵布陣之處，而我們三人正好撤退到了這座土坡或者叫小山的背面。

兩枚「標槍」反坦克導彈，分別從兩側山頭，帶著火紅的尾焰射向青龍，接著機槍聲響起。

趙金生大口喘著氣，說：「我×，游蜂營這幫人竟然沒撤？還在這裡。」

我說：「是啊，我也想不通，簡清明剛才明明說，要趁鬼卒牽制青龍的時候，坐潛艇去採珠，怎麼還沒走？」說到這裡，我突然想到了什麼，一拍大腿，說：「壞了，壞了，這鳥人肯定走了。」

郭美琪問：「上面不是正在開槍嗎？怎麼走了。」

我說：「他一定是帶著那兩個部下先走了，留下這些人堵在這個山口，牽制青龍啊。他肯定是怕這些鬼卒禁不起青龍打多久，所以把自己人也留下了，何況還有這麼多這麼猛的火力！所以剛才時機選得那麼好，連ＳＡＤＭ都引爆了，既炸了青龍也炸了鬼卒。」

趙金生罵道：「這個狗×的，老奸巨猾。」

郭美琪說：「我明白了，從河邊去不了他們自己的潛艇那裡，因為南邊的路都被鬼卒堵住了。所以他肯定是從這往南繞個小圈過去了。」

我朝那邊看了看，確實可以繞過去，事不宜遲，後面還有青龍，於是我們也狂奔著跟了過去。

儘管簡清明的手下分散處於兩座山頭，構築了一道交叉火力網，對著青龍火力全開。那些子彈、炮彈，對於青龍而言，可能會造成一些痛感，但最多像是蜜蜂螯人的刺，沒有實際作用，況且蜂刺有毒，人被螯多了會中毒，嚴重的會死。但子彈可沒毒，青龍被狂泄的子彈徹底激怒，張開雙翅直接躍上坡頂。但發射反坦克導彈的兩人，分別隱匿於兩側的山坡掩體內，要知道當我們在沃焦島被鬼卒抓走，乘船來到陸地陰山上的這段時間，簡清明這幫人可一直都在這裡構築工事，設置所謂的屠龍陣地。所以這些工事和掩體大部分都位於山體內部，異常堅固，再加上有樹木和灌木叢等的偽裝，一時間竟也難以發現和攻破，所以青龍處於被動挨打的狀態。

不過誰都知道，剩下的那幾人根本支撐不了多久，從一開始ＳＡＤＭ沒能炸死青龍，就已經註定了單憑現在的這些人和裝備，根本不可能成功，只能拖延時間。

不過，那些鬼卒似乎受到了簡清明手下的鼓舞，見有人竟然能夠成功牽制住在他們眼中根本不可能被戰勝的青龍，於是漸漸重新聚集起了隊伍，在兩座山坡的關口之外形成了一個包圍圈，與坡上的火力合圍。

最令人驚奇的是，這幫鬼卒在吹響戰爭號角後，沒多久天空中竟然出現了不少黑影，像是大鳥，剛開始的時候看不太清，後來飛低之後才發現，竟然都是我和郭美琪在沉船墳場中遇到的那種鳥頭怪物。

這些鳥怪本就體型驚人，現在又成群結隊地去攻擊青龍，不要命似地撲過去，有些扯下幾片鱗甲，有些直接去啄龍眼，好比一群獵犬去圍攻猛虎，雖然沒辦法形成致命傷，但數量眾多還是讓青龍招架不住。

這個時候我才恍然大悟，爲何沃焦島上的大型史前動物幾乎全被鬼卒獵殺殆盡，唯獨只剩下這種鳥怪，大概是這些鳥怪就跟人類的狗一樣，牠們可以幫助鬼卒。而鬼卒如果僅僅憑藉自身的力量，要對付那些史前大型動物，可能也沒有比獵殺青龍簡單太多。他們必須學會藉助動物的力量，幫助自己去獵殺另一些野獸。

我們三人從裡面的小路再次繞回河邊，一眼便看到了前面的簡清明和兩名手下，此時他們已經到了潛艇邊緣，正在往上走。

趙金生一邊往前狂奔，一邊氣得大罵：「王八蛋！」

我在後面說：「追不上了，他們已經上潛艇了。」

簡清明站在艇上，似乎也看到了我們，隱隱約約好像對著我們笑了笑，然後坐了下去。

郭美琪停了下來，撐著腿喘氣，我也停下陪她。趙金生即便再心有不甘，也沒得奈何。

正在三人垂頭喪氣之時，神奇的事情發生了，那艘潛艇半天沒有動靜，仍舊安安穩穩停在河邊。而且遠遠能聽到簡清明幾近瘋狂的怒罵聲，這可是自從見到簡清明之後，第一次看到這人發火動怒。

我們互相看看，覺得肯定哪裡出了問題。於是便又邁開腳步，朝前趕去。當我們來到潛艇旁邊時，已經幾乎不怎麼緊張了，反而覺得眼前的情況有些搞笑，因爲包括簡清明在內的三個人，坐在微型潛艇中，就像是坐在觀光旅遊車上的乘客一樣，等著別人來啓動。

哈哈！簡直滑天下之大稽，他們的潛艇啓動不了了，甚至連上艙蓋都沒辦法蓋下。這到底是怎麼回事，我也不明白。

見我們三人也趕到了，簡清明惱羞成怒，直接從潛艇裡站起身，掏出槍對著我們，說：「我們走不了，你們三個也別想跑。」旁邊一人也站了起來，手裡舉著槍，另有一人坐在駕駛座上，仍然撥弄著那些按鈕。

趙金生說：「靠槍，永遠征服不了別人。這是你自己說的，忘了嗎？現在你拿槍對著我們，以爲我們怕嗎？反正潛艇開不了了，大家一樣玩完。」

就在這個時候，趙金生不知從哪裡摸出一把手槍，像是快速射擊比賽時那樣，飛身橫向臥倒的同時，連著乒乒乒三聲槍響，先是潛艇上的兩名黑衣人直接被爆頭，接著簡清明拿槍的手瞬間就垂了下去，右臂肩窩處中彈。

我和郭美琪還沒反應過來，趙金生便衝上前去，一下子躍進了潛艇，奪下了簡清明的手槍。

簡清明咬著牙說：「你要是敢再打我一槍，我發誓這輩子做鬼也不放過你。」是啊，先是小腿被打了一槍，現在肩窩又被射一槍，還都是被趙金生一個人打的，要是換成我，疼不疼姑且不談，氣也得氣得冒煙不可。

現在這麼好的機會，青龍正被拖著，簡清明又眞正被趙金生抓到了我們手裡，正是功德圓滿好撤退的時候，可偏偏唯一的一條潛艇，現在不知道什麼原因，竟然沒法點火啓動了，眞是活生生氣死人。

趙金生一手揪起簡清明的領子，問：「這潛艇怎麼回事？」

簡清明臉色蒼白，笑著說：「油艙空了，沒油了，你們走不了了。抓了我也是白搭。」

沒油了？我們三人面面相覷，似乎這話在哪裡聽過。正在左右爲難之際，我們身邊的奈河水中，忽然升上來一艘潛艇，緊接著艙蓋打開，杜志發露出身子，喊道：「宣哥，快進來。」

這突如其來的救星，簡直令人欣喜若狂。來不及細想其中淵源，我們三個挾持著簡清明，立刻衝了過來，以最快速度進了梁丕的這艘潛艇。

當最後完全沉入水中時，青龍正身處簡清明設置的兩個陣地的導彈與火焰噴射器的包夾之中，激戰正酣。天空中的鳥怪群依然沒有退卻，鬼卒仍在拼死戰鬥……

我先是摸著郭美琪的臉，左看右瞧，問：「妳有沒有哪裡不舒服？」

郭美琪摸摸脖子被打針的部位，之後搖搖頭，說：「奇怪，什麼感覺都沒有。」

我稍微鬆了口氣，轉身到簡清明身邊，一拳打過去，然後揪住他的領子，問：「你給她打什麼藥？」

簡清明露出陰險的笑容，說：「這輩子你都別想知道。」

我揮拳又要打，但被趙金生攔住，因爲此時簡清明面色蒼白，腿上不斷流出鮮血，再打怕是要被打死。趙金生從艇裡的急救包中，取出紗布替他包紮。杜志發在一旁看了，咂嘴道：「老趙，你厲害啊，什麼都懂？這傢伙是你抓的，還是宣哥？」

我靠在椅背上大口喘氣，說：「這小子竟然是警察，騙我們這麼久。」然後我又對梁丕說：「老梁，趕緊開，那青龍正被鬼卒和簡清明的手下拖著。」

「我不會將自己的命交給那條龍的，放心坐好。」梁丕緊盯著前方說。

我坐下來靠在艙壁上喘了幾口氣，問：「趙金生，你那槍從哪摸出來的？」

「我們自己的槍啊。跑到土坡後面時，我發現我們被他拿走的武器都放在一個包裡呢。從小路往前追時，我順手就拿了一把。」

杜志發愣在那裡，片刻後才反應過來，說：「我說你明明是跟我來採珠的，怎麼到最後卻慫恿楊宣去抓人，你是警察啊？！這麼說，你們豈不是很早就知道簡清明他們這事了？」

趙金生頭也不回地說：「要想人不知，除非己莫爲。早就跟你們說過，不是不報，時候未到。對了，老梁，他們潛艇的油怎麼回事？怎麼也沒油了？」

梁不用他那代表性的怪腔笑了起來，說：「我在奈河裡開到他們潛艇下方時，就恨不得一炮把它轟掉。不過我怕這老小子在上面安排哨位盯著，所以就忍了，但一直就潛在那附近。一直等到青龍出水之後，老子再也忍不住了，他不是放我們的油，想把我們扔在這裡嗎？我也讓他嘗嘗這個滋味，以其人之道，還治其人之身。」

郭美琪問道：「你們還要去採珠嗎？」

杜志發一邊盯著前面的全景窗，一邊說：「當然要，這麼好的機會不採，不是暴殄天物嘛。以後上哪找這麼多人拖住青龍？」

我笑了笑，說：「你小子，還算有良心，最後還知道等我們。」

杜志發訕訕笑道：「好在有老梁，我看到青龍出來後的那大場面，快嚇尿了，雖然確實是想救你們，但我不知道該怎麼救。你要是讓我浮到水面，然後衝到岸上去，不怕你們笑話，我是眞的不敢。後來老梁說，只要守著簡清明的潛水艇就行，因爲他們最後肯定會上艇，如果你們三個能成功，那也得到這裡來。」

此時，天窗外面完全黑了下來，僅剩潛艇前頭的兩個超強探照燈開路，以及儀錶上的地形探測做指示。我們正進入一個隧道形的洞穴，電子面板上提示著距離。

梁丕提醒大家說：「做好準備，距離頂端盡頭還有一公里左右。」

趙金生問：「盡頭？難道沒路了？」

梁丕說：「現在還不知道，得到了那才清楚。」

簡清明面色蒼白，卻嗤笑道：「蠢貨，前面當然會有路，這裡是個L形，到了頂端，就該垂直著向上出去了。落到你們手裡，也算是天要亡我，最後讓你們撿了便宜。」

「把這狗×的嘴巴給封起來。」梁丕火了，「你他媽是聰明，聰明到最後不還是被人抓了？」

過了片刻，梁丕繼續喊道：「杜志發，換潛水服，做好下水準備。」

杜志發開始穿戴裝備，同時回頭看看原本跟著梁丕的兩個手下：「還有誰願意去？有人去，就算一份；沒人去，這螺就是我阿發和老梁的。」

那兩個傢伙互相看了一眼，雖然被剛才青龍的駭人場景嚇破了膽，但俗話說人爲財死、鳥爲食亡，重賞之下必有勇夫，眞有千金擺在你的眼前，又有幾個人能忍得住？於是那兩人也開始穿起潛水服來。
潛艇全速開進，八百公尺、六百公尺，還剩二百公尺時，透過探照燈，我們已經能夠清楚地看到洞穴頂端的情形，這是一個圓形巢穴，不過最令人吃驚的是，正中間有一塊圓臺樣的不規則巨石，表面上長了些水草，而其中心位置，則豎著嵌有一枚超大的法螺，尾部朝上，發出經久不滅的藍色光輝。

憑著在黃泉峽谷中採那枚怪螺的經驗，我們都不由自主地喊了出來：「鬼雨法螺！」

潛艇繼續朝前推進，但我左思右想，還是走到杜志發身邊，輕輕扶住他的肩膀，說：「阿發，算了吧。現在青龍還沒有追來，我們有時間上去。但萬一採珠耽擱了，最後死在這裡的話，那就划不來了。」

杜志發笑了笑，說：「富貴險中求，你和Maggie姐永遠不能理解。」說完，他挪開我的手，戴上面罩，三個人走向潛艇尾部的隔艙。

隔艙是單獨密閉的一間，與乘坐艙隔著一扇可電動開關的密封門，三人走進去之後，密封門便牢牢閉合，裡面開始注水，等隔艙裡的水滿之後，尾部的出入門便打開，與潛艇外直通，三個人游了出去。

此時，潛艇的位置與龍穴中央巨石的距離，不超過十公尺遠，幾乎就在近旁。我們在駕駛座前的全景觀察窗處看著杜志發他們，就跟在自己眼前一樣。只見三人順利游到龍穴中間的石臺，鬼雨法螺豎生，藏在水草之間，螺尾內部泛出實驗室中的那種藍色光芒。

杜志發穿著黃色的潛水服，將雙手伸進石臺上的水草中，扳著鬼雨法螺的底部，想直接摘下來。但是大概遇到了與在黃泉峽谷中一樣的情況，這螺與石臺吸附緊密，根本扳不下來。於是旁邊兩人掏出匕首，開始從螺口部位撬。按照我的經驗，螺的軟體部分在遇到匕首刀具、四棱刺等時，會自動收縮進殼內，進而脫離石壁，先前的那枚怪螺，我最後就是這麼弄開的。誰知三人作業了許久，鬼雨法螺仍然如磐石一般，紋絲不動，似乎是天生與那塊巨石連爲一體的。

這時，潛艇駕駛座前的儀錶發出滴滴的報警聲，梁丕罵道：「我×，青龍下水了。」

我連忙走過去，看著探測儀。

梁丕繼續說：「在朝我們這邊移動。」

郭美琪急道：「爲什麼青龍總是追著我們？剛才在奈河邊時就是這樣，離得那麼遠，牠卻放著那些鬼卒不管，跑過來追我們三個。」

我抬頭看著前方，杜志發三人仍然圍在石臺周圍。「開隔艙，讓我出去。」我一邊迅速走向艇尾，一邊說道。

趙金生說：「來不及了，還要穿潛水服。」

「我不穿，直接這樣出去，老梁，快。」

「楊宣！」郭美琪拉住我，不肯鬆手。

我站在隔艙門口，掏出脖子上的龍牙，硬生生擠出一個笑容，說：「我有這個，不會有事的。」

梁丕見狀，一咬牙，打開隔艙門，我走了進去，郭美琪守在門口，彷彿生離死別。杜志發他們見我不戴任何裝備就游了過來，均非常詫異。我用手指了指來路，一是示意他們趕緊回去，二是提醒他們，青龍已經下水，正在朝這邊而來。

那兩人二話不說，立刻鬆開鬼雨法螺，朝潛艇游去。而杜志發卻不肯鬆手，仍然一手扶著螺身，一手用匕首拼命撬著。我心裡明白，杜志發這是鑽進牛角尖裡了，不見棺材不掉淚，不到黃河心不死。我朝後看了一眼，昏暗的隧道中，果然有個巨大黑影，快速朝這裡游來。

潛艇裡此時大概也亂作一團，趙金生一定在破口大罵：「杜志發這王八蛋，命都不要了嗎？」梁丕說不定在默默念叨：「快點，快點，再不進來我們就要走了。」郭美琪肯定會攔住梁丕：「楊宣不進來，不能走。」

也許到最後，眾人會拼命拉住郭美琪，儘管他們也不想離開，也想等我們，但那條巨大的青龍就在後面，如果他們不走，所有人都會玩完。

就在我的腦海裡極速閃過上述這些畫面時，詭異的事情發生了，我胸前的龍牙竟然自動漂起，就像是鐵釘被磁石吸引懸浮一般，竟然直直指向鬼雨法螺。

我連忙順勢朝石臺中間游去，由著龍牙自行被某種神祕的力量吸引。當到達鬼雨法螺旁邊時，龍牙已經將繩子拽得筆直，我將脖子繼續朝前伸，這時神奇的事情發生了，龍牙彷彿一把鑰匙，尖頭的部分直直插進鬼雨法螺的螺尾，這一切並非我人爲主導，完全是龍牙在某種引力的作用下，自行完成的。及至龍牙尖端深入螺尾約十公分時，鬼雨法螺尾部那個藍色珠體竟然開始旋轉著緩緩朝下移動，到了螺口位置時，略一停頓，彷彿魚嘴吐珠一般，一顆碩大渾圓、閃著藍色光芒的異珠，被周圍的水草穩穩托住。

我一把抓起這顆鬼雨珠，另一手將杜志發呼吸器的呼吸頭咬進我的嘴裡，補充了幾口氧氣，而後示意趕緊回去。接著我雙腿一夾水，便朝潛艇方向猛躥。

此時，先行離開的兩名潛水夫已經到了隔艙外，出入門正在緩緩打開，但後面的那個巨大黑影，卻已然迅速壓到跟前，我甚至已經能夠看清龍頭，憤怒的龍眼中射出怒火。

青龍甚至不需要張嘴，不需要做任何動作，只是向巢穴中游過來，但巨大恐怖的體型，就如一顆重磅炸彈一樣襲來，那兩名等著進艙的潛水夫，直接被吞進了龍嘴。

青龍巨大的背鰭，只是輕輕一蹭，潛艇就失去控制地旋轉著朝我和杜志發而來。但令人喜出望外的是，此時潛艇被撞得一百八十度掉了個方向，原先是頭部朝我們，用探照燈打著龍穴中央的石臺，此時變成尾部直直停在我們面前，就像是汽車一個一百八十度漂移，直接讓你上車一樣。

我和杜志發連忙進入隔艙裡，雖然暫時看不見駕駛艙中的情況，因爲密閉門還關著，隔艙裡的水還沒有排出去，但顯然梁丕他們已經等到極限，實在沒法再等，所以儘管他們不知道我和杜志發是否進了潛艇，也只得以最快速度上浮，出入門完全閉合了起來。

我和杜志發兩人在隔艙內，就像是被裝在罐子裡的泥鰍一樣，被擺布得五葷六素。隨著系統自動將水完全排盡，密封門打開，我和杜志發滾進艙裡，我的手上仍然緊握著那顆泛著亮藍光芒的鬼雨珠。

郭美琪撲了過來，其餘幾人卻全神貫注地集中在梁丕駕駛室那頭，因爲此時的潛艇就像是一個魚餌，下面有條大魚，正在拼命追著，想咬住這個魚餌。萬幸的是，天柱山的空心部分，對於潛艇來說空間足夠，上浮沒有任何問題，能將上浮速度開到最大，但對於那條青龍來說，卻顯得狹窄。

幾次三番，青龍的頭部都已經幾乎快要追上，甚至龍頭撞了潛艇幾次，但無奈周圍的岩壁凹凸不平，狹窄異常，大大地阻礙了青龍。在上升了約五百公尺時，通過了一個葫蘆頸峽口，青龍的背部，特別是那兩隻巨大龍翅，死死卡在了那裡，上升不得，最後那條龍惱羞成怒，轉著圈發起狂來，整個天柱山似乎都隨之抖動。

其實那裡雖然狹窄，但青龍本是能夠通過的，好比兩堵牆之間的空隙如果只有四十公分，人其實貼著牆可以慢慢移過去，但你如果想跑動著過去，那是絕對不可能的，這就是青龍面對的困境。

眼看探測儀上的青龍越來越遠，直到最後完全消失，整個潛艇內歡呼起來，而此時，其實也就只剩下——我、郭美琪、梁丕、杜志發、趙金生，以及簡清明。

杜志發死裡逃生般坐到梁丕旁邊，說：「老梁，那龍還會追上來嗎？」

梁丕捋了捋沒幾根的頭髮，說：「我猜，超過一定的高度之後，恐怕就不會追上來了。因爲你得知道，每個物種必須要與環境相適宜，比如常年生活的深海的物種，你把牠弄到淺海來，那肯定死。只要不是被人抓上來，牠自己超過那個高度，自然不會上來。所以我猜，這青龍應該是不會再上來了。」說到這裡，他笑了一下，「都快到海平面了，就算牠上來，也追不到我們了。」

第三十章 百尺危樓

太陽當空掛在海面，我們幾人看著久違的陽光，都感到一陣眩暈，很久後才適應過來。儘管暫時不知置身何處，但有一點能肯定，這絕對是在地表世界，眞的，一切一切都太美好，我從來沒有感到過烈日竟是這麼招人喜歡。透過座標定位，才知道原來此時的位置是在黃海與東海交界處。我們從泰興長江附近的黃泉洞下水，現在從黃海與東海交界處的海面逃了出來，若非親歷，當眞難以想像。

三天後，我和郭美琪，約杜志發和趙金生，到一家位於靜暉大廈四十五層的餐廳吃飯。雖然價格比較昂貴，但畢竟幾個人生死一場，怎麼也得慶祝一下。

郭美琪經過醫院的仔細化驗，在血液中並沒有發現任何毒素，而且身體也沒有任何不良反應，我們都覺得很奇怪，不過除此以外，也沒有更好的辦法，只能說長個心眼，時時小心觀察。原本也喊了梁丕，但他死裡逃生之後，就忙著去看一直由前妻帶的兒子了，暫時沒空。

杜志發依舊一身嘻哈裝扮，頭髮恢復成了代表性的小辮紮成的馬尾。趙金生穿著軍警款式的黑色風衣。

四人落座後，我說：「阿發，最後我把鬼雨異珠給了麥教授，希望你不要怨恨我。」

杜志發嘴裡叼著牙籤，眼睛看著別處，說：「不恨，這有什麼可恨的，我技不如人，最後珠子是你採到的，那就是你的，我沒什麼話說。」

郭美琪坐在我身邊，說：「嘴上說不恨，心裡可不一定這麼認爲。誰還看不出來啊。」

杜志發放下二郎腿，說：「Maggie姐，這妳就錯了，說明妳還不了解我阿發。我阿發是喜歡錢，但分得清道理，要不是宣哥最後出來，我連命都沒了，還談什麼珠子。所以宣哥救了我的命，我到頭來怎麼可能怨他呢？」說著，他嘆了一口氣，「我怨的是我自己，沒本事，好不容易去了一趟，兩手空空，還差點連命都搭上。」

趙金生點上一根菸，說：「咳，不錯了，兄弟。留得青山在，不愁沒柴燒。想想簡清明的那些手下，兩艘潛艇一共十八個人下去的，上來多少？就簡清明和梁丕兩個，其他十六個全死了。你比他們強多了。」

「確實是這麼個道理，但，心裡還是……」杜志發又嘆氣道。我笑了笑，從口袋裡掏出一個錦囊，扔給他。

杜志發滿臉疑惑地拿起來，抬頭問：「這是什麼？」

「我送你的。」

「你送我的？」

我說：「是啊，打開看看。」

杜志發緩緩鬆開錦囊口紮緊的繩子，伸手進去，接著掏出來一個大如鴨蛋的東西，即使在酒店明亮的燈光下，依舊能夠看出來，泛著粉紅色的光芒。

「這……這……這個我好像有點眼熟。」趙金生也在一旁吃驚地看著，片刻後說：「這個不是鬼雨珠吧？我記得鬼雨珠是藍色的呀。」

郭美琪笑了起來，說：「難道你們都忘了在黃泉峽谷裡的那枚怪螺嗎？看門狗那裡的那個。」

杜志發和趙金生兩人哦了起來，隨後杜志發說：「你們沒說，我還眞忘了這件事，那怪螺不是宣哥一直放在網袋裡掛在腰間的嗎？後來怎麼不見了？」

我說：「不見了？誰說不見了。要是不見了，你手裡的這顆珠子又從哪裡來的？」

趙金生咂咂嘴，說：「奇怪啊，現在仔細想想，好像自從我們被鬼卒抓上船後，就沒看到你腰間的那怪螺了。」

「哎，還是趙金生記性好。沒錯，確確實實是那個時候不見的。但我把珠子留下來了，一直放在身上。」

杜志發摸不著頭緒，問：「這到底怎麼回事？」

「那時候被鬼卒從營地開始一路追，後來到了趙金生帶路的那個山洞前，你們還記得我摔了一跤嗎？」

杜志發皺眉抬頭回憶著，片刻後說：「好像是，我們都在洞口喊你趕快進來呢。」

趙金生說：「是啊，你摔倒就摔倒，不知道還在地上磨蹭什麼。當時鬼卒在後面可追得緊。」

「哈哈，我磨蹭什麼？告訴你們吧，那一跤下來，怪螺剛好磕在一塊石頭上，裂了，碎了，然後我就隱約看到裡面的這顆珠子。但螺殼又沒全碎，所以我順手拿塊石頭，乾脆將它完全敲碎，取出這顆珠子，放進口袋裡，然後才跑到洞裡去。」

杜志發驚叫了起來，說：「我的媽呀，宣哥，你簡直是神了啊。你當時怎麼想的，要留著這珠子。」

郭美琪說：「他當時想的就是你，這珠子從那時起，就是留給你的。」

杜志發聽了，臉上露出些不安、愧疚，許久之後，長長嘆了一口氣，舉起杯子，說：「宣哥，這杯酒我自罰。你從開始就一直這麼罩著我，可我最後，還……還那樣，咳。」說著，他仰頭灌下一杯酒。

趙金生說：「鬼雨異珠進了九淵博物館，留下個小夜光異珠給杜志發娶老婆，這個安排絕了啊。哈哈，爲這個，我也得敬楊宣一個。」說著，端起酒杯。

我喝完一杯，放下來，說：「倒不是別的。鬼雨異珠畢竟太珍貴了，根本不可能當作商品交易，就只有交給麥教授這樣的人我才放心。他孤身一人、無兒無女，唯有一家異珠博物館，而且九淵博物館與大學、國家級研究所都有密切的研究合作；另外麥教授還已經將博物館捐給了基金會，等於捐給了全社會。除此以外，我想不到鬼雨異珠更合適的歸宿了。」吃了口菜，「趙金生你嘛，抓了簡清明，大功一件，我看可以直升處長了吧；唯獨杜志發，什麼都沒有，這些兄弟我還記著，所以早給你留了這個小夜光。」

杜志發羞得滿臉通紅，不好意思再言語。

郭美琪問：「對了，趙金生，抓簡清明這件事，你還沒仔細說過呢。弄得我到現在都一頭霧水，這是怎麼個前因後果啊？」

趙金生喝了口酒，說：「簡清明一夥人，現在雖然老巢安在香港，卻是美國國籍。他們南珠世家呢，確實是在珍珠人工養殖剛剛開始興起時，就全都轉移走了。不過，因爲在美國那邊水土不服，又一直受到本土勢力的打壓，所以發展很不順利，便繼續移到了香港，這一挪窩呢，生意立刻有了起色。但你們也知道，簡清明這個人如果能夠安分，僅僅只是採珠子賣珠子，搞搞珠寶生意，也就不會有現在這麼多麻煩。但他野心大得很，重建游蜂營就是其中之一，他採珠的範圍甚至已經深入到了南美洲，於是不可避免地捲入了軍火走私、毒品等生意，所以國際刑警組織對他早就發了紅色通緝令。」

郭美琪說：「那你怎麼開始時會在碼頭的調度室呢？」

「咳，簡清明自以爲聰明，透過正常的貿易手續，讓龍牙號進來，但在底艙內藏了兩艘微型潛艇，以及那些武器裝備。還眞以爲神不知、鬼不覺！其實我們早就已經得了消息，只不過出於愼重考慮，覺得先不要打草驚蛇，畢竟他的這些ＳＡＤＭ之類的，還是有些威力。於是便暗中監視，看看還有沒有周邊的同黨，來個一網打盡。」

我問：「那一開始光頭佬那四個斷後的手下，你明明已經抓住了，怎麼又放了？」

「誰說我放了，只不過那時我還不知道你們的底細，不想過早暴露我的身分，表面是放了，其實那四個一出去就已經被埋伏在外面的同事抓了。」

杜志發喔了一聲，說：「我記得了，你那時候說你船上的船員就是那個村子裡的，還說可以讓他們看住洞口。原來那些都是警察。」

「是啊。只不過那時候發現他們竟然到江底去了，我們當時對於江底的十獄閻殿根本一無所知，最初的計畫是等他們上來之後再抓捕。可等了一個多月，發現還沒上來，知道可能情況遠比想像中的複雜。正好你們在這個時候誤打誤撞地出現，最後臨時決定，由我先跟著你們下去，摸摸情況。誰知道這一下去，最後險些回不來。」趙金生說到這裡，搖了搖頭，「真是九死一生啊。」

我舉起杯子，說：「我敬你，最後我跟美琪的命，都是你救的。」

趙金生說：「敬什麼啊？一開始我和杜志發兩人遇到那些史前蜈蚣蟲時，要不是你和梁丕，我倆早掛了。我們的命又都是梁丕救的，說起來，我們都該謝謝他，最後要不是他的潛艇浮上來，我就算救了你們，我們還是得被青龍給吃了。」

郭美琪笑著說：「可惜今天沒請到梁大叔。」

趙金生問：「他幹嘛去了啊？」

「看兒子去了。」

「嘿，梁丕真是個人才，絕對的人才。也幸好當時被研究所開除了，要不埋沒了啊。」趙金生說。

杜志發說：「人家是自己辭職的好嗎？」

趙金生吃了口菜，接著問：「對了，簡清明不是說那鬼雨珠能夠控制天氣嗎？怎麼幾個專家去了博物館，跟麥教授研究到現在，也沒發現怎麼個控制法，是不是沒用？弄錯了？」

我說：「誰知道呢。或許龍可以透過鬼雨異珠，來司掌雨水風暴雷電，但我們是人，人或許就不能吧。反正我對這事不感興趣，控不控制天氣，跟我有什麼關係。反正現在簡清明也抓到了，他手底下的人也都抓到了，爺爺的事情查清了，我也就可以安心去做我的潛水教練了。」

杜志發笑著說：「那Maggie姐呢？不會還是一個人待在南京，跟著麥教授研究貝類學和珍珠學吧？」

我朝郭美琪看了一眼，相視一笑，而後說：「她跟我去南方，我準備開個潛水訓練學校，她當經理，我就做我的教練。」

趙金生故意嘆著氣，說：「哎呀，這什麼事業啊、興趣愛好啊，都抵不過愛情哪。人家千里迢迢地從美國來中國，本來是來做研究、做學問的，這下好了，被楊宣你小子給拐跑了，哈哈，你讓人家麥教授情何以堪？到哪再找個研究員？哈哈哈……」

我們也笑了起來，過了會兒，我問：「對了，簡清明現在審得怎麼樣了？」

「審？他還需要審？就算沒你爺爺的事情，他身上的案子都夠他把牢底坐穿了。只不過，他是美國人，是國際刑警組織通緝的，所以可能最後會把他遣送回去，讓他去美國坐他的牢去。不過你放心，即使美國有些州沒有死刑，但這輩子無論在哪裡，簡清明是別想出來了。有時候，坐牢可比死刑更痛苦。所以如果我是你，我情願讓他坐一輩子牢，直接死，太便宜他了。」

杜志發說：「等等吃完飯，哥們請你去五星級游泳館游泳，怎麼樣？然後再曬會兒太陽，不知道有多爽。都幾個月沒見到眞太陽了。」

我說：「五星級游泳館？我怎麼沒聽說過？」

杜志發哈哈笑了起來，說：「就是城西水庫啊！」

我說：「算了，算了。我想去九淵博物館，看看那顆鬼雨異珠到底什麼情況，怎麼就沒用呢？應該不可能啊。」話音剛落，桌子卻突然間猛地抖動了一下。餐廳天花板上的水晶吊燈也哐啷作響。但只有那麼一下，就又重新恢復了平靜。我們幾個扶著桌子，都有些驚魂未定。

郭美琪說：「不會是地震了吧？」

剛說完，整棟樓又開始晃動起來，這下子整間餐廳就跟炸了膛一樣，人們無頭蒼蠅般亂跑起來。緊跟著，這家位於四十五樓高度的豪華餐廳之外，現出一個巨大的黑影，將東西南北四面的窗戶全都壓得粉碎，玻璃如同刀片一樣朝裡面掉落。

我們四人蹲在桌下，驚恐地看著周圍，根本不明白發生了什麼。不過如果我沒有看錯，此時在四面窗戶外，一條超級粗壯的變異老藤般的東西正逐漸包圍這座建築，更爲恐怖的是，這根纏繞大廈四周的古藤，還在不斷抽緊，並且緩緩移動著。

這時，店裡有人指著窗外喊道：「大蟒蛇、巨蟒。」

看到在陽光下閃著綠光的層層鱗片時，我突然明白了，這根本不是什麼古藤，也不是什麼巨蟒，而是那條原本在奈河深淵中的——青龍！

其實此時如果從一個街區以外的地方，遠遠觀察靜暉大廈的話，會發現一條百多公尺長，長著巨大翅膀，渾身布滿青色硬鱗的應龍，正如巨蟒纏樹一般，蛇形牢牢纏繞在靜暉大廈之外，恰好在四十五樓左右的位置，昂首朝著遠方。

而此時我們處於室內，只能看到窗戶外面粗壯的龍身，因此剛開始沒能認出來。但此時我基本上已經能夠確定，於是緊張地對著他們三人說：「那是青龍！」

杜志發說：「什麼？青龍？十獄閻殿下面的青龍？」

趙金生不斷看著四周，說：「怎麼可能？老梁不是說這東西不會到上面來嗎？而且天柱山中間那麼窄，牠怎麼上來的？」

據事後看新聞報導，當時青龍突然出現並盤繞在靜暉大廈周邊，整個附近的街區全都一片混亂，不少人爭相逃命的同時，也有一部分人拿著相機拍攝。最初發現青龍的是在東海海面進行捕撈作業的一條漁船，當時船長嚇得尿了褲子，趕緊打電話報警，說有條巨大的龍一樣的怪物，從水裡出來，飛到了天上。但是沒人相信。接著是一架民航客機，已經快到祿口機場，一個靠窗戶坐的小女孩，原本正欣賞著天空的雲朵，忽然窗外掠過一條青龍，嚇得她連忙喊旁邊的母親看，接著整個飛機上的人全都幾乎嚇傻。機長不斷呼叫著機場指揮塔，說在空中機身旁發現一條青龍。

但有一點是相同的，這些人當中，沒有一個人明白這究竟是怎麼回事。這條如同超級巨蟒般長著雙翅的青鱗怪物，到底是什麼？

郭美琪說：「難道是追著鬼雨珠而來？」

這時，青龍似乎辨清了方向，龍身逐漸鬆開大廈，同時龍頭向餐廳裡面觀望，似乎在尋找什麼。我看到了那恐怖的龍頭，以及火紅的龍眼中燃燒的憤怒，剎那間，我似乎明白了青龍的想法。

我說：「牠現在可不像是在尋找鬼雨珠，倒好像是在找我們幾個。快跑，快跑！」

就在我們四人悄悄奔向緊急逃生口時，離大廈遠遠的龍頭，忽然定住，然後瞄準了目標一般，猛地從窗戶躥進了餐廳裡，巨大的龍身也跟著進來。酒店裡的人看到突然出現在眼前的惡龍，如同見了猛獸的綿羊，嚇得四下逃竄。我們四個沒命似的鑽進樓梯，身後傳來更大的晃動，樓梯彷彿也快要被晃到散架。

青龍的半個身子已經完全進了餐廳，剩餘半條龍身仍然在靜暉大廈樓外，當龍頭抵達逃生口時，礙於體型過於巨大，實在無法進入，便又如同在天柱山內部的葫蘆頭時一樣，瘋了般發起狂來。整個樓梯越晃越劇烈，最後眾人覺得頭頂豁然一亮，抬頭看去時，才驚覺整座靜暉大廈四十五層以上的樓頂，如同被掀翻的蓋子一樣，翻落下去，砸到了大廈樓底。十幾輛汽車全被砸扁砸塌，埋了下去。

要從四十五層步行下到一層，談何容易，一會兒，杜志發氣喘吁吁道：「我×他媽，老子跑不動了。」

趙金生也停下來，喘了口氣，說：「這東西怎麼能分辨得出來我們在哪裡？」

郭美琪說：「是啊，光跑也不是辦法，如果牠能追蹤我們，就算跑到天涯海角也沒用啊。」

我低頭朝自己看了一遍，然後有些難以置信地說：「莫非是因為我的龍牙？」

青龍從樓上失去了蹤影，我們在樓體內部的逃生疏散通道裡雖然看不到外面，但從間歇性的大廈顫動中知道，這傢伙一定還沒走，正如蟒蛇一般，仍舊繞在樓外，敏銳追尋著某個特殊的信號，一旦出現，就會撲來。

而現在我懷疑，這個特殊信號，就是我脖子上掛著的龍牙。

當到達十三樓時，下面的通道已經被人群堵死，一時半會沒辦法下去。於是我們四人來到十三樓的一家公司裡，此時人早已跑光，我隨手拉過來一把椅子坐下，然後掏出龍牙，說：「牠是透過龍牙找到我的？」

杜志發連忙上前，捂住龍牙，說：「宣哥，宣哥，你把龍牙收好，別一個不小心被牠嗅到了，直接躥進這裡來，那我們四個就死定了。」

郭美琪說：「我一直在想麥教授和梁丕說的，『一切關乎能量』這句話。當時阿發他們都沒辦法弄開鬼雨法螺，但你一去，鬼雨螺便與龍牙自動相互吸引，這分明就是兩種能量間的相互作用，跟磁場間南北極作用一樣。」

趙金生從窗戶伸出頭去，向外張望一下，然後趕緊躲進來，說：「我×，還在上面盤著呢。」

我皺眉說：「你的意思是，青龍找我，靠的不是龍牙的什麼氣味，而是龍牙之中蘊含的能量，或者磁場？」

杜志發說：「啊，Maggie姐說的這個可靠，肯定是。龍牙根本沒有味道，有味道我的鼻子早聞出來了。肯定是能量磁場，絕對是。」說著，他站起來，搓著手來回走動，「完了完了，這下怎麼可能跑得掉。等於裝了個定位器啊。」然後他又猛然走到我的面前，「宣哥，要不把龍牙扔出去吧。扔掉後牠就找不到你了。」

我說：「不行，這不行。龍牙是我爺爺給我的，絕對不能扔，而且，這玩意的神奇作用你們知道，我就算扔錢扔金子，也不能扔這個啊。」

郭美琪說：「我覺得很奇怪，青龍爲什麼要追你？」

趙金生說：「珠子是楊宣採的，不追他追誰？」

「但如果說青龍能夠追蹤到磁場或者能量的話，要追也該直接找到博物館去，因爲鬼雨珠在那裡，找楊宣又有什麼用呢？」郭美琪疑惑著說。

這時候，外面警笛聲四處響起，趙金生和杜志發跑向窗戶朝外看去，我也準備跑過去看，但他倆不約而同做個手勢止住我：「你別過來，別被青龍找到了，在裡面藏好。」氣得我又一屁股坐下。

靜暉大廈四周，以及各處街道，正在疏散人員，同時大批警察荷槍實彈趕到現場；甚至空中也出現了數架「黑鷹」武裝直升機作爲先遣。

趙金生手機忽然響了，他接起來說：「喂，隊長……我這就在靜暉大廈……什麼？……好，好，我問問他們，待會回你電話。」

我看著趙金生滿臉驚訝的表情，問：「怎麼了？」

「簡清明說他有辦法將龍引開，並且屠龍，但條件是要放了他。而且鬼雨珠要交給他帶走。」

「不行，不行，絕對不行。他的話不能信，你們如果放了他，他根本不殺龍，怎麼辦？」我激動地說。

趙金生說：「他說引開龍時根本不需要放了他，等引開之後，先將鬼雨珠交給他的人；然後他的人屠完龍之後，再讓我們放他。」

郭美琪走過來，說：「你們可千萬不能答應他，弄不好就是賠了夫人又折兵。」

趙金生說：「我們又不是傻子，當然不可能他要求怎麼樣，我們就怎麼樣嘛。只不過上頭先跟我說說這個情況，商量一下。」

說實話，遇見青龍都沒有比我此刻聽到簡清明有可能被釋放的消息這麼著急，一時間大腦高度緊張，嘴裡不斷念著簡清明說的：「引開龍……引開龍……」然後猛站了起來，「我知道了，不就是引開龍嘛，我就行了，幹什麼非要簡清明過來。青龍是追我的，我一人做事一人當，我去當誘餌，把龍引開就是。」

逃生通道的人已經散光，整棟樓裡空蕩蕩的。這時，外面忽然響起猛烈的槍聲，似乎四面八方的火力都在交叉射向樓外盤著的青龍。

杜志發原本站在窗戶口，此時槍聲猛地大作，嚇得他一跤摔在地上，連滾帶爬跑到我們身邊，說：「外面的特警全部開火了。」接著天空中響起直升機的聲音，片刻後又增加了不少綿密的槍聲和轟炸聲。

趙金生小心地湊在牆邊，透過窗戶一線朝上看，空中的黑鷹武裝直升機也已經將青龍團團圍住，猛烈開火射擊。然後他走了過來，說：「你先別著急，外面這麼猛的交叉火力，青龍再厲害說不定也架不住。」

這時，青龍發出尖厲無比的龍嘯，聲音中似乎蘊含了無限憤怒，接著我們幾人從對面樓層的周邊玻璃上看到了上面的情況。

只見青龍四肢奮力一蹬，同時振動雙翅，巨大的身軀猛地離開大廈樓體，龍頸極速朝前伸去，正面的一架直升機根本來不及躲閃，被一口咬碎。接著龍頭向上，龍身瞬間改向，由向前變爲向上，雙翼展開，左右兩架直升機便被龍翅扇得暈頭轉向，撞到對面樓層外側。

轉眼間，空中的數架直升機，無一能逃過，而且這些普通彈藥似乎對青龍根本沒有殺傷力，飛機的殘肢斷骸向地面摔去，又引得幾輛特警輪式裝甲車爆炸。

整個街面一片狼藉。

我見狀，緊張得臉色慘白，對趙金生說：「趕緊跟你們的長官說，清空道路，交通管制，我要去把龍引開。」

郭美琪撲過來，說：「你瘋了，不要命了！」

這時候我滿腦子裡只有簡清明那個渾蛋，哪裡想得到別的什麼。趙金生見我如此，便問：「你怎麼引啊？引到哪裡去？清空哪些路？」

我咽了幾口唾沫，說：「等等我直接衝出去，上了車之後，就朝長江大橋開，如果青龍跟我走，那麼等到了長江大橋的中間，我就停車，然後跳江。牠不是能追得到龍牙的磁場嗎？等我跳進水裡後，就摘下龍牙，留在江裡，如果到時候我還能活著，再游到岸上去。」

趙金生皺眉說：「然後我通知上級，提前在長江大橋周圍部署，設下火力陣地，只等青龍一到，就叫牠有來無回。」

我們幾人談話的時候，青龍已經從空中降落，撲到街面，完全是以橫衝直撞的姿態，肆意妄爲，無論長短槍甚至火箭筒等打在龍身上，都如同隔靴搔癢。趙金生跟上級報告後，又連線臨時行動總指揮，在電話裡討論部署著接下來的行動。

杜志發遞過來一根菸，給我點上，說：「宣哥，你眞的要走？」

我渾身不停地顫抖，吐了一口菸，點點頭說：「簡清明這個王八蛋，我絕對不會讓他得逞。」

郭美琪焦急地說：「警察根本不會答應他的要求，你拿自己的命去冒險，這又是何苦？你把龍牙拿出去，換個警察執行任務，不行嗎？」

我說：「我的命是命，警察的命就不是命嗎？這件事，因我而起，就該由我負責。」

杜志發躲在一張辦公桌下，說：「這怎麼能算在你頭上呢？跟你沒關係。」

「如果不是我的這個龍牙，青龍就不會追出來。」我氣得扔掉香菸，狠狠踩滅。

趙金生掛了電話，走過來說：「臨時行動總指揮同意你的意見，並且已經開始交通管制，確保從這裡到長江大橋道路的暢通。另外，情況已經通報軍方，正在等待批准，一經授權，將會有四架殲－10，攜帶ＳＤ－10導彈和ＰＬ－8導彈，到達長江大橋，那裡江面開闊空曠，正適合殲滅。」

我們還沒來得及消化趙金生的話，青龍突然躥到我們所在的樓層，巨大的龍頭瞬間便衝進了窗戶。四人哪裡還來得及細想，只得奪路而逃。

此時樓中已然無人，我們很快便下到一樓大廳。我轉頭朝他們說了一句：「你們保重。」

郭美琪像在潛艇上時一樣，握住我的手，說：「不管去哪，我陪你。」

杜志發說：「有了美女，不能沒兄弟啊，別落下我。」

趙金生則舉著手裡的手機說：「沒我，誰負責及時收發交換情況啊？」

四人計較已定，門口安排好的車輛尚在街道轉角，於是瞄準個空隙，咬牙一起狂奔出去。

青龍此時仍在十幾樓的位置，拚命向裡抓撈。及至我們幾個跑到半途時，似乎察覺過來，抑或眞的是能夠追蹤到某種訊號，連龍翼都未張開，直接從半空躍下，震得地面劇烈搖晃一下，險些將我們震倒。

我們哪裡敢停，終於跑到街角處，鑽進特警準備好的一輛警車，朝長江大橋方向猛開。

這次是由我駕駛，郭美琪在我旁邊，杜志發跟趙金生兩人在後座。雖然已經開始交通管制，但靜暉大廈附近已經是殘垣斷壁，一片狼藉，路況十分複雜。

我一邊開著車，一邊從後照鏡中觀察，同時嘴裡不斷念著：「快跟上來，快跟上來。」

青龍竟然眞的尾隨而來，一開始是在路面飛奔，踩翻無數車輛，後來龍翅一振，飛了起來。遠遠看去，如同高飛的蒼鷹，正緊盯著一隻閃著警燈的黑兔。

青龍幾次欲飛低，用爪子抓我們，但總是礙於街邊的高樓大廈，被我們三番五次躲過。

過了一會兒，趙金生接到了電話，然後說：「軍方已獲授權，四架殲-10已從軍用機場起飛，預計五分鐘後到達。」

我一邊開車，一邊小心地前後張望，此時似乎已經過了緊張期，咬著牙說：「來吧，來吧，讓你嘗嘗導彈的滋味，然後乖乖落到江底去，我們再也別見了，你不是想要我的龍牙嗎？那就送給你陪葬。」

越往大橋開，路上越暢通，當能夠見到引橋時，兩邊的建築物密度陡然低了下來。青龍一個俯衝，我拼命猛踩油門猛打方向盤，但還是被抓蹭到了車尾。警車朝護欄撞去，萬幸沒有撞翻撞壞，幾乎沒停地繼續朝前開去。

郭美琪指著天上，喊了起來：「殲-10，殲-10。」

杜志發在後面狂喊：「宣哥，再快一點，就要到了。」

終於，我們如同子彈一般躥上長江大橋，但眼前出現的景象，卻令我猛踩刹車。前面是堵得死死的車輛，因爲這麼短的時間內，大橋上的車輛根本無法完全疏散。

我駕駛的警車狠狠撞上了前面的車輛，車上四人撞得幾乎昏厥過去。迷迷糊糊中，我打開車門，滾下車去，然後扶著車身站起來，拼命晃了晃腦袋，稍清醒後，獨自一人朝大橋正中間跑去，並且對著天上高喊：「來啊！來啊！有種跟老子來啊！」

此時的青龍，雖然沒有完全到達大橋正中，但已經身處橋身之上，牠似乎對我根本沒有任何興趣，而是用龍爪重重拍打了一下車陣中的我們的警車，一下子便將車子拍出十幾公尺遠。我不死心，仍舊一邊朝前跑，一邊高喊，直到天上幾枚射下來的導彈，分別擊中龍頭、龍頸、龍身，發出震耳欲聾的巨響。

青龍這次似乎著實遭到了重創，放下龍爪下的車，卻仍然不倒，撲了幾下翅膀，向前移動並飛了起來，但明顯能夠看出牠受了傷，因爲根本飛不太高，動作也明顯笨重起來。四架殲-10發起第二輪攻擊，七八枚導彈幾乎擊中青龍全身各個部位。

我則躲在幾輛車的側面，躲避爆炸和巨響。

青龍落了下來，在橋堡上，衝著天空發出震耳欲聾的嘶鳴，片刻之後，重新張開雙翅，扭頭朝東飛去，及至巨大的龍身完全到了江面之上，將龍翅收縮於體側，轉而四十五度向下，一頭鑽進江水中，片刻後消失不見了。寬闊浩蕩的長江中，只剩江心形成的一個巨大漩渦，最終也逐漸恢復了平靜。警車上的三人，此時也跌跌撞撞下了車，郭美琪慢慢朝我走過來，緊跑幾步，擁緊了我。

第三十一章 血疑

南京市區靜暉大廈突然出現青龍的消息，立刻成爲一顆超級重磅炸彈，各種新聞鋪大蓋地而來。

原本的臨時指揮小組迅速重新擴建，一個涵蓋政府、警察、軍方、科學家等各部門和領域的聯合行動指揮部成立，其中專家組的辦公室便設在九淵博物館，而麥教授則是專家組成員。趙金生特別被安排爲聯絡人，負責協調專家組與指揮部之間的上傳下達。

青龍雖潛入並消失於長江中，但畢竟沒人能證實其已經死亡，會不會重新回來誰也不敢打包票，而且許多人都猜測，用不了多久，青龍勢必重來。

我、郭美琪和杜志發三人身爲親身經歷者，自然也在博物館裡參與其中的一些詢問事宜。當天晚上，麥教授組織大家召開了一次會議。

「我想當下最緊要的任務有兩個：其一，是在火力部署上做好準備，這個是軍方的任務；其二，是要弄清楚青龍的目的，牠到底想要什麼？或是想要幹什麼？這就是我們在座各位的首要任務。」

「麥教授，我想這個根本不需要討論，毫無疑問青龍是來找鬼雨異珠的。」一個五十多歲，戴著無框眼鏡，鬢角略顯斑白的男人說道。

麥教授撐著下巴，靜靜聽著，沒有立刻說話。

郭美琪說：「我覺得不是，如果是因爲鬼雨異珠，那青龍應該直接來博物館這裡，而非靜暉大廈。」

那個男人立刻說：「你們幾個當然會說不是因爲鬼雨異珠，因爲鬼雨珠是你們採的，如果眞是因爲這個原因，你們是要爲此次事件負責任的！」

杜志發嚷了起來，說：「放屁。你要是去山裡旅遊，遇到一隻老虎，自己逃下山時老虎跟著下山了，傷了人，那難道是你的責任？你自己本身都是受害者。」

麥教授說：「我們現在是討論原因，不是討論責任。楊宣，你是今天引開龍的人，你說說。」

「一開始，我跟這位……」

「這是田沛，田博士，與你爺爺在同一家研究所。」麥教授介紹道。

「喔，最初的時候，在餐廳裡時，我的想法跟田博士一致，認爲牠是衝著鬼雨珠而來。但後來，我的想法就變了，因爲青龍是追著我的，我們幾個在靜暉大廈，所以牠才會去那裡，最有可能的原因就是我脖子上的龍牙。青龍在下面時，跟我近距離接觸過，或許牠能夠記得、識別我這顆龍牙中的磁場資訊。在這個想法的驅使下，我們幾人開車將青龍引到了開闊的長江大橋，事實證明，青龍確實是追著我們幾個的，而不是爲了鬼雨異珠。」

田沛不說話了，另一人問：「你的龍牙從哪裡來的？」

「小時候，我爺爺給我的。」

然後幾個科學家低聲討論了一番，似乎在探討要不要對龍牙做一番檢測。

我聽到後，繼續說：「不過到了長江大橋之後，我又有了一個新的疑惑，從下午到現在，我一直在想這個問題。」

麥教授做了個手勢，說：「你繼續講。」

「我現在覺得，青龍也不是在追我的龍牙，因爲在橋上撞車之後，我繼續徒步向前跑時，牠壓根就不看我，也不注意我，即使我大喊大叫也沒用。」

田沛說：「照你這麼說，青龍既不是追鬼雨珠，也不是追你們，那就只能歸結於運氣不好，鬧龍災了？簡直是笑話。」

另一個人說：「田博士，那你說該怎麼辦？」

「我們在座的各位，都是龍研究領域的專家，今天的青龍事件，造成了巨大的損失，這是大家不願看到的，但同時也說明了我們這個領域存在的必要性和重要性。不過呢，說起龍的研究，恐怕全世界對龍最有研究的，還是採珠人。」田沛說著，指向我們，「他們四個，原本是去追簡清明的，簡清明是受國際刑警組織通緝的，這沒錯，他是個大壞人。但壞人也有利用的價值啊，特別是現在這個時候。簡清明的祖上是南珠王，中國第一號的採珠人，他們整個家族也一直是在做採珠這個行當。論對於龍的研究、對付龍的方法，我看，還就只有簡清明最在行。」

麥教授皺著眉頭，緩緩說：「你的意思是，讓簡清明為這件事出謀劃策？」

我立刻站起來，說：「簡清明根本不懂，他在下面對付龍的手段，也就僅僅是用SADM、用武器，其他什麼辦法都沒有。」

田沛說：「你怎麼知道他不懂？至少他們家祖上是屠過龍的，你屠過嗎？難道他的手段，得先講給你聽不成？」說著，轉向麥教授，「麥教授，不是我妄自菲薄，根據我的判斷，我們這幫人加在一起，對於龍的認識，可能都抵不上簡清明一個人。現在是特殊時期，我建議，以專家組的名義，請指揮部考慮讓簡清明戴罪立功，否則，恐怕會有更大的麻煩和損失。」

我最擔心的就是這件事，費盡千辛萬苦才將簡清明繩之以法，要是現在把他放出來，我簡直連想死的心都有。

趙金生欲言又止，靠在椅背上，嘆了口氣。

郭美琪說：「麥教授，你知道的，簡清明其實也沒有辦法，他老奸巨猾，想藉機跑了罷了。」

這時候，杜志發站起來，直接將一杯水朝田沛潑去，罵道：「你個王八蛋，除了會瞎說，還會什麼？如果要簡清明，那指揮部請你來當擺設啊？！」

田沛抹著臉上的水，站起身，指著杜志發說：「你們幾個別想推卸責任，青龍出現就是因為你們採了鬼雨珠，這次所有的損失都是因你們而起。等著吧！」

我也站了起來，說：「珠子是我採的，如果你能證明青龍真的是因為這個而來，那麼這個責任我來擔，跟他們沒有關係。我的命就在這裡，如果需要，隨時來拿。引青龍去長江大橋時，我就沒打算活著回來。」然後俯身撐住會議桌，用手指著他，「但姓田的，你聽好，如果簡清明被放出來，我一定來找你算帳。」

說完，我拉著郭美琪和杜志發就出了會議室，趙金生因為是聯絡人，所以不得已還得留在那。

我們三人坐到博物館外的山頂上，夜風習習，但難以解去心頭的煩躁。

杜志發說：「那個田雞，簡直能把人氣死。我們抓了簡清明，到頭來還變成是我們的責任，簡清明反而能戴罪立功，這簡直，我×……」杜志發越說越氣，撿起一塊石子朝山下扔去。

我說：「這個我倒不擔心，他再怎麼說，白的也不可能變成黑的，青龍根本不是因爲鬼雨異珠而來，明眼人都能想通，指揮部也不會聽他亂嚼舌頭。」

郭美琪說：「嗯，這個我知道，否則我們也沒法將牠從靜暉大廈一路引向長江大橋。但你剛才說，青龍能追到我們，也不是因爲你的龍牙？」

我搖搖頭，說：「應該不是，在橋上的時候，我能明顯感覺到，牠的注意力根本不在我身上，而是在警車。牠最後一個動作不是追我，而是拍了那警車一下，當時你們三人都還在車上。」

杜志發說：「那你的意思是，青龍追的不是你，而是我和Maggie姐？」

「或者是趙金生。」我補充道，「但實際上是哪一個，我也不清楚。」

這時，兩個警衛跑了過來，說：「麥教授請你們過去一趟。」

於是三人轉頭，一會兒後來到麥教授的辦公室。

我說：「教授，你們的會開完了？」

「是啊，不過不歡而散。」

杜志發說：「是因爲那個田雞吧？」

麥教授笑了笑，倒了幾杯酒，遞給我們，然後說：「其實跟他倒沒有太大關係。只是這些專家說起來是研究龍的，但其實大家都來自各個領域，有的是生物專家，有的是地質方面的，還有的是研究植物的，只不過這些領域與龍都有交集而已。所以，很難一起討論出什麼方案。不過最後大家一致同意的是，你們三個人現在是重點保護對象，因爲你們很可能是龍的目標。必要時會透過你們，將龍引到合適的地點，再開火。」然後看著我，「所以田沛說青龍衝著鬼雨珠而來，是站不住腳的。」

郭美琪不解地問：「楊宣剛才說，他能肯定，青龍不是追他和他的龍牙，而是我、杜志發和趙金生三人，但我怎麼都想不明白，牠幹嘛要追我們？楊宣好歹還有龍牙，可我們三個，什麼都沒有，青龍又是透過什麼追蹤的呢？」

麥教授說：「龍牙和異珠，都是能量的不同形式，就像是磁場的南北極，可以相互作用。但這個世界上，能量點很多，也就是干擾太多，青龍應該很難去尋找某個特定的能量場，所以我也覺得跟楊宣的龍牙沒什麼關聯。至於實際上是什麼，我現在還不太能肯定。」

杜志發搖頭咂嘴問道：「麥教授啊，我還有一個問題不明白，這鬼雨珠採回來，除了能發光，怎麼其他一點反應都沒有呢？不是說好了能呼風喚雨的嗎？」

我說：「誰跟你說好了？」

「不，我不是說說好了，我是說麥教授原先不是說鬼雨異珠能呼風喚雨的嗎？還有什麼能毀滅一座城市之類的。」

麥教授嘴角挑笑道：「這個問題很簡單，我問你，發電產生電流的原理是什麼？」

杜志發搖頭說：「我又不是科學家，這我哪知道。」

郭美琪在一旁直笑。我嘆了口氣說：「這是國中物理好嗎？電磁感應運動啊！」

麥教授繼續說：「要產生電流很簡單，一根金屬棒，在磁場中切割運動，是吧？那麼同樣的，我剛才說過，龍牙和異珠，都是能量的不同形式，就像是磁場的南北極，可以相互作用，所以我們將龍牙和異珠這二者的相互作用看成一個磁場，但如果僅僅是這樣，行嗎？」

杜志發說：「少了一根棒？」

「對了，你其實還是很聰明的。不過我們這裡不是需要一根棒，我們這裡需要的是一條龍。有了龍，然後龍的能量全在龍牙上，龍牙與異珠相互作用產生能量場，最後透過龍的身體產生電流，這個電流就是——風雨雷電。當然，不同的異珠，最終產生出來的電流是不同的，但鬼雨異珠的作用就是——風雨雷電。」

杜志發吃驚之餘，又愣愣地問道：「一定要龍？」

「你如果能用木棒產生電，那你就可以不需要龍，而是透過你杜志發。」麥教授說道。

我眼珠子轉著，緩緩說：「教授，如果非要龍才能產生呼風喚雨的效果的話，那簡清明爲什麼非要花這麼大的代價去採鬼雨異珠呢？」

麥教授抿了幾口酒，說：「楊宣，你得知道。在龍的研究領域，我們知道的都還很少，許多知識都是在不斷摸索之中逐漸完善。比如在得到鬼雨異珠之前，我也認爲，人得到了鬼雨珠，就可以達到那種特殊效果。但經過這幾天和國內一流的專家一起研究，我發現可能那只是我們的一廂情願罷了。人是人、龍是龍，異珠就是龍的，咱們得到了也發揮不了其作用。」

見我不說話，麥教授說：「是不是很失望？」

我搖頭說：「倒不是失望，我原本就只是爲我爺爺的事情才去的，能抓到簡清明我就滿足了。只是……只是以我對簡清明僅有的了解，覺得一個採來沒有特殊作用的異珠，他這種人，是不會傾盡全力去弄的。」我咂咂嘴，「總覺得哪裡有些不對勁。」

當天夜裡，我們四個人全在博物館休息。我心裡異常煩躁，雖然身體極爲疲憊，卻幾乎徹夜未眠，第二天一大早就爬了起來。路過郭美琪房間時，聽到裡面咳嗽得很厲害，於是敲門進去，發現她面色蠟黃，我坐到她旁邊，問：「怎麼了？哪裡不舒服嗎？」

「可能感冒了，有點發燒。」

於是我去弄了一塊濕毛巾，搭在她的額頭，這時卻發現她臉部以及脖子上，長了整片的紅色斑疹。我剛準備問情況，誰知她又趕緊起來，跑到浴室去嘔吐。

我瞬間聯想到在十獄閻殿下面時，簡清明給她打的那一針，登時驚得出了一身冷汗。等她吐完，我說：「我們去醫院吧。」

郭美琪躺在床上，說：「沒事的，我先躺一下。」

「不行，去醫院。我擔心簡清明的那一針。」

因爲四五天都沒反應，可能連郭美琪自己都忘了那段插曲，經我這一提醒，她想了起來，考慮片刻後，點點頭。

儘管我開得飛快，但就路上這麼一小段距離，郭美琪的病情卻越來越嚴重，肝臟部位也開始疼痛起來。因爲我們幾人此時的特殊性，趙金生身爲聯絡人，早就通知了醫院，所以郭美琪立刻便被送進了特殊病房，趙金生與杜志發隨後也趕到了醫院。

看著病床上昏迷不醒的郭美琪，以及迅速由臉部、頸部擴散到全身的紅斑丘疹，我簡直束手無策。我們只好坐到樓梯間抽悶菸。半天之後，醫生做出了診斷，令我們大吃一驚，是一種我從未聽說過的病——GVHD，即「移植物抗宿主反應」。

我難以置信地問：「移植物？她哪裡做過什麼移植？醫生你們搞錯了吧？」

醫生說：「她的情況極爲特殊，我們開始也不敢肯定就是GVHD。但考慮到你們提供的情況，說她之前接受過針劑注射，我們才確定的。」

杜志發問：「打一針跟什麼移植又有什麼關係？」

「我們傾向於認爲，那一針注射的是血液，再具體一些講，可能是一種造血幹細胞。」

趙金生似乎有點懂了，問道：「造血幹細胞？那就是骨髓囉？」

「也可以這麼講。而且新移植的血細胞增生分裂速度極快，其中的活性淋巴細胞正在對患者的皮膚、消化道和肝臟，進行免疫攻擊。僅僅是在正常情況下接受了一針注射，就產生了這麼快速的病變，我們也是第一次見到，簡直有點不可思議。」

我說：「醫生啊，既然你們知道是什麼病了，那應該是可以治的吧？」

醫生稍微怔了一下，說：「我們會盡力的。」說完，他走了一步又停住，轉過頭，「不過你們恐怕要提前做好準備，普通的ＧＶＨＤ還可以透過藥物抑制，但她的情況很特殊，從來沒遇到過，我們沒有把握。」

「那有哪家醫院有把握治嗎？」

醫生頓了一下，然後說：「恐怕這是整個醫學界的第一例。」

我們三人傻愣在那裡，這時，我的手機響了起來，一看是梁丕，我接起電話：「喂？」

「怎麼？聽起來聲音很沉重嘛，屠龍英雄。你都上了報紙頭條了，應該高興才對啊。你在哪？請你吃飯。」

「郭美琪病了，在醫院。」

「昨天受傷了？」

「不是，很麻煩的。」

「血液病？」

我聽了微微一怔，說：「你怎麼知道？」

「簡清明不是給她打過一針嗎？我猜的。」

「那狗×的不知道打的什麼，醫生說他們從來沒見過這種情況，跟人移植了骨髓之後的什麼抗宿主反應一樣。」

梁不沉默了好一會兒，然後說：「楊宣，看來你可能得到我這裡來一趟。」

「郭美琪躺在床上昏迷不醒，我沒心思出去。」

「你一定要來，如果你想把那條龍解決的話。新海灣廣場B座一一〇七，我等你。」

這話算是戳中了我的要害，如果不能解決青龍，恐怕最終還真有可能放了簡清明；另外，郭美琪這裡，我除了乾等著，別的什麼忙也幫不上，於是跟杜志發說：「你跟我去梁不那一趟。」然後又對趙金生說：「梁不找我們有點事，好像是跟龍有關的。」

「好，你們快去快回，我走不開，還得去指揮部。」

我和杜志發開車來到梁丕約定的地方，不是他自己的公司，也不是他的家，一進去，裡面空間不小，被透明玻璃隔成不少工作間。正對大門的牆壁上，有一張超大地圖，上面釘滿了釘子以及蛛網般的繩子，還貼上了一些小方塊照片或者資料。

工作間大致分成三個區域，一處擺著一些實驗儀器，臺式顯微鏡、試管盒、各式器皿等；一處是一臺高大的儀器，搞不清用處，正下方是個操作臺，像是解剖或者動手術的，周圍則擺著數臺電腦；最後一處是幾排書架，擺滿了書籍和各式檔案盒，還有幾排鐵架子，從上到下全是抽屜，讓人猜測會不會拉開一看，裡面全是骨頭。

「這是什麼地方？」我一進去，四處打量著說。

杜志發說：「老梁，這整個就像祕密實驗室啊？」

梁丕一副落魄教書匠的模樣，卻叼著他的大雪茄，笑著說：「嗯，阿發挺聰明，一猜就中。」

說著，轉身將大鐵門關上。

我看著那道厚實異常的鐵門，說：「難不成還眞是祕密實驗室？」

梁丕看著周圍，嘆了口氣說：「其實這不僅僅是我一個人的，而是我和你爺爺兩個人的實驗室。」

我四處走了走，看到一張桌子上有張照片，正是上大學前爺爺跟我的合影，不禁也長長嘆了一口氣。

各自找椅子坐下後，我說：「叫我們到這裡來是……」

話還沒說完，梁丕扔過來一本列印出來的論文，說：「看看這個。」

我拿起來一看，封面上寫著「龍祖肅元．專題研究一：血細胞比對分析」，然後翻開瀏覽了一下，裡面全是表格資料以及生物學和醫學術語，看不懂。

杜志發湊過來要看，我便遞給他，接著問梁丕：「這份研究怎麼了？龍祖肅元又是什麼？」

梁丕說：「龍祖嘛，就是龍的祖宗，也就是有史以來發現的最早的一條龍。」

我問：「有條青龍就夠了，怎麼又來條龍祖？」

梁丕說：「既然是祖宗，那肯定已經死了，放心。這條龍的名字，叫作肅元，所以合起來稱為龍祖肅元。」

杜志發說：「你們在去十獄閻殿之前，就已經發現了真正的龍了？」

「開玩笑，龍早就發現了，只不過我們都沒有看到過活的龍罷了。我告訴你們，楊宣脖子上掛的龍牙，就是來自這條龍，龍祖肅元。」

我有點不敢相信，問：「這顆龍牙是龍祖肅元的？」

「是啊，肅元是你爺爺在貢嘎雪峰海螺溝發現的，當時大概是七〇年代吧，發現時是具風乾的龍屍，保存狀況非常完好，軀幹長度達到三百六十八公尺，連一片鱗甲都不缺。」

杜志發叫了起來：「我的媽呀，三百六十八公尺，那豈不是比這條青龍還要大？」

「要不怎麼叫龍祖呢？還不止這個，後來經過測定，肅元死亡的時間大約爲西元前三千年左右，也就是距今已有大約五千年。」

我說：「那肅元是怎麼死的？」

梁丕的喉嚨裡響起幾聲他的那種代表性的很詭異的笑聲，說：「難道你以爲龍不會死嗎？神仙如果不吃蟠桃，壽命都有盡的時候，龍當然也會死。」

「那這個血細胞比對分析呢？」

「雖然是具風乾的龍屍，但楊教授當時卻從中發現了血液組織以及紅血球。」說著，拿起厚厚一疊論文，「別看這麼多頁紙，其實歸根結底就是一句話——肅元的紅血球，在原子力顯微鏡觀察下，其形態與人類的一模一樣。」

杜志發叫了起來：「龍血與人血紅血球一樣？」

梁丕說：「別激動，只是形態一樣，都像是甜甜圈。但當時沒法提取到血液，因爲早已經風乾了，所以楊教授無法進一步判斷其與人血的異同，像是抗原、抗體等。不過這個研究倒是爲一句話做了解釋。」

我說：「什麼話？」

「龍的傳人。我們都是龍的傳人，不是嗎？」

我朝杜志發看看，兩人都覺得實在是有些不可思議，過了一下我問：「那你說到這裡來是解決與那條青龍有關的問題，這是什麼意思？」

「我本來根本沒想到過這個，不瞞你們說，昨天我收拾東西收拾了一晚。」

杜志發問：「收拾東西幹嘛？」

「找個安全地方走人啊，你覺得憑普通的武器能打得掉青龍？簡清明他們是專業屠龍者，都只挑蛟剛化成虯時打，現在這條青龍可是滿能量的應龍，怎麼可能打得過？所以我準備只要青龍再出現一次，老子就捲鋪蓋走人。臨走前想請你吃個飯的，誰知一打電話，打出靈感來了。」

我嘴裡嗯了一聲，他繼續說：「你一說郭美琪病了，我立刻想到簡清明那老小子給她打的針，這還沒什麼，重點是你後面一句話，說是跟人移植了骨髓之後的移植物抗宿主反應一樣，我腦袋裡面忽然一閃，就想到了這份報告。」

杜志發說：「龍血？簡清明給Maggie姐打的是龍血？」

「可能還不僅僅是龍血，而是龍髓！」

「龍髓？那是幹什麼用的？」杜志發驚道。

我說：「骨髓是負責造血的，那龍髓也是了？」

「沒錯。我和楊教授只有標本，只能在原子力顯微鏡下觀察龍血細胞的形態，僅限於此。但簡清明他們可是祖傳的屠龍者啊，雖然他們殺不掉青龍，但蛟剛化成的虬，那就已經屬於眞龍序列了，所以虬血就是龍血啊！他們完全有可能提取出龍髓來。」

梁不思路越說越活絡，「儘管簡清明只給美琪打了一針，按理來說，即使是別的動物血，雞血鴨血甚至狗血，但如果只打一針管，我想哪怕發生溶血反應，也不會有太大危險。不過如果我們假設一下，龍血確實與人血的相似度極高，但仍然存在抗原匹配問題，而且其增生、分化速度極快，對異體的攻擊性極強，那麼在這種情況下，即使只是一針管，也會產生與人類移植中發生的移植物抗宿主反應一樣的症狀，並且會更爲嚴重，甚至一旦開始發作就無法透過藥物抑制。」

我將身子靠到椅背，頭朝後仰，罵了一聲：「王八蛋！」

杜志發撓撓頭，問：「可簡清明爲什麼要給Maggie姐打龍髓呢？」

梁不俯下身子，合起雙手放在鼻子和嘴上，留下一雙眼睛滴溜溜看著我倆，片刻後說：「魚餌。」

「魚餌？」我們兩人說道。

「是的，魚餌。簡清明在十獄閻殿的屠龍計畫是，利用一個魚餌，讓青龍吞下去，但魚餌之上綁了SADM，這樣透過內部爆炸，達到屠龍的目地。但龍是不吃東西的，那麼你用什麼做餌呢？」

杜志發說：「可即使打了龍髓之後，人也沒法變成魚餌啊？！你也說了，龍是不吃東西的。」

梁丕說：「一山不容二虎、一淵不兩蛟、二龍奪珠，這些話都是在說明同一個道理。龍確實是不吃食物的，牠們只需要自然能量，但牠們會護珠，而且每條龍都有各自占領的地域範圍，如果一條龍闖入另一條龍的地盤去，那肯定就會引起爭鬥，這與其他動物是一樣的。特別是這個地方有對於龍而言極其珍貴的異珠時，一旦出現異己，龍是會拼了老命護珠的。」

我有些震驚，說：「簡清明為Maggie注射龍髓，使得青龍將她判斷成另一條龍，另一條侵入其領地的龍，進而對她進行攻擊，吞掉她後，她身上的SADM就到了青龍腹中，最後引爆，屠龍。」我越想越覺得確實如此，站了起來，「怪不得當時我和郭美琪還有趙金生三個人，從奈河邊往土坡後面撤的時候，青龍離得那麼遠，竟然撇下身邊的那麼多鬼卒不去對付，反而衝著我們追了過來。當時我還納悶，怎麼光衝著我們追呢？原來龍髓在那個時候，就已經開始在郭美琪體內起了作用。」

梁丕接著說：「龍沒法判定具體能量點，也即很難找到鬼雨異珠的下落，但牠可以判斷出不同的龍，牠的鬼雨異珠沒了，惱羞成怒，所以最終出了天柱山內部的深淵，來找牠在奈河邊曾經識別到的那條侵犯牠領地的龍，也就是郭美琪。」他站起身，踱步走到窗戶前，「所以，青龍一直追的是郭美琪，而不是你楊宣。現在，龍髓在郭美琪體內大量且快速地增生、分化，並且對宿主臟器發動強勢的免疫攻擊。這個不是排斥反應，不是宿主抗移植物，而是移植物抗宿主，而且只打了一針管，就有如此強烈反應，可以想像，龍髓的威力有多麼驚人。」

梁丕轉身來到我們身邊，緩緩說了一句話：「郭美琪現在渾身上下流淌的是——龍血！所以，把青龍引來的罪魁禍首是簡清明，如果不是他給郭美琪注射龍髓，青龍根本就無從追起。」

這個結論，讓我和杜志發兩人震驚無比，我在實驗室裡來回走了許久，方才逐漸平靜下來，問：「那有沒有什麼辦法可以救郭美琪？」

「我這邊知道的都告訴你了，剩下的就靠醫生，但我說句難聽話，幾乎沒有希望……」

我重重坐到轉椅上，仰頭看著天花板，長長嘆息，心裡在想：難道我這輩子註定與情無緣嗎？大學四年，對女朋友那麼用情，最後抵不過分開一個月；自從認識郭美琪，她就像一縷陽光，掃走了我心中原先的陰霾，但誰能想到，結果卻是這樣，唉，造化弄人。

杜志發說：「宣哥，每個人都有命啦。該活的時候怎麼都死不了，該死的時候怎麼都沒法活。我不相信Maggie姐現在會死，她不會有事的。」

有那麼一個念頭，在我心裡瞬間閃過，卻令我心裡稍微好受了些，此時聽到杜志發安慰我的話，我嘴角淺笑，拍了拍他的肩膀，然後自己坐起身來，問：「老梁，你說要怎麼才能屠龍？」

梁丕眼中露出一絲精光，說：「龍吸收的自然能量，最終全都集中在龍牙上；而奇貝異螺吸收的自然能量，最終凝結爲異珠。龍牙和異珠都是自然能量，兩者相互作用，形成一個強大又無形的能量場。」

杜志發說：「怪不得所有圖片和雕刻上，珠子全都被龍銜在嘴裡，這樣龍牙和異珠的相互作用會最強？」

「其實也可以將異珠放在別的地方，但龍沒有衣服，沒有口袋，所以最簡便的辦法，就是銜在嘴裡。」

我說：「龍牙與異珠相互作用形成能量場，再以龍本身爲媒介，就如同磁場中的導體棒那樣，最後產生各種各樣的魔力，比如風雨雷電。」

梁丕一臉驚訝，說：「對。你太聰明了。」

「這是麥教授告訴我們的。」

梁丕將凳子朝前拉了拉，說：「現在我們有龍牙，而且是龍祖肅元的龍牙，牠可是龍王等級，超強的；有異珠，鬼雨異珠；原本還差一條龍，但是現在也有了。」他眼中精光更盛，「那我們就可以獲得異珠的魔力，我們可以召喚風雨雷電，以此來對付那條青龍！」

我皺眉問：「你是說郭美琪？」

「郭美琪的體內現在是百分之百的純龍血，她就是一條龍，她就是龍女。」

杜志發說：「可 Maggie 姐她昏迷不醒，而且你自己也說她極度危險，這種情況下，怎麼可能讓她來操縱鬼雨異珠的魔力，對付青龍？」

梁丕詭異地笑了起來，說：「龍髓都有了，難道，我們不可以學簡清明，再造出一個體內流淌龍血的人嗎？」

我說：「那樣是會死人的，就像郭美琪，注射龍髓後的四五天內不會發生GVHD，但一旦發作，就會……就可能死去。」

梁丕幽幽地說：「這個世界上，成功總是與代價成正比。要想殺掉青龍，怎麼可能沒犧牲？犧牲的是一個人，挽救的是全世界。」

我和杜志發都沒說話，梁丕接著說：「你們可以把我的這個發現，告訴指揮部。實際怎麼做，讓他們來決定吧，不過得快，否則如果郭美琪不幸去世，那她的血就沒辦法再供下一個人選使用了，得在她離開這個世界之前，採到她現在體內的龍髓。」

從新海灣B座一一〇七出來後，我和杜志發開車去了九淵博物館，將這個消息告訴了麥教授。

麥教授一臉凝重，在房間裡思考了很久之後，說：「這個梁丕真是個人才啊，難怪你爺爺會找他一起合作，兩個人祕密研究。」

杜志發說：「那麥教授，您是覺得他這個方案可行了？」

「眼下也沒有別的路，死馬當作活馬醫，只能試一試了。況且梁丕的這個推測，可以完全解釋

Maggie現在的情況，讓人不得不信。」

既然已經將消息告訴了專家組，我也沒有別的想法，滿腦子只剩下郭美琪的樣子。心不在焉地跟著他們開完第二次會，聽著他們一群人在討論由梁丕推測出來的這個瘋狂的方案。這次跟我爺爺一個研究所的那個田沛，倒是乖乖地將嘴巴閉上了，因爲事實證明，罪魁禍首是簡清明，如果不是他給郭美琪打龍髓，青龍根本不會出來。

等到散會，我便下了樓，開車去醫院。儘管我不願相信郭美琪的情況很危險，但心底還是知道，人是沒法改變現實的，有些事情，你可以騙自己，麻醉自己，但最終還是不得不正視其殘酷的一面。

第三十二章 黑手

我來到醫院四樓，郭美琪病房所在的樓層時，遠遠看到醫生剛好進了病房。正好我想問問他，在確切知道了被注射的是龍髓後，是否相較以前會稍微更有些把握，於是加快了腳步。

推門進去後，醫生正彎著腰給郭美琪抽血。等醫生抽完一針筒，我說：「醫生啊，她的情況現在怎麼樣？」

「還是很差，我們還得抽血再化驗一下。」

「現在用藥物能夠抑制得住ＧＶＨＤ嗎？」

醫生頓了一下，看著我，然後說：「可以的，但效果不會那麼快，你們家屬得有點耐心。」說完，便往門外走。

我聽他說可以用藥物抑制，心裡很高興，於是跟著他走了出去，繼續問：「是不是確切知道是注射了龍髓，所以現在有辦法了？」他戴著口罩，一邊走一邊說：「是的，你留在病房安心照顧病人，這些事情我們會及時通知你的。」

見他走得急，我也不方便再問，站在病房門口，目送他下樓，心裡總算有了一絲高興。但一會兒之後，我發現似乎有些不對勁，這個醫生並沒有將抽完的血交給任何護士，也沒有送到任何房間，而是帶著那管血就直接下了樓。

我很是疑惑，不由自主地便跟了上去，誰知一直跟到樓下，那人走到了大廳，摘下了口罩，扔進垃圾桶後，便繼續朝出口走去。

這時我徹底震驚了，心中畫起一個大大的問號，難道這人不是醫生？是個假醫生？再聯想到郭美琪現在體內流淌的是龍血，而龍血的特殊作用不言而喻，想到此處，我立刻跟著他出了住院部的大門。

那人也很機警，聽到身後的腳步聲，回頭一看我追了出來，撒腿就跑，朝醫院大門外奔去，鑽進一輛已經等在那裡的汽車。

我腦海中忽然閃出一個念頭：這人既然知道郭美琪血液的事情，現在又來偷血，八成跟簡清明有脫不開的關係，說不定就是爲了救簡清明，這哪裡能忍，於是上了自己的車追上去，死死咬住不放。同時打了個電話給趙金生，告訴他有人想偷郭美琪的血，讓他找人看好病房。

市區的路況平時比較擁擠，此時因爲前一天的青龍事件，很多道路都還來不及清理通車，所以比以往更堵，他們想逃沒那麼容易。何況經過這兩天的事，我對於生活、對於生命的認知跟以前相比，有了一些變化，特別是在粱丕那裡，知道郭美琪基本上不可能得救之後，雖然還沒有到絕望的地步，但精神上至少有些痲木，要是再讓簡清明跑了，眞是什麼都沒了。所以這個時候追起車來，幾乎是玩命，幾次三番撞在那兩人的車屁股上，但要命的是，就是沒法超車逼他們停下來。

到了一處天橋時，前面的汽車遠遠排起了長龍，我再一次瘋了一樣，狠狠撞向他們。眼看無路可逃，車裡兩人打開車門，翻過護欄，跳向下面的綠化帶。

我二話不說，下車後朝護欄跑了過去，連一個停頓都沒有，手撐護欄便直接躍了下去。兩人在前，一人在後，跑進了一家廢棄的廠房，前面是個死胡同。終於，那兩人大口喘著氣，開車那人手裡探出一把彈簧刀，指著我說：「你他媽自己想死，那也怪不了爺。」說著，持刀便撲了過來。

我仗著自己身高腿長，飛起一腿，直踹他胳膊，沒想到那傢伙側身躲開，反而鉤住我的腿，照上面就是一刀。我沒感到太疼，反手抱住那人的脖頸，使個蠻勁一提一摔，將他放倒在地，用左膝頂住他的胸口，掄起拳頭就猛揍起來。

這時，假扮醫生那人從後面衝上來，將我撲倒，但他手裡沒刀，我雖然被壓在下面，但只是屈膝朝他胃部一蹬，這人就飛了出去，捂住肚子。接著我朝右翻過去，繼續狠揍地上拿刀的那人，我情緒失控，那人的臉幾乎被我打成了肉餅。

另一人原本在旁邊捂著肚子，此時手裡不知從哪撿來一塊板磚，衝上來照我頭上就猛砸下來。我盛怒之下，竟然沒倒，反而愣愣地站起來，轉過身，盯著那人，同時從額頭上掛下幾道血流，剛準備上前時，人卻癱倒了下去。

迷迷糊糊中，一輛汽車停到了旁邊，跟著下來幾人將我搬到車上，接著到了一處倉庫。一盆冷水澆下，我頓時清醒過來。

一個人站在我的前面，說：「你還眞是難解決啊？三番兩次壞我們好事。」

我抬頭一瞧，不禁瞪大了眼睛，說：「田沛？」跟著立刻就反應過來，什麼都明白了，喊道：「你他媽的是簡清明的人！」可是無奈雙手被綁，動彈不得。

田沛冷冷笑了幾聲，說：「你如果不多管閒事，你好我好，大家都好，什麼麻煩都沒有。你讓簡清明安安生生在下面屠完龍，採了珠子，不就結了嗎？非要蹚渾水，跟條癩皮狗一樣，死咬不放。抓簡清明也就算了，現在又攔我採那小妞的血，你說你這是犯的什麼賤啊！」說著，衝我臉上就是一巴掌。

我腦袋發暈，晃著頭說：「我明白了，你不光是想採郭美琪的血，恐怕還想趁指揮部沒採到她的血之前，提前殺了她吧？」

「是啊，只要我是唯一掌握這龍髓的人，我就相當於掌控了這條青龍，我想將牠引向哪裡，就能引到哪裡。」

我笑了起來，說：「可惜啊可惜，你又不能如願了。我已經讓趙金生派人護住了病房，你們要是再想去害郭美琪的命，怕是永遠沒可能了。而且你知道的，麥教授已經跟指揮部開了會，他們已經知道郭美琪龍血的事情了。」

田沛倒也笑了起來，說：「你跟你爺爺一個德行，目中無人，自命清高。你猜得沒錯，我是簡清明的人，就是我告訴他，你爺爺有鬼雨法螺的消息，也是我通知人去搶你們的車。只不過我有些小瞧了你，也好，既然你這麼厲害，那就讓你再做一回大英雄吧。」說著，他掏出一支針管，左手用力按住我的下巴，右手將針插進我脖子上的血管，然後拇指一使勁，整管血液全部推完。

將空空的針管扔到地上後，田沛舒了口氣，說：「男人嘛，得爲自己的行爲負責。你爺爺一過來，就搶了我的研究題目和位置，那也就算了，可他的嘴怎麼就那麼賤呢？他憑什麼那麼盛氣淩人？最可恨的是，他竟然當著課題組全體成員的面罵我，他以爲他是誰啊？」

我說：「你竟然因爲他罵你，就殺了他？」

田沛氣得雙眼充血，雙唇顫抖，神經質般狂躁地說：「天底下沒有人可以罵我！沒有人！楊子衿他算個什麼東西，他有什麼資格批評我？第一次的時候我就跟他說過，你遲早會因爲你的這張嘴吃大虧。好啊，他不聽，還是那麼狂。現在到了陰曹地府，他總該知道了吧？下輩子，他如果還是狗改不了吃屎，那我接著教他，哈哈，哈哈哈……」

「瘋子，又是一個瘋子。」

「本來只要讓我採到郭美琪的血，並殺了她，那迫於青龍的壓力，我一定可以將簡清明救出來。但現在被你，楊子衿的孫子，一條癩皮狗，壞了好事。所以，你也得跟你爺爺一樣，爲自己的行爲負責。現在你的身體裡也有了龍血，用不了多久，就會跟郭美琪一樣死掉。」

「你要殺我就直接殺好了，何必浪費一管龍血？眞是吃飽了撐的。」

田沛呵呵笑了起來，說：「你們這種莽夫，眞是除了嘴硬，沒一點大腦。」說著，他彎下腰，湊到我的面前，「你以爲指揮部現在加強了對那小妞的防護，我就沒辦法了嗎？告訴你，我打算把你當作血庫，在你患抗宿主反應死掉之前，活活把你的血抽光，然後再注射給更多的人，那樣，指揮部手裡的血就沒用了，因爲到時候目標會有很多，青龍就會隨機選擇目標追蹤攻擊了。」他站起身來，狠狠說道：「既然讓我沒辦法掌控青龍，那大家都別掌控。跟我玩智商，你們不是對手。」

「我是對手嗎？」屋子裡忽然響起一個熟悉的聲音，我雖然仍舊低著頭，但苦笑了一下，知道一定是趙金生，因爲從醫院開車追出來的時候，我已經打過電話給他。如果大白天我被人拉走，還是在已經通知了他的情況下，都沒法找到這裡的話，那他也就別混了，路上的那些監視器，也乾脆拆了算了。

田沛驚訝地回頭，看他那拙樣，我笑了起來，說：「你以爲我傻啊，追出來之前不會先報個警？」「笑個屁，你沒幾天過了你。」田沛氣急敗壞，伸手進口袋準備掏什麼，乒的一聲，趙金生開槍了，不過打得也眞準，子彈正中田沛腳掌，他整個人立刻倒地，痛得蜷縮起來。倉庫裡旁邊一個田沛的手下，也就是剛才去醫院假扮醫生的那個人，立刻雙手朝上，跪地投降。

趙金生來解開我的繩子時，我說：「這回你的處長升定了，簡清明的同黨，徹底抓齊了。」

趙金生看著地上的那支空針管，嘆了口氣，說：「對不起，兄弟，我來晚一步。」

我揉了揉手腕，笑著說：「一切都是命，命中註定該我去屠龍。」

趙金生轉頭用一種很費解的眼神看著我，說：「你似乎一點也不害怕，甚至好像很開心，跟沒事一樣。你知不知道就算青龍不殺你，龍血也會讓你死的啊。」

我回頭看著他，笑了一下，是的，確實是有這個念頭讓我感覺反而得到某種解脫，但我沒有說出來，只是轉身走出倉庫外。距青龍消失在長江已有差不多二十四小時，所有人都在擔心牠隨時會再出現。

我到了博物館，杜志發迎了上來問：「聽說有人想去偷Maggie的血？」

我說是，然後拉開領口，露出脖子上的針眼，說：「而且打我身上了。」

杜志發驚訝地說：「打……打你身上了？」

我朝麥教授的書房走去，沒再回答。杜志發跟上來，繼續說：「宣哥，你別嚇我。」

「真的，龍髓現在正在我的體內，就像在郭美琪體內那樣，開始增生分化，創造出龍血，然後吞噬、取代我原本自己的細胞，大概四五天一過，也會發生GVHD，到時候，你想見我的話，只能去醫院了。」說完，我推門進了書房。

麥教授正站在窗邊，看著遠處。回頭見我進來，說：「聽說Maggie那邊出了些事情？」

「田沛就是我爺爺研究所裡的內奸，他跟簡清明是一夥的，就是他，把簡清明引了過來，害死了我爺爺。」

麥教授想了想，說：「那看來，醫院那邊偷血，就是他策劃的囉？」

「是的。本來他想採完郭美琪的血，然後再滅口，這樣能吸引青龍的血，就只在他一人手裡，相當於他可以控制青龍的去向，可以憑藉這個，暗中增加簡清明的籌碼，最終幫他出獄。」

杜志發叫了起來：「怪不得這個狗×的，從第一次開會就在替簡清明說話，並把責任全往我們身上推。」

「我恰好到了醫院，他們抽完血，但沒時間下手殺郭美琪，我去追他們，但不小心被抓住了。」

麥教授瞪大了眼睛，似乎不敢相信，一字一句地說：「你被田沛抓住了？」

「是的，不過在那之前，我已經打了電話給趙金生，最後他追到了那裡。但田沛因爲計畫被我打亂，所以重新想了個毒計，想把龍血打到盡可能多的人身上去，迫使我們現在手裡的龍血失去作用，因爲標靶很多的話，就沒辦法準確吸引青龍了，那等於讓青龍自由攻擊，引發完全的混亂，這就是他想要的。」我頓了一下，「田沛就是個瘋子，跟簡清明一樣的瘋子。」

麥教授走了過來，上下仔細打量著我，但他的目光很敏銳，拉開我的領口，看到了那個針眼，謹慎又擔憂地說：「這個，不會是……」

我咬咬牙，嘆了口氣說：「是的，Maggie的血被田沛打進了我的血管裡。」

麥教授盯著我的雙眼，看了許久後轉過身去，踱了幾步後，說：「你很了不起，楊宣，你爺爺會爲你驕傲的。」

「現在青龍已經消失了快二十四個小時，我想抓緊些，盡量能在牠再次出現前，做好準備。等把青龍解決了，我就可以安心去醫院陪郭美琪了。」

麥教授習慣性地打開酒瓶，倒了三杯酒，分別給了我和杜志發，還有他自己，然後坐到椅子上，看樣子似乎是在平復將要做某件大事前的緊張，說：「我等這一天很久了，原以爲這輩子都不會看到了，卻想不到就在今天。」然後轉頭看著我，「謝謝你，楊宣。」

「沒什麼，我想明白了，這是我的命罷了。梁丕他不相信命運，但我信。」

杜志發說：「我覺得這不是你的命，也不是Maggie姐的命。你們是好人，好人不該這樣死。」

我說：「但願你的話是對的，儘管從目前來看，有些結局幾乎是一定的。」

麥教授飲了一大口酒，說：「未到終點，勿談定數。這個世界太大，不可預知的因素太多，人類永遠無法知道下一秒會發生什麼。奇蹟，抑或災難。所以，任何時候，我們都不要失去希望。我這輩子一直在說——追逐魔力，是我活著的目的，不是金錢。我最大的願望，就是能看到人類掌握魔力的那一刻。當你們動身去長江魔三角時，我心動了，我認爲我的夢想，有可能會實現；當你們眞將鬼雨珠帶到九淵時，我感謝上蒼，能讓我見證這個奇蹟。但接下來卻令我大失所望，心底有個聲音在說，人類掌握魔力是不可能的，你浪費了一輩子的時光，去追逐一個不切實際的夢想。但是現在，一切又發生了變化。」

麥教授站起身，眼角現出奇異的笑容，看著我們，「命運是什麼？命運是一個萬花筒，它的確存在，卻有無限可能；當你覺得走投無路時，千萬不要失去希望，你得學會等待，等待它的轉動，到時，一切便會不同。所以，不到終點，勿談定數。」

麥教授緩緩走過去，打開房門，說：「走吧，讓我們一起，創造未來。」

三人進了電梯，麥思賢按下了數字-3。根據我對九淵有限的認識，地下三層是整棟收藏樓的最底層，要從電梯裡到達那層的話，是需要輸入密碼的，我和杜志發都從來沒有來過這裡。

出了電梯後，看到一個不大的廳堂，沒有窗戶，西面是一扇看起來極爲厚實堅固的，直徑估計達到兩公尺多的圓形精鋼保險庫門。門中間有類似方向盤的轉動把手，左側是三個轉盤式機械密碼鎖，組合成一個整體密碼。麥教授分別轉好三組密碼，然後順時針用力轉動中間把手，幾圈過後，使勁向後拉開這扇門，當門的側面滑過眼前時，我和杜志發都被震撼到了，因爲門的厚度超出一般人的想像，足有半公尺多。

三人進入房間，麥教授便又費力地關上庫門。頭頂的燈光全部打開，將裡面照得煞白透亮，正中間的位置是一個六階方臺，臺上四周有金屬圍條，形成球形，其外又有九條金色的龍雕拱衛，整體看來，像極了一座超大的渾天儀。

「渾天儀」中間又有一個小臺，泛著藍色幽光的鬼雨異珠正穩穩置於其上，處於渾天儀整體球形的中央位置。

初步適應這個房間後，我問：「麥教授，這裡是博物館的保險庫嗎？」

麥教授在這個超大「渾天儀」臺階下的操作臺處，撥動了一排按鈕，說：「是保險庫，但我給它取了個更有意思的名字，叫作——魔方。」

杜志發說：「魔方？爲什麼？」

「擁有魔力的地方，就叫魔方。呵呵。」麥教授輕輕笑了起來。

我繞著方臺看了一圈，然後拍著一座龍雕，問：「這看起來似乎是個儀器？」

杜志發也抬頭打量著說：「像是超大號的渾天儀。」

麥思賢慢慢走了過來，說：「這確實是個儀器，我稱它爲九淵儀。十二年前，我發明了它，又花了十年的時間進行改進，這兩年沒有再升級，因爲它已經很完美了。」

我走上臺階，進入到整個儀器的中間，面前正是那顆鬼雨異珠，胸口的龍牙開始隱隱拽動。我一手按住龍牙，抬頭觀察著這個概念感十足的機器，說：「教授，這個儀器是做什麼用的？」

「我先前跟你們說，要想獲得異珠的魔力，三個因素缺一不可——龍牙、異珠、龍。」

杜志發說：「是啊，現在齊全了。楊宣自己體內現在流淌的也是龍血，脖子上有肅元的龍牙，面前就是鬼雨異珠，一切都全了。」

麥教授微微笑著說：「不過你們還忽略了一點，龍牙是天然生在龍身上的，龍牙與龍是一個整體，也就是說，龍可以控制龍牙上的自然能量。但如果僅靠脖子上掛龍牙，那是沒辦法去控制其中能量的。」

我走下臺階，來到他們面前，說：「難道這個儀器，可以控制能量？」

「九淵儀不是用來控制能量的，它的作用是，將不同能量進行融合。」麥思賢按下了操作臺上的一個紅色按鈕，九淵儀周邊的球形金屬圍條上，開始不斷閃出紫色的電流狀火花，「我很早就意識到，單純找到龍牙和異珠，並不能因此獲得魔力。因爲人沒法控制這種能量，好比要產生電流，不但要有導體棒，你還得能夠讓導體棒切割磁感應線，關鍵是在切割這個運動上，也就是控制。」

我說：「而龍可以控制自身集中於龍牙上的能量，所以龍可以透過異珠，產生呼風喚雨等魔力？」

「完全正確。所以我設計了這臺機器——九淵儀，它的作用並非你剛才猜的控制能量，而是融合能量，它能夠將不同的能量，融爲一體。」麥教授轉頭看著我，「比如將龍牙中的能量，轉移、融合到你的身上，最終控制能量的是人，是你，不是機器。」

杜志發喃喃地說：「這厲害了。」

「這……這可能嗎？」我疑惑道。

麥教授對我詭異地眨了下右眼，右側嘴角帶著神祕的笑容，說：「你應該相信我。另外，不僅僅是龍牙，異珠蘊含的自然能量，也可以轉移並融合到你體內。現在唯一的問題是——你準備好了嗎？」

我咽了幾口唾沫，喉頭顫動著，正準備說話。這時房間裡突然響起音樂：「快使用雙節棍，哼哼哈兮，快使用雙節棍，哼哼哈兮……」嚇了我一跳。

轉頭一看，杜志發正手忙腳亂地摸口袋，然後一頭汗地看著我和麥教授，滿臉小賤樣地說：「不好意思，手機音響效果太好。」好不容易摸到手機，看了一眼，識趣地沒有接聽，直接掛掉，然後關機，一臉無辜地看著我們，「你們繼續。」

我看著麥教授，片刻後說：「來吧。」

麥教授和我一起走到九淵儀的臺子中間，我脫去襯衫和背心，赤裸著上半身，只剩脖子上的龍牙。

杜志發在一旁說：「宣哥，你肌肉好勁啊。」

麥思賢將鬼雨異珠放到一條特製的粗大腰帶中間，看起來像是拳王的那種金腰帶。固定好之後，纏到我的腰部，調整位置，以便讓鬼雨異珠位於我的小腹中間，丹田處。

接著，臺子底部向上伸出兩根金屬杆，恰好位於我的左右手兩側，麥教授調節好高度，然後將我的手固定到金屬杆頂部的兩個握把上。

最後拍拍我的肩膀，說：「你正在創造未來。」然後和杜志發兩人走下臺階，來到控制臺。

我抬頭看著頭頂九淵儀的外部金屬條上冒著的紫色電流火花，心中激蕩起伏不已，感覺越來越緊張，以至於需要大口喘氣。

這時，原本在球形外罩上流動的火花，不斷分出些粗大的支流，擊向我的身體。我驚恐地睜大眼睛，不斷看著，但所幸這些電流似乎並無痛感。過了片刻，從周遭三百六十度範圍內擊中我的電流越來越多，也越來越頻繁，胸口的龍牙將繩子繃得筆直，並且不停抖動。龍牙與鬼雨異珠之間，逐漸生出一團光亮，最初很小，是黃色；隨著時間的推移，光團越變越大，最後我的全身，以及整個九淵儀都被這團由黃變藍的光團所籠罩。

我置身其中，四下看去，一切均茫然不見，耳朵也聽不到任何聲音，整個空間緊張無比。接著胸口劍突以及丹田兩處，開始傳來灼燒感，最初尚能忍耐，但漸漸變得如同烙鐵，最後刺痛無比，我只能大喊大叫起來。

接著，我渾身開始不由自主地如同篩糠般顫抖，整個人像是被另一個靈魂牽引，不斷做出種種怪異的動作和神態表情。待疼痛稍減，又感到體內的血液開始翻滾，甚至似乎能感到血液在冒泡，然後渾身感到不斷膨大，不斷擴張，似乎自己的身體已經融入光團中，輕飄無物。

一番地獄般的煎熬過後，眼前的光團逐漸消散，我如同被綁著的籠中困獸，整個人跪倒在地上，若不是雙手被固定在金屬支架上，恐怕會直接癱倒於地。

杜志發和麥教授兩人跑了上來，解開我的雙手，將我架到臺階下的椅子上。

片刻後，杜志發驚奇地喊道：「宣哥，成了，成了！」

我勉強撐著坐起來，低頭看著自己。只見脖子上原本穿著龍牙的繩子，此時輕飄飄的，只剩一個銀質底座，而底座上鑲嵌的龍牙，已然消失不見。再看那條腰帶上，正中間固定鬼雨異珠的地方，此時也是空空如也。取而代之的是，我的胸口劍突部位隱隱約約出現了一個號角狀的紅色印子；而號角旁邊，還有一個圓形的紅色印子，兩個合起來像是篆體的「明」字。

我驚訝地站起來，看著他們，說：「這……這是怎麼回事？」

麥思賢說：「能量融合爲一。」

「龍牙和異珠，都到我身體裡了？」

「可以這麼理解，你們現在已經融爲一體。」

我好像不認得自己一般，來回看著身體。麥教授將我的衣服遞過來，說：「我們去山頂。」

杜志發說：「看來我以後得喊你龍哥了。」

我們三人從博物館的後門出去，來到東邊鄰近的一個山頭。此時是下午大約五點，夕陽如血，掛在西邊。幾棵老松盤根錯節，長在山頂，下面有幾塊大青石，極目遠眺，市區的景色盡收眼底。

我穿著襯衫，但沒有紮進褲子裡，捲起袖口，山風吹動襯衫衣角。

麥教授看著遠方，說：「現在我幫不了你了，你得靠自己去體會，如何運用這種魔力。」

我有點不知所措，除了感到體內超越以往的熱氣，其他沒有什麼感覺。見我茫然地踱著步子，麥教授急了，指著西邊說：「楊宣，你看著太陽，試著想像一下它現在被烏雲遮蓋的樣子。」

杜志發抬頭看著天空，小聲說：「這麼好的天氣，要能讓它下雨，那他媽還是人嗎？」

麥教授罵道：「閉緊你的嘴巴，要不然就回去。」這是我頭一次見麥教授發火罵人，想必他是急了。

我轉身站到一塊大青石上，閉眼深吸了一口氣，然後排除雜念，看著夕陽，用意念想像其被烏雲覆蓋。這時猛然間，我小腹裡變得火熱，接著似乎便有一團氣從小腹裡躥出，向後經過尾椎骨，沿著脊樑朝上，最後經由頭頂，到達眉心位置。緊接著，我不受控制地閉合雙眼，渾身開始極快速地顫抖。

麥教授在對面，看著我大喊：「睜開雙眼，楊宣，把眼睛睜開。」

雖然雙眼閉著，但我的神志是清醒的，聽了麥教授的話後，將渾身的力氣全都用在那該死的眼皮上，渾身汗如雨下，終於，我猛然睜開了眼，那感覺彷彿像是死命扳開了生銹的開關一樣。

這時，眼前原本該是夏日傍晚夕陽映照的景色，陡然之間從四面天際湧出烏雲，像是一支沾滿墨的毛筆伸進了筆洗中一樣，墨色迅速擴散，極短的時間裡，夕陽就完全消失不見了，整個天色變成了霧濛濛的藍灰。

杜志發驚得不由得朝後退了幾步，被一塊青石絆到，摔倒在地。麥教授則欣喜若狂地看著周圍，看著被越來越密的烏雲籠罩的天空，喊道：「風、雨、雷、電，統統來吧！」

我心裡知道確實摸到了竅門，大致就是意念先行，隨後體內便會有熱氣躥出，但不同的意念，從小腹中躥出的氣所流經的身體位置路徑，或者叫脈絡，是不同的。最需要注意的一點，就是要努力睜開眼睛，只要睜眼，身體便不會如同開始時那樣抖動。

風開始大了起來，最後陰風怒嚎；紫紅色的閃電不斷劈下，跟著悶雷滾滾而來，一個接一個，在頭頂的天空炸響，久久轟鳴。杜志發被震得用手護住頭，幾乎不敢再抬頭望向天空。

黃豆般的雨粒開始砸了下來，一顆顆砸進山土裡，甚至揚起灰塵。但眨眼間，所有揚塵就被瓢潑大雨澆滅，整個山頭陷入雨簾中。

麥教授在傾盆大雨中哈哈笑著，在山頂上走著，就像是一個等雨等了幾十年的人，終於等到了一樣。我站在青石上，揚起雙手、張開雙臂，想要擁抱天空，實在無法抑制心中的激動，一念獨發，目光所及的一棵老松便被陡然從天而降的閃電劈中，片刻後裂成兩半，倒了下去。

我保持著外面的風雨，然後與麥教授和杜志發回到了博物館中，三人換上了乾淨衣服後，重新坐了下來。麥教授的雙眼有些微微發紅，看起來像是哭過。杜志發則站在窗邊抽著菸，邊看著外面的暴雨。

我對麥教授說：「要我，停雨嗎？」

「你可以試試，但我希望繼續下，我等這場雨等了幾十年了，眞想多看一會。」

我微笑了一下，然後看著外面，只見瓢潑的大雨就像突然間被人關上了水龍頭，猛地沒了，但一秒鐘之後，又重新落下，你甚至能看到雨水片刻間的整體痕跡是一道弧形。

杜志發驚呼起來，說：「太酷了，就像是小孩撒尿一樣，沒尿完，但憋住一下，挪個地方，繼續尿。」

我和麥教授哈哈大笑起來。

喝了幾口熱茶後，我想到件不開心的事情，說：「麥教授，雖然現在你追求的東西在我身上實現了，但是可能用不了幾天我就會進醫院，到頭來，浪費了那顆龍牙和鬼雨異珠，讓你空歡喜一場。」

「一件事情，你實現了，那就是你的。它是一種客觀存在，就像歷史一樣，儘管統統湮滅，但它們是存在的，並且永遠存在，誰也沒辦法抹煞。所以，龍牙和異珠非但沒有被浪費，它們的功績將會永遠存在，何況，你還得用它們來拯救這個世界。」

這時，趙金生走了進來，先是神情怪異地看了看我們三人，然後緊張兮兮地坐到我旁邊，說：「是眞的嗎？」

我說：「你這說話沒頭沒尾的，什麼是不是眞的？」

趙金生指著外面，說：「風雨雷電啊！你弄的？」

「是啊，是我。臨死前爲世界再出一把力。」

趙金生嘆了口氣，說：「指揮部根據你的情況，正在制訂一套方案，稱爲屠龍計畫。初步想法是這樣的，兩個小時後，我們會把你送到下關碼頭，那裡會有一條船等你。你上去後，船便會以青龍入水處爲中心，確定一段水域，來回航行。這樣，希望能用你取代郭美琪，成爲青龍的標靶。」

我看了看手錶，此時已經晚上快九點，說：「這可是連夜屠龍啊！你們的意思是，在江面解決牠？」

趙金生點頭說：「江面較爲開闊空曠，有利於閃電準確命中，不會有太多障礙物，也能盡可能減少損失。」

我站起身，扭了扭頭，說：「行啊，我準備好了，死也好、活也罷，趕緊將這事結束，我還想去陪郭美琪呢。」

第三十三章 屠龍

大雨滂沱，指揮部的車將我、趙金生和杜志發帶到下關碼頭。一艘一百多公尺長，近二十公尺寬，四五層樓高的白色軍艦正在港口待命。

趙金生和我下了車，杜志發卻留在車上。我們在雨中回頭看了他一眼，趙金生正要發作，想要去把他拽下來，我攔住了趙金生，說：「我們走吧。」

走近一些後，我看清了船身，吃了一驚，說：「是驅逐艦？」

趙金生說：「是啊，一般的民用船隻或者考察船，豈不是去送死。」

剛走幾步，忽然後面響起一陣腳步，杜志發小跑了過來說：「到了怎麼沒人喊我？老子都睡著了。」說著，一個人朝前跑去，搶先上了船。我和趙金生兩人對視笑笑。

上了船之後，杜志發站在甲板上，回頭對著我說：「宣哥，你能不能先把水龍頭關掉一下？老這麼下，煩人哪。」

我說：「現在不是我下的，老天自己下的。」

「老天下的你就不能停嗎？」

「試過了，但我似乎只能停住自己的雨。不過我可以讓它雨上加雨，要不要來點？」

杜志發跑進駕駛艙，說：「算了，已經夠大的了，你還是留點力氣待會用吧。」整條船上除了我們三個以外，其他全部是荷槍實彈的海軍水兵。

船頭、船艉，以及兩側船舷上，都裝著探照燈，各有專職水兵負責，將驅逐艦周圍的水面，照得如同白晝。我們上船後，驅逐艦便按照預定航線，收錨起航。雨水將江面打成篩子，江水此時異常渾濁，能見度極低。駕駛艙裡的雷達不斷掃描著，我們三個坐在艙裡，靜靜等候。

約莫到了凌晨三點半左右，聲納突然響起緊密的報警聲，正打著瞌睡的杜志發猛然驚醒，嚇得臉色蒼白，站起來不知所措，就像是想逃但不知道要逃向哪裡才好。

船長立刻通知：「甲板部人員注意，目標出現，右舷角一百四十度。甲板部人員注意，目標出現，右舷角一百四十度。」

我連忙跑到聲納前，看著電子面板，果然在船的右後方位置，顯示出一個巨大的物體，並且正在不斷朝驅逐艦接近。也就是說，如果那是青龍的話，此時牠正從右後方，向前面的驅逐艦追趕。

駕駛艙裡，船長下令：「火力組擬定控制方案。魚雷準備，聽我命令。」

青龍以極快的速度潛進，如果不及時攻擊，將會因爲距離過近而造成魚雷無法發射。所以船長停頓幾乎沒有超過三秒鐘，便再次拿起了話筒：「火力組，魚雷，六枚，發射！」

我連忙出艙，跑到艦上停機坪的位置，那裡視野最爲開闊，往船艉方向江面看，幾乎沒有死角。狂風卷著雨水，江面似乎起了一層層的霧氣，數盞探照燈集中在後方的江面上。發射口中齊刷刷冒出六枚魚雷，跳入水中。

短暫的沉默過後，從水下傳出悶響，江面上也炸出不小的水花。艦橋裡傳來一片歡呼，六枚魚雷全部命中。但我心裡知道，青龍不會那麼容易掛的。

就在這時，江面突然掀起滔天巨浪，青龍從船艉方向的江面，瞬間冒了出來。那巨大的體型從水中浮起時，讓人感覺到幾乎與驅逐艦相當。可以想見，如果不是提前發射了六枚魚雷，恐怕青龍會直接從驅逐艦的正下方出水，直接將驅逐艦掀翻。

青龍甫一出水，立刻便被艦載火力系統鎖定，甲板上水兵手中的槍支自不必提，船後部的一個形似螞蜂窩狀的二十四管近防導彈也即刻向其開火。第一批二十四枚導彈呼嘯著便朝其飛去。

這次驅逐艦的火力之猛，打擊之集中，均是前一天在市區時所不能比的。青龍在暴雨中的江面上，昂首發出震耳欲聾的龍嘯之音，先是作起巨浪，然後以驚人的速度朝前猛地一躥，上半個龍身便躍上了船艉的甲板，頂著不斷飛來的導彈，從側面一個游擊，以龍頭直接撞向導彈發射架，頃刻間，發射架便被生生撞斷，蜂窩狀的發射管飛到空中，掉進江裡。

龍一旦上了船，對於艦艇而言便極爲麻煩，因爲驅逐艦的威力在於預防，在於遠端攻擊，將目標攔截在安全範圍之外。但青龍的速度實在太快，僅僅來得及發射第一批的魚雷，以及第一批的近防導彈，並且均未能有效將其擊傷，牠便已經上了船來。

而上船近身之後，這些威力巨大的導彈和火力系統便失去了作用，只剩下水兵們手中力量有限的槍炮。儘管已有十幾架直升機趕到，並盤旋於空中，探照燈全部集中到船艉的青龍身上。卻不敢輕易開火，因爲那樣驅逐艦也就同樣成了犧牲品。

我站在停機坪，抬頭朝天，雨水沖刷著面頰，嘴裡默念道：「是時候結束了。」而後直直看向幾乎是與我面對面而立的青龍，青龍此時視周遭的開火如無物，如同終於發現了宿敵一般，死死盯著我。

一人一龍，對峙相向。

就在青龍曲頸向天發出一聲龍嘯，而後揮動雙翼，朝我站立的停機坪衝來時，我體內丹田處，火浪翻滾騰發，一氣躥起，直過眉心，緊接著一道閃電劈下，直擊青龍頭部，將原本已經躍離甲板的青龍，硬生生砸落。青龍遭此一擊，顯然毫無防備，立刻被激出慣有瘋態，幾乎在跌落到甲板上的同時，整條龍身狂暴扭動，龍尾橫掃整個甲板，十幾名水兵被打落江中。

我緊盯龍頭，閃電接連不斷劈下。空中的直升機因爲懼怕爲雷電誤傷，均以船艉爲中心，撒開一個直徑極大的圓圈。

青龍猶如困獸，吟嘯變爲了狂亂的嘶鳴，不敢從正面直接躍上高處的停機坪，轉而掉頭，躥入側面船舷，竟然朝船頭方向去了。

停機坪的位置雖高，卻無法看到船艏，突然沒了青龍的影子，我心裡有些慌張。正準備下去，也跟到船頭方向去時，青龍瞬間從我的右後方游出，並且是從最高的艦橋頂端，居高臨下，狠狠撲了過來。

我立刻雙手撐住扶手，整個人從停機坪直接躍下，跳落到甲板上後，連著翻了幾個跟頭。此時江面風力甚大，波濤洶湧，加上青龍正在高處，整條船瞬間發生傾斜，我直接滑向船舷邊，眼看就要落入江中，最後一刻伸手拼命抓住船舷護欄，但整個身子已經掉落在船身之外。

青龍一下子撲空，毫不停頓就繼續朝甲板過來，沒幾秒的工夫就快要到我近前，而此時船身顛簸起伏太劇烈，我根本沒法爬上甲板，能夠保持吊住不落水，已經十分不易。若是青龍繼續向前，直接將我擊入水中，恐怕我的性命就此休矣，因爲在水中，我即使可以喚來雷電，也沒法準確直接擊中青龍，而牠只要一個張口，就能輕鬆將我吞進腹中。

就在這時，趙金生帶著一個肩扛式反坦克導彈發射器，蹲在右邊船舷處，杜志發慌慌張張地從艙裡抱出一枚炮彈，跑到趙金生前面，準備從筒口往裡塞。

趙金生大喊：「後面，從後面裝藥。」

杜志發又趕緊朝後跑，手忙腳亂從彈筒屁股塞了進去，然後躲到一旁。接著嗖的一聲，導彈射出，拖拽著尾焰，穿過瓢潑的雨簾，衝青龍直直射去。趙金生連火控系統都沒用，只是使用微光瞄準鏡，但最後炮彈竟然直接命中青龍左側那顆火紅的龍眼，然後炸開了花。

也是從這一次起，我明白了，眼睛是龍的一個重要弱點部位。

青龍這下似乎痛苦至極，整個龍身開始扭翻，我順勢接二連三劈下無數閃電，或許是此時面臨掉入江中的危險，激發了體內的潛能，劈到最後，竟然每次均是十幾束閃電並排齊發，集中砸下，如同集束炸彈一般（後來我把這種方式稱爲集束閃電），同時還伴有震耳欲聾的炸雷聲。雖然我不知道什麼是古人所形容的雷霆，但我認爲，或許這應該就是雷霆之威。

終於，青龍扭動的身體逐漸停了下來，整個龍頭甚至傳出焦味，但我直到牠完全不動，僅剩龍鼻中偶爾能噴出一些煙氣，才敢停下。這時，杜志發和趙金生兩人跑來，將我拉上甲板。我們三人癱坐在船舷邊，看著後半個船艉甲板上，蜷縮成一團的青龍，都覺得恍若夢中。艦艇上的水兵們逐漸圍了過來，我緩過勁後，站起身走到青龍的龍頭邊，此時牠已徹底沒了氣息，眼皮緊閉，唯獨發黑的頭部散著一股焦味。

杜志發站在一旁，驚奇地瞧著我的腦袋說：「宣哥，你頭髮又成黑的了。」

我轉頭看著他，說：「你說什麼？頭髮？」

「是啊，你剛才跟頂著一頭火似的，現在又黑了。」

我朝向右邊的趙金生，問：「眞的假的？」

「眞的，不過別擔心，紅頭髮很酷的。」

我摸摸自己恢復正常的頭髮，呵地笑了一聲。

龍屍被固定在驅逐艦的後半部甲板上，上面用厚實的帆布，遮得嚴嚴實實，不知最後運向了哪裡。我本來很想要青龍的龍牙，但一想到自己反正也沒幾天活了，要這些也已經沒有意義，於是索性沒向指揮部提這個要求。

我這輩子上學沒有得過一次獎狀，連小學時的模範生都從來沒有當選過。但這次，我得到了一個大大的獎狀，還有一枚獎章，是這次「屠龍行動」的總指揮頒給我的。不過出於保護我的原因，他們沒有對外公布我的消息，更沒有任何報導說這次屠龍是因爲得到了我的幫助。

不過，我對於這一切很能接受，因爲我生性就不喜歡拋頭露面，只想找個喜歡的人，安安穩穩過日子，快快樂樂做我的潛水教練，僅此而已。

只是現在看來，似乎不可能了。用不了幾天，我就會住進醫院，不過在我發作ＧＶＨＤ之前，在龍血占領我的全部細胞並對我自身的臟器發動致命攻擊之前，我想先照顧郭美琪幾天。

第三十四章 禿尾巴老李

郭美琪在醫院仍然昏迷不醒，身體免疫系統已經完全被摧毀，只能住進無菌病房。醫生說照這個情況下去，大概撐不過一週。

聽醫生這麼講，我算了一下，如果我像郭美琪一樣，前四天沒事，第五天開始發作並昏迷的話，那她就是在我昏迷的時候離開人世，也就是我可以不用見到她最終的離開，想到這裡，無奈嘆息之餘，卻也舒了口氣。因爲古人常說，不求同年同月同日生，但求同年同月同日死，看著自己心愛的人死，是一件太痛苦的事，所以同死就成了一種幸福。

如果「田雞」博士沒有給我打那一針龍血，當時的我，大概是無法選擇自己結束生命的，我跟郭美琪才認識、接觸、交往幾個月，儘管她的死，對我而言將是極爲痛苦的一件事。不怕大家笑話，看著在無菌病房中昏迷不醒的郭美琪，我回到自己房間後，一個大男人，想想就哭，哭完再想，足足一個鐘頭，而且是用被子捂著嘴，肆意地號啕大哭。因爲經歷過痛苦失戀的人，當一份新愛情到來時，會天然地倍加珍惜，特別是如果新戀人在某種程度上扮演了將你從黑暗中拯救出來的天使時，你或許只要一個月，就會產生強烈的感情。

這就是當時的我，最眞實的寫照。郭美琪從一開始出現，便很自然地扮演了我心中的天使角色，我對她在某種程度上是有種依戀感的，相當致命。人的感情，與外表沒有太大關係。一個外表柔弱的娘炮，卻可以是特別無情、毅然決絕的人；而外表高大、健碩，也很精幹，甚至還有點痞氣匪氣的人，也可以是非常專一、重感情、講義氣的，比如像我。

你問我恨不恨田沛？說眞的，也許在給我注射龍血這件事情上，我還眞不那麼恨他。沒他的話，我也許做不到跟著郭美琪去另一個世界，他多少給了我解脫。當然，田沛主動引來簡清明害我爺爺，自是十惡不赦、不可饒恕。

我本來想告訴父母這個情況，但思前想後，最終只是打電話給他們報了個平安。其餘的時間，白天就跟杜志發和梁丕一起到江邊釣魚，要麼一個人去爬明孝陵的梅花山，晚上則在醫院陪郭美琪。我想在一個輕鬆愜意的心態下，在忘記那些令人厭煩的快節奏生活下，瀟灑走人。

有些人說等死比死還可怕，但其實也得分情況的。當時間到了第五天，我早早來到醫院，陪著郭美琪，外面陽光明媚，我隔著玻璃，喃喃地對她說：「最後一天，讓我變個魔術給妳吧？」

接著頃刻間，外面就下起小雨，不過沒有颳風，因為我討厭風，除非情勢所需。這一次，在玻璃的倒影中，我看到了自己突然從黑變為火紅的頭髮，真的就像是頂著一團火。

我從一大早等到中午，從中午等到傍晚，小雨淅瀝瀝下了一整天，樓梯間垃圾桶上的菸灰盒都快被我塞滿，可我除了有點餓，其他一點反應都沒有。我在腦袋中反覆計算，沒錯啊，是該發作了啊。然後就是看錶，一天不知道看了多少次時間。等死可怕嗎？至少我那天沒覺得。

第六天，又是從早到晚，一個火紅頭髮的人，不停在樓梯間抽菸、看錶，結果還是沒事。夜裡，我躺在床上拿定主意，如果一覺醒來，還沒問題，那我一定得找麥教授或者粱丕，看看到底怎麼回事。

次日清晨，六點不到，我一骨碌翻起身，立刻跑到洗手間將燈打開，先是洗了個澡，然後對著鏡子照了半天，氣色很不錯，印堂不但不黑，反而發紅。

我嘴裡小聲罵道：「×！」然後拿上鑰匙，直接就開車去了九淵博物館。

麥教授在書房穿著件紫色的睡袍，站在落地窗前抽著菸斗。

見我進來，沒等我開口，便說：「我需要化驗一下你的血液，可能情況發生了變化。」

「變化？你是說，我有可能會沒事？」

麥教授手裡拿著菸斗，神祕地對我笑笑，說：「沒人知道下一秒的事情。不到終點、勿談定數，不是嗎？」

來到博物館二樓的實驗室，一個穿白袍的人正在低頭準備著東西，聽見我們的腳步聲，他回過頭，說：「讓我們來查清楚，你到底是誰？」

「老梁？！你們怎麼來了？」我很驚訝，然後又回頭看看麥思賢，「你們早就等著我了？」

梁丕說：「按理說，兩天前你就應該發作。所以那天麥教授就已經跟我通了電話，於是我把新海灣B座一一〇七的東西，全都搬到了這裡。」

麥教授看了下手錶，說：「我們得抓緊時間了。」

「抓緊時間？抓緊時間要去做什麼？」我問。

梁丕拿起抽血的針管，說：「我們很快就能知道了。」

經過漫長的等待，梁丕終於出來，將化驗結果直接遞給麥教授。

麥教授稍微翻看幾下後，對梁丕說：「跟我們的猜測一樣。」

梁丕努努嘴，說：「確實一樣，看來那個傳說是眞的。」

「嘿嘿，到底怎麼回事？」

看見我有些緊張的樣子，麥教授走過來，給我遞過來一杯酒，笑了一下，說：「先講個故事輕鬆下吧，給你放鬆放鬆神經。禿尾巴老李，你聽說過嗎？」

我搖搖頭，說：「不，你不是說要抓緊時間嗎？那還講什麼故事？」

梁丕此時脫掉了白袍，蹺著二郎腿，抽著雪茄，說：「這個故事很重要，講完我們就走。那邊已經在準備中，你不要著急。」

「那邊？哪邊？」

梁丕說：「你如果想知道，就先耐心聽完麥教授講的故事，不會很長的。」

麥教授說：「禿尾巴老李是山東地區民間流傳甚廣的一則故事，很多地方至今仍然會祭拜他。古時候有位女子，三月天的時候在河邊洗衣服，忽然抬頭看到樹上有個李子，大如雞卵。女子心裡覺得很奇怪，暮春時節不應該結李子，而且還是這麼大個。於是採下來吃了，味道非常鮮美，但自從吃了之後，肚子卻漸漸大了起來，跟懷孕了一樣，懷了足足十四個月後，竟然生下一條小龍，長二尺許，落到地上後就立即飛走了，但是每天清晨必來喝母親的奶。這位女子的丈夫，心裡又驚又怕，於是拿刀砍他，但沒砍準，將其尾巴砍了下來，於是小龍從此不來了。因爲這位懷龍女子的丈夫姓李，所以人們稱這條龍爲禿尾巴老李。後來老李到了黑龍江，只要過江的船中有山東人，船就會平安，因爲老李保護老鄉，以致於後來船夫必須等船上有山東客人在，才會開船。」

我聽完，眨了眨眼，說：「完了？這沒什麼嘛，一個民間傳說而已。」

梁丕說：「可千萬不要小看民間傳說，十獄閻殿下面的事情，你也是知道的。」

麥教授見我沒能領悟，繼續說：「在我們研究龍的人看來，這個故事是很重要的，雖然未必百分之百真實，卻揭示了一個很重要的道理——人龍混血。禿尾巴老李，就是人龍混血的第一代。」

這話一出，倒確實令我有些震驚，他沒講，我還真沒往這方面想。不過我實在無法接受他們的說法，難以置信地說：「這個世界上，竟然有人龍混血的後代？」

梁丕說：「你爺爺楊子衿教授的推測是——不但有，而且實際上的情況是，人龍混血的後裔流傳非常廣泛。禿尾巴老李，是人龍混血的第一代，那麼我們假設一下，如果老李及其後代也一直採用這種混血的方式，最終會出現什麼情況？」

我努力跟著他們的思路，邊想邊說：「越來越像人？」

麥教授打了個響指，然後兩手撐在臺子上，盯著我的眼睛說：「龍的傳人。」

我感覺大腦似乎瞬間短路，並且冒出火花，驚訝地張大了嘴巴，倒吸一口涼氣，說：「龍的傳人？你們是說，我是龍的後代？開玩笑吧？」

梁丕笑著說：「沒學會說話前就會游泳？幾歲的小孩子在野溝裡昏迷了一夜竟然死不掉？天生喜歡水？最大的嗜好是游泳和潛水？你自己平心靜氣想一想，這些，是一個普通人可以做到的嗎？」

頓時，從小到大的一幕幕浮現在我的眼前，愈想愈害怕，一股涼氣從背後往上躥。

梁丕繼續說：「人龍混血的後裔傳到今天，外表上已與普通人毫無區別。但他們的血液中，卻含有一種極爲特殊的抗原，我們稱爲萬能抗體，既可以與普通人的抗原相匹配，同時又會被龍血細胞識別爲同體，並將其同化。所以，現在你的體內，雖然已經是百分百的純龍血，卻是經過萬能抗體改良後的，也就是人類可以使用的龍血。」

麥教授站起來，一邊撥著電話，一邊對我說：「這就是爲什麼你被田沛注射了龍髓，卻到現在都沒任何問題。所以現在我們要去醫院，用你的骨髓救Maggie。」

郭美琪在無菌倉裡用藥物以及高強度的化療，殺死了體內包括原生龍血在內的所有細胞，而後移植了我的骨髓。用麥思賢他們的話來說就是——我體內經過萬能抗體改良的骨髓血和造血幹細胞，在郭美琪的體內迅速繁殖，幫助她重建了造血以及免疫系統。

暴雨之後，總會有燦爛晴天。移植過程很順利，郭美琪一天後就已經甦醒，而且全身的紅疹消退。我賴在同一個無菌倉裡足足三天，才戀戀不捨出了院。而我出院時，郭美琪的各主要臟器已經逐漸恢復；一週後，在我看來，她已經沒什麼大事了。半年後，郭美琪出院，一切恢復正常，沒有再出現任何的排異反應。

一天，我正跟郭美琪爬梅花山，在山間的樹林裡，一起坐在落葉上，回想這段往事。這時，手機響了，我掏出一看是杜志發。

郭美琪問：「什麼事啊？」

「簡清明今天被遣送回美國，趙金生問我們要不要去看看。杜志發說當然得去，他一會兒來接我們。」

於是兩人往山下走，當走到山腳時，一輛鮮黃色的悍馬H2停在路邊。杜志發一頭馬尾，在車窗裡朝我們招手。兩人上了車，車裡放著黑人饒舌歌曲，郭美琪問：「這車應該要不少錢吧？」

「今年剛出的新款，H2。價錢嘛，當然不便宜。」

我說：「我總算知道你為什麼在澳洲工資那麼高，還存不了錢了。照這個花法，能存下來才怪呢。」

「哎，宣哥，這你可不能怪我。是你給我的小夜光，要不然我哪買得起啊？」

「我是讓你省著點花。」

杜志發不耐煩地說：「哎喲喂，知道知道，怎麼搞得跟我媽似的。」

三人來到機場，見到趙金生，杜志發嬉皮笑臉地說：「趙處長好，什麼時候請客啊。」

趙金生衝他胸口輕輕打了一拳，說：「你小子，就是沒個正經。」然後將我們帶到登機門處，簡清明被兩個高大威猛的警察押著，雙手戴著手銬，從不遠處緩緩走了過來，經過我們幾個身邊時，停住了步子，露出詭異的笑容，輕聲說：「再見。」

我說：「好好享受你的監獄生活，這輩子別想再見了。」

兩個警察推了他一把，簡清明繼續朝前走去，上了登機廊橋後，回過頭來，衝我們眨了一下眼睛，留下一個很難抹去的邪惡笑容。郭美琪搖頭嘆道：「眞是個瘋子。」

此時，東海之濱的一座城市，天空陰沉，下著大雨，狂風呼嘯著在海面卷起波濤。面朝大海的一棟別墅裡，有個七八歲的小男孩，趴在陽臺上，看著遠處說：「爺爺，這雨都下了一個多月了，怎麼還不停？」

旁邊一位老者，聲音滄桑嘶啞，低沉著說：「恐怕這是有蛟要化爲龍了。」

「蛟爲什麼要變爲龍呢？」

「老龍死去，就有新龍替代，新龍又由蛟而變，這就是生生不息。」

遠處灰濛濛的海天交際處，砸下一道龍形紫閃，紫閃中化出一條青龍，四下騰遊，昂首發出一聲震天龍嘯後，躥入驚濤駭浪之中……。

游蜂祕卷

異珠篇

異珠起源

異珠的本質爲自然能量的凝結。

整個自然的能量，以天文、地理爲橫縱座標，以不同等級、不同組成成分、不爲肉眼所見的方式，在地球上不同地點分布。也就是符合特定天文、地理條件的地點，具有不同的自然能量（等級、成分）。這些地點，共同組成一個蜂巢狀立體網路，自然的能量經由此網路傳輸。

正如蝙蝠可依靠自身的超聲波，來探明捕捉昆蟲，貝螺也有種天然生物特性，會朝這些位於特

定座標、具有不同能量的地點（水域）遷居。這些地點蘊含的能量，可導致遷居其中的貝螺的生物條件發生變化，如誘發其外套膜增生、裂變等，進而孕育出異珠。

而在該條件下產出的異珠，在孕育形成的過程中，也在不斷吸收、凝聚此處的自然能量，當眞是凝自然精華、奪天地造化。及至異珠成形，雖然外表仍是珍珠，可能大、可能小、可能各式各樣，但其內儲存的，卻是自然能量。

尋常的異珠，由普通貝螺遷居到能量等級較低、處於自然能量網外圍的特定水域地點，孕育而成。這些地點大致會有哪種或是哪幾種貝螺遷居其中？游蜂們依靠祕不外傳的相水術，可以推斷判定。從這個角度來看，夜明珠其實居於尋常異珠與頂級異珠之間，因爲游蜂們可以透過相水術來尋找夜明珠的所在。

而頂級異珠，則由奇貝異螺遷居到能量等級很高、處於自然能量網關鍵節點處的特定水域地點，孕產而成。這類地點及其中的奇貝異螺，到目前爲止，尚沒有任何人可以有任何有系統的方法，能準確推斷尋找，或提前預測。

但事在人爲，總有人在不斷探索未知。所以我們在這裡所記錄的，就是這個世界上，一群致力於破解頂級異珠分布規律，及其能量魔力奧祕的人。若要講他們，就不得不提到游蜂這個群體，以及其中的兩個重要組織——游蜂營與九淵博物館。

異珠傳說

世間珍珠，出自海水、淡水。若以地域而分，則有「南東北西」之說——廣西合浦，南海之珠，名南珠，因粒大飽滿、圓潤光瑩，故又稱走盤珠；中華東北珍珠，名東珠或北珠，然亦有稱東瀛日本之珠為東珠者；西珠，則產於西方歐羅巴。古語有云：「西珠不如東珠，東珠不如南珠」。

又以價值凡幾，尋常或稀有，分為統珠和異珠。統珠自不必說，流通常見者是也；異珠之屬，實奪天地之造化，凝自然之精華。

凡異珠，多出自貝螺之殼內，然亦有一類不入此列，乃龍珠。龍珠者，世所罕見，貴重無比，顧名思義，為真龍體內所孕結之珠，詳究其穴位，則在龍頷，有古語為證：《莊子．列禦寇》云：「夫千金之珠，必在九重之淵而驪龍頷下」；《尸子》卷下云：「玉淵之中，驪龍蟠焉，頷下有珠。」；葛洪《抱樸子．祛惑》云：「凡探明珠，不於合浦之淵，不得驪龍之夜光也。」

異珠等級

單論異珠，亦分為「尋常異珠」與「頂級異珠」。

❖尋常異珠

一、體大形奇：雖珠寶以正圓爲優；但天然珍珠，因無核，故形狀難以規則，且越大越易異形，如「亞洲之珠」爲梨形，「老子之珠」則像老人頭。

二、顏色怪異：赤、橙、黃、綠、青、藍、紫，各色皆有，若非親見，實難想像。

三、種類稀有。

此處的稀有，指這類珍珠稀有，而孕產這些稀有珠的貝螺卻是普通。例如孔克珠、美樂珠、叢雲寶螺珠、赤旋螺珠等，此類異珠均以「克拉」爲單位交易，與鑽石同。

❖頂級異珠

尋常異珠，不過稀有珍貴，但終歸不離珠寶範疇。然頂級異珠，則超脫賞玩之列，臻至功能之境地。譬如慈禧珍珠帳居中的那顆「夜明珠」，雖其功能僅僅只是可發光，但卻已達頂級異珠行列。又如傳說中之「避水珠」，可在水底開闢出旱路，乃西海龍宮鎮海之寶。姑且不論眞假有無，只表其功能，則避水珠之價値，幾無法估量。

此外，相傳「鬼雨異珠」可呼風喚雨，「坤寧珠」能致地動山搖，「共工珠」掌控洪水進退……此類頂級異珠，功能之強大詭異，叫人匪夷所思之餘，不免膽戰心驚。

游蜂篇

游蜂

俗話說靠山吃山，靠水吃水，採珠人也不例外，都是自古產珠的水域，才有珠戶。但有一類採珠人，卻不拘於某一地、某一處，而是靠著祖傳祕不外授之相水術，走千山過萬水、遊五湖闖四海，尋水覓珠。早年間，人們將這類採珠人，稱爲——游蜂。

說到游蜂，便不能不提「游蜂營」，提起游蜂營，那又得從慈禧講起。慈禧是歷史上鼎鼎有名對於珍珠極其迷戀的人物，據說因爲當年她曾一度重症病危，後來得到一顆神奇的東珠，握在手中數日竟轉危爲安，自此對珍珠的迷戀無以復加。所以她在驍騎營、前鋒營等之外，專門組建了游蜂

營，封簡雲漢為都統，領游蜂營到處尋採異珠。

南珠王

簡雲漢，出生於清末，初為慈禧御用採珠人。當年慈禧的冬夏兩頂朝冠上共計六百多顆珍珠，均出自其手，另外還有一顆碩大的珍珠夜明珠，專門被慈禧用來掛在珍珠帳的正中，每晚便躺在那顆珍珠下的床榻就寢。

除了簡雲漢專責採供用於慈禧生活裝飾類的珍珠，此外還有幾名採珠人，一個專負責用於食用的，因慈禧會定期服用珍珠粉；另一個雖然也負責生活類珍珠，但卻僅限在東海海域。只有南珠王和他的一班徒弟，持珠牒，負責南珠及全

國範圍內的淡水珠。只要他們相中的水域，隨時可以憑藉珠牒龍票，通知當地衙門派人予以支持，甚至還能要求相應水師進行配合，其能耐可想而知。

後慈禧組建「游蜂營」，封簡雲漢爲都統，光緒三十三年，再封其爲南珠王，若非政局風雲變幻，簡雲漢其時已幾乎就要兼任南洋水師提督。由採珠入仕，再到封疆大吏，古往今來，這是頭一號。其中淵源，一度盛傳，皆起於那顆救了慈禧一命的神奇東珠，此珠或與當年的簡雲漢，密切相關。

珠牒

清末南珠王時期，朝廷頒布的採珠許可證。當時採珠行當內亦將珠牒稱爲龍票，因爲珠牒的正面刻有一條五爪金龍，兩隻龍爪各抓著一顆碩大的夜明珠。

龍牙

特指龍唇內，門齒和臼齒之間最長的那顆尖牙，外形似長刃匕首，光澤類象牙，但重量極重，密度極高。手感冰涼如鑌鐵，從側面看，又有點像支扁號角。

龍牙對於游蜂有著特殊的意義，既爲法器，又是潛水採珠時的護身符，究其根本，蓋因龍牙爲眞龍自身能量的凝結體，恰如異珠爲自然能量的凝結體。故而龍牙與異珠可相互作用，產生驚人魔力。

相水術

游蜂各世家，祕不外傳之術，不同派系間的具體法門會有不同，但皆從乾坤形勢入手，來總結出不同異珠形成所需要的不同天文地理條件，以此判斷不同水域能夠出產哪種異珠，也就是不同的異珠到不同水域尋找；遇到不同水域，可大致判斷裡面會出哪種異珠，在游蜂行當裡，這種本事稱爲相水。

譬如相水術中有云：「珠蚌中陰精，隨月陰盈虛。蓋夜明珠之所在，定能吸收月華星精，吐納水陰波寒，聚月龍井是也。」

九淵博物館

麥思賢，九淵博物館創始人，一九三三年出生於上海，後全家移居香港，香港大學生命科學系畢業，後又考入劍橋生物所讀博士，專攻貝類學。因自幼家中做珠寶生意，接觸到了珍珠，對其產生濃厚興趣，及至年長更難以自拔，後來由珍珠至異珠，由異珠再至龍研究領域。

九十年代初，麥思賢受山海大學邀請，赴大陸任教至今，不久之後，開創九淵博物館，除收藏奇貝異螺、異珠、及稀有生物標本外，還與山海大學進行研究合作。九淵博物館旗下的實驗室，既爲山海大學附屬實驗室，又是該專業的國家重點實驗室。

麥思賢雖非出身游蜂世家，卻對異珠和龍，有著超乎常人的興趣和追求，他透過獨創的異珠蜂巢能量網模型，試圖推斷相水術所無法判定的頂級異珠所在位置，進而破解地下水系和龍族的分布情況。

山海篇

地下水系

人類自從鄭和、迪亞士、哥倫布、達伽馬、麥哲倫等航海家，完成了全球新大陸的探險和發現之後，人類對於地表世界已經瞭若指掌。但如果我們把目光聚焦於地下，就會發現，整個地下水系的複雜程度絲毫不亞於地表的這些江河湖泊。

奇貝異螺、異珠以及龍，正帶領我們接觸並走進一個未知空間，一個神祕區域——地下世界，地下世界跟地表一樣，也是由大面積的水系所組成和聯結，那就是地下水系。

我們今天研究地下水系和地下世界，等同於當年哥倫布們發現新大陸，並且會比他們更偉大，因爲世界上最神祕的力量——龍和異珠，就在那裡。此乃前無古人之事，從來沒人弄清楚過。

長江斷流

滾滾東逝的長江，竟曾經斷流過，在歷史上有紀錄可考的一共有兩次，驚奇的是，斷流地點也在同一處，那就是江蘇泰興。第一次為元朝至正二年，即一三四二年八月，長江泰興段江水一夜枯竭見底，次日沿江居民紛紛到江底拾取水中沉物，不料後續大水驟至，避閃不及，很多人都葬身其中；第二次在一九五四年一月十三日下午四點左右，長江泰興段再次枯竭斷流，所幸此次斷流時間較短，兩個多小時後，江水重又沖下，無人傷亡。因為這兩次神祕詭異的斷流，所以將這段長江叫做泰興魔三角，亦稱長江魔三角。

聚月龍井

游蜂專有名詞，指夜明珠所在之處。有云：「珠蚌中陰精，隨月陰盈虛。蓋夜明珠之所在，定能吸收月華星精，吐納水陰波寒，聚月龍井是也。」

又有「相水訣」詩一首，單表這聚月龍井——群山單臂柔，一水過陽軸，穹廬拱頂處，龍井月華收。這四句二十個字，便是聚月龍井需要符合的條件。

此詩從游蜂世家零散流出，本就晦澀難懂，加之又無旁注，尋常人如想眞正理解其意，難如登天。

十獄閻殿

由黃泉洞中黃泉水潛下，到達的一處地下祕境。因天然地理環境與傳說中的十殿閻羅及各自司掌的十大地獄，有著驚人的相似，甚至連地獄火焰之上的沃焦石、可照出人生痛苦悔恨之事的孽鏡臺等，都不差絲毫。

又經元末義軍張士誠一部兩萬多的人馬，誤入其中後，進一步按照閻羅殿的傳說，加以改造。是以常人如進入此地，當眞無法辨別眞假，只以爲自己進了陰曹地府，故而得名——十獄閻殿。

怪物篇

龍王鯨

學名：帝王蜥蜴，又名械齒鯨，本應生存於三千九百萬至三千四百萬年前的始新世晚期，卻在黃泉洞下的江底峽谷中意外出現。

在江底峽谷面世的龍王鯨，與古生物學界已界定的標準有所出入，可能屬於變種。其體長可達三十公尺以上，外型像是一條超長的鱷魚或者鯨魚的形狀，更準確地說，應該叫作魚龍狀，可以想像成龍、鱷、鯨三者融合而成。

兩隻魚鰭般的爪子，如同暴龍的兩隻前爪；皮膚

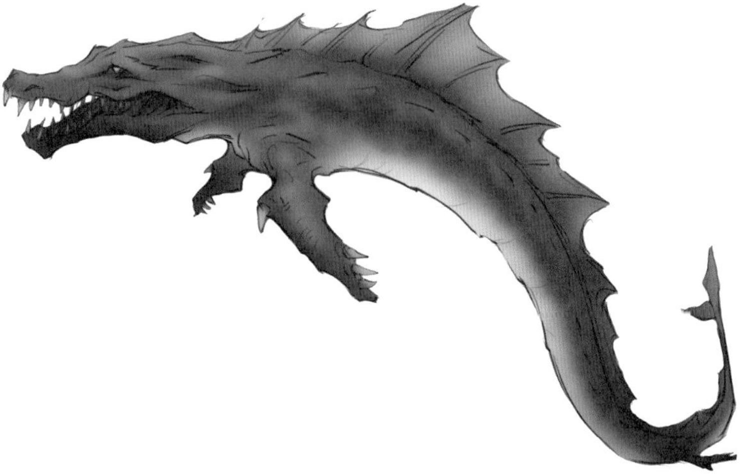

近似巨蟒與鱷魚二者皮膚的混合體。頭部大如重型卡車頭，甚或坦克，呈蜥蜴或鱷魚般的三角狀腦袋，堅硬如巨岩磐石；滿口利齒，露出唇外。

夔鳳

一種鳥頭蛇身的怪物，十獄閻殿特有物種。長有四隻粗壯的腳爪，體長如同龍蛇，本應覆蓋鱗甲之處，卻披滿了羽毛，兩隻巨大的翅膀收在身側，亦可展翅翱翔。體型碩大，高可達三至四公尺，雙眼殷紅，如同能噴出火焰。尖銳的鳥喙裡，上下長滿倒刺。迅猛龍一般的鳥頭，令人膽寒。

遠古蜈蚣

十獄閻殿中的遠古物種，在地表世界出現於石炭紀，二疊紀時期滅絕，距今三億年。

外形爲超大蜈蚣狀，成年後約有三公尺，扁平超寬的身體覆蓋有金黃色的硬甲，火紅的圓頭上，長有一對大如鐮刀般的齶牙，互相摩擦時，發出刺耳怪響。

鬼卒

黃種人基礎面部特徵，因常吃生硫磺，且地底輻射的緣故，所以長相很猙獰，且身材甚至比黑人還要來得更爲高大強壯。常戴一種半臉骷髏面罩。

恐馬

鬼卒常用坐騎，大小如馬（比地表上的馬要高大強壯），頭卻像是駱駝的變異恐怖版本。

潛龍篇

龍族探源

根據迄今爲止的研究，龍分螭、蛟、虬、應、王。其中，無角的螭龍爲最基本種類，螭龍修煉而成獨角的蛟龍；一角的蛟龍再修煉而爲雙角的虬龍。螭龍和蛟龍都不算眞正的龍，只有從虬龍開始才算步入眞龍行列。

虬龍繼續修煉，待長出雙翅之後，則成爲應龍；應龍再往上，雙翅消失，才終成龍王！由螭化蛟很容易，但由蛟化虬，便是一個很重要的坎，大部分蛟均卡在這個關口，無法越過。

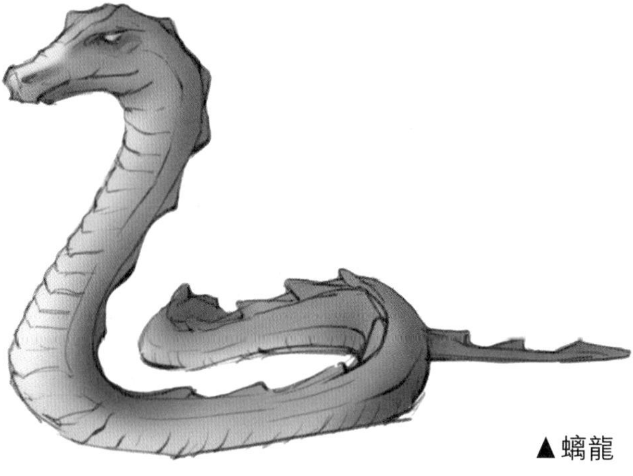

▲螭龍

龍族進化

之所以會有不同等級的龍，其實與能量有關。螭龍的能量等級最低，在整個自然的能量體系網中處於最低等級，隨著在這個網中，不斷吸收自然能量，到達一定等級，就會長出一隻角，化爲蛟龍。蛟龍的自身能量繼續升高，到達一定等級後，便會再生出一角，變爲雙角，成爲虯龍，就此步入

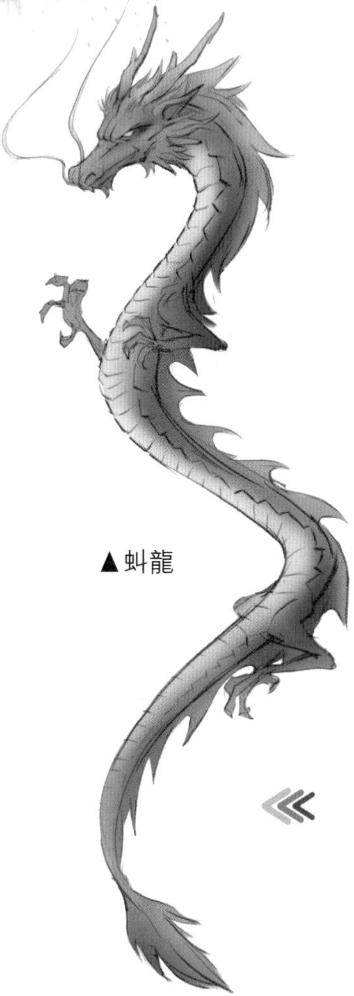

▲虯龍

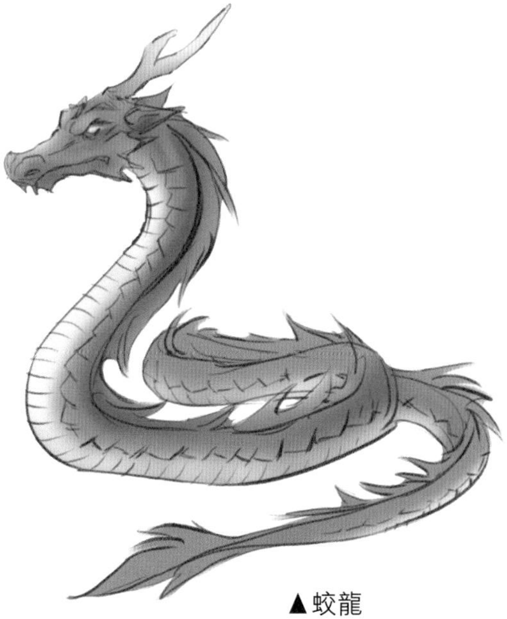

▲蛟龍

眞龍的行列。從眞龍開始，就不再依賴自然界的食物，而是單純憑藉吸收自然能量生存。如此這般，繼續往上，直至成爲龍王！所以，一切都與能量有關。

走蛟

龍是由蛟變的，而蛟會選在特定的地理位置，積蓄天地能量，化爲龍，這個過程稱爲走蛟。走蛟成功後，雖然已經成功變爲龍，但那時的龍卻是最虛弱的，人若想屠龍，選在此時相對而言最爲容易。

蛟化龍有幾個條件，一是地理位置，必須選在風水堪輿學上稱爲「金鎖

▲應龍

龍門關」的地方；二是走蛟日期，通常會在夏季七到九月份。另外，蛟化龍之前，會提前射出一種五彩之氣，直衝天空，游蜂有些派系裡自古就傳有望氣術，即觀望龍氣之術，這些氣，常人是看不到的，用現在的科學術語來講的話，就是磁場，但如果現在透過儀器，比如俄羅斯發明的一種磁場照相機，或者透過這些游蜂特殊的望氣術，就有可能觀察到這種龍氣。

龍珠

異珠對於龍族是最重要的存在。因爲頂級異珠，其所在的位置爲自然能量

▲龍王

網的關鍵節點，其內所儲存的是等級很高、很關鍵的自然能量，所以龍會守護頂級異珠。因爲龍生存靠的並非食物，而是自然能量，也就是龍族透過在這些關鍵節點處，守衛頂級異珠，獲得經由這張能量網傳輸過來的自然能量。

蛟化爲龍之初，只是在外型上有所改變，但其實那個時候其能量還不足以化龍，必須再過一定時間，等到能量眞正積滿，才算徹底完成了所有過程。所以人類要屠龍，最好的時機是蛟剛化龍之時，因爲彼時其作爲眞龍而言的能量，尚未完全蓄滿。

龍祖肅元

二十世紀七十年代，由楊子衿帶領的考察隊，於貢嘎雪峰海螺溝發現一具風乾龍屍，軀幹長達三百六十八公尺，保存狀況完好，甚至連鱗甲都一片不缺。後經測定，其死亡時間大約爲西元前三千年左右，也即距今已有大約五千年，故稱龍祖，楊子衿將其命名爲肅元。

採珠勿驚龍：鬼雨法螺

作　者—二郎神犬馬
副主編—楊淑媚
責任編輯—朱晏瑭
封面設計—張巖
內文設計排版—李宜芝
校　對—朱晏瑭、楊淑媚
行銷企劃—許文薰
董事長
總經理—趙政岷
第五編輯部總監—梁芳春
出版者—時報文化出版企業股份有限公司
10803台北市和平西路三段二四〇號七樓
發行專線—（〇二）二三〇六六八四二
讀者服務專線—〇八〇〇二三一七〇五
（〇二）二三〇四七一〇三
讀者服務傳真—（〇二）二三〇四六八五八
郵撥—一九三四四七二四時報文化出版公司
信箱—台北郵政七九～九九信箱
時報悅讀網—www.readingtimes.com.tw
電子郵箱—yoho@readingtimes.com.tw
法律顧問—理律法律事務所　陳長文律師、李念祖律師
印刷　勁達印刷有限公司
初版一刷　二〇一七年四月十四日
定價　新臺幣三六〇元
（缺頁或破損的書，請寄回更換）

時報文化出版公司成立於一九七五年，
並於一九九九年股票上櫃公開發行，於二〇〇八年脫離中時集團非屬旺中，
以「尊重智慧與創意的文化事業」為信念。

國家圖書館出版品預行編目（CIP）資料

採珠勿驚龍：鬼雨法螺 / 二郎神犬馬作 . -- 初版 . -- 臺北市：
時報文化, 2017.04
面；　公分

ISBN 978-957-13-6949-5(平裝)

857.7　　106003360

原著書名：《採珠勿驚龍：鬼雨法螺》，二郎神犬馬 著。

ISBN 978-957-13-6949-5
Printed in Taiwan